Hanne H. Kvandal
13° Tödlicher Sommer

Sommer auf Spitzbergen, am fast nördlichsten Punkt der Welt. Das bedeutet 24 Stunden Dauerhelligkeit und hin und wieder Höchsttemperaturen von 13 Grad. Das viele Licht stürzt die 2300 Inselbewohner in größte Aktivitäten. Jetzt denkt hier keiner an Schlaf – auch nicht das Verbrechen. Eines Tages wird in der Tiefkühltruhe des einzigen Hotels der russischen Geisterstadt Pyramiden ein toter Asiat gefunden. Zur selben Zeit verschwindet der philippinische Koch Patrick Cruz aus dem Hauptort Longyearbyen. Die asiatische Community auf der Insel ist beunruhigt. Und der freundliche Pfarrer Morten Hagebak weiß offenbar mehr darüber, als er zugibt. Ex-Kommissar Trond Lie, der jetzt hauptberuflich auf seinen Enkel aufpasst, und die holländische Schlittenführerin Frida van Namen ermitteln in einem neuen mysteriösen Fall. Im milchigen Licht der Mitternachtssonne verfolgt das sympathische Ermittlerduo eine lebensgefährliche Spur …

Hinter dem Pseudonym *Hanne H. Kvandal* verbirgt sich die deutsche Autorin und frühere Rundfunkjournalistin Hannelore Hippe, die unter diesem Namen ihre Spitzbergen-Krimis schreibt. Als Hannah O'Brien hat sie die erfolgreiche irische Krimireihe um die Ermittlerin Grace O'Malley veröffentlicht. Unter ihrem Klarnamen erschien bei dtv der Roman ›Die verlorenen Töchter‹, der als Vorlage für den oscarnominierten deutsch-norwegischen Film ›Zwei Leben‹ (2012) diente. Die Autorin lebt in Köln und an der Mosel.

Hanne H. Kvandal

13°

TÖDLICHER SOMMER

Ein Spitzbergen-Krimi

dtv

Von Hanne H. Kvandal
ist bei dtv außerdem erschienen:
78° Tödliche Breite

FSC
www.fsc.org
MIX
Papier aus verantwortungsvollen Quellen
FSC® C019821

Originalausgabe 2022

Dieses Werk wurde vermittelt durch die Literarische Agentur Gaeb
Umschlaggestaltung: zero-media.net, München
Umschlagmotive: FinePic®, München
Satz: C.H.Beck.Media.Solutions, Nördlingen
Gesetzt aus der Aldus 10/13,5˙
Druck und Bindung: Druckerei C.H.Beck, Nördlingen
Printed in Germany · ISBN 978-3-423-21990-7

1

»Niko, beeil dich! Sie werden in der nächsten halben Stunde hier sein!«, brüllte Shyudin durch den Korridor im sowjetischen Teil des Hotels, der mit rotgoldenen Intarsien verziert war.

Hier gab es einen sowjetischen Teil, der noch wie früher aussah, seit der Gründung des Hotels vor fünfzig Jahren, und der liebevoll restauriert worden war, und einen »westlichen«, der vorgab, wie in allen Hotels der Welt zu sein, weil der Westen ja praktisch überall war.

Shyudin rief es selbstverständlich auf Russisch durch den Korridor. Es hallte mehrfach nach oder so schien es ihm zumindest.

Genau wie alles hier in dem leeren *Hotel Tulipan* verhallen musste, solange es geschlossen war. Es würde erst in drei Tagen wieder öffnen, für die kürzeste Saison der Welt von drei Wochen im Sommer.

Nicht nur, dass dieses Hotel auf 79° das nördlichste dieses Planeten war, es war gleichzeitig wohl auch das einzige Hotel, das in einer Stadt lag, die es gar nicht gab.

Die es nicht mehr gab, wenn man es ganz genau nehmen wollte.

Diese Stadt war einst eine Bergarbeitersiedlung gewesen, allerdings eine, die man nie als dreckig hätte bezeichnen können, und sie trug seit ihrer Gründung in den frühen Zwanzigerjahren den stolzen Namen Pyramiden.

Pyramiden war immer aufgeräumt gewesen, immer äußerst übersichtlich und hatte stets wie gut durchgewischt gewirkt, selbst in seiner aufregendsten Zeit. Das war in der Ära Chruschtschow und Breschnew gewesen.

»Nikolin, zum Teufel, wo steckst du?«

Der schmale Shyudin rannte wie ein Dauerläufer mit angewinkelten Ellbogen auf grellgrünen Sneakern über das Fischgrätparkett der langen Gänge des ersten Stocks, bevor er die Treppe nach unten nahm, die in die Lobby des Hotels führte.

Bis 1998 lebten gut eintausend zufrieden frierende Einwohner in Pyramiden. Dann verschwanden sie über Nacht auf Nimmerwiedersehen. Frauen, Männer, Kinder, Hunde – nur die Katzen hatte man vergessen und sich selbst überlassen, dazu etliche stattliche Kühe. Sie alle wurden vor jener eisigen Nacht überredet, überzeugt oder gezwungen, die bizarre Siedlung am Fuß des Bergs Pyramiden zu verlassen und in ein Russland zurückzukehren, das vor ihrer Zeit auf Spitzbergen noch nicht existierte. Sie hatten der Sowjetunion in den späten Achtzigerjahren den Rücken gekehrt, um in der Arktis besseres Geld zu verdienen und Freiflüge in die Wärme der Heimat und vielleicht sogar in den nahen Westen zu ergattern – falls die hundert Kilometer entfernte norwegische Siedlung Longyearbyen wirklich schon zum Westen zählte, wie man ihnen versichert hatte.

Sie ließen damals fast alles in Pyramiden zurück. Unter anderem leere Colaflaschen, einen Konzertflügel im Kulturhaus, zusammen mit drei Balalaikas und einer Ziehharmonika, sowie eine imposante eichene Ballettstange für Eleven einer unbenannten Polar-Kompanie.

Außerdem blieb ein abgewracktes Hotel im ewigen Eis stehen, Fördertürme und Fabrikkantinen mit einem Eisbärstillleben als blauweißes Mosaik, ein mittelgroßes, ehemals stark gechlortes Hallenbad und ein Fußballplatz. Dazu die weit und breit einzige Wiese am Polarmeer und eine markante Leninbüste als weithin sichtbarer Orientierungspunkt.

Pyramiden war ein eisiges Miniatur-Schmuckstückchen, wenn man denn Industriestandorte als Juwel bezeichnen wollte.

Dabei gab es tatsächlich ein buntes Schmuckstück hier oben im Eis: das Flaschenhaus. Gebaut aus exakt 5008 Wodka-Flaschen, die erst einmal tapfer geleert worden waren, bevor man sie kunstsinnig und dreifarbig schimmernd zu einer Art Kapelle aufgeschichtet hatte.

Die Menschen lebten glücklich und zufrieden hier im ewigen Eis, am Fuße eines Berges, den möglicherweise schon russische Siedler, die sogenannten Pomoren, vor Jahrhunderten »Pyramiden« getauft hatten.

Wenn man sich dem Ort vom Polarmeer her über den Billefjord näherte, und das konnte man nur während der drei Sommermonate, in denen das Meer eisfrei blieb, sah man sofort, warum sie diesen Namen gewählt hatten. Die Pyramiden in Gizeh waren ein erbärmlicher menschengemachter Abklatsch dagegen.

Hier hatte die Natur das Original erschaffen.

»Niko, jetzt reicht es aber, du alte Schnapsnase! Der verdammte Heli landet gleich, Barentsburg hat schon durchgeklingelt! Und warum stand vorhin die Tür zum Flaschenhaus auf? Die ist doch sonst immer geschlossen? Hast du die aufgemacht?«

Shyudin war am Fuß der Treppe stehen geblieben. Er hatte beide Hände in die Hüften gestemmt und schaute sich suchend um. In der Lobby standen dunkelrote wuchtige Ledergarnituren, der gesamte Raum und die Bar in der Ecke waren mit filigranen hellen Holzsternen dekoriert. Rechts von ihm lag im Halbdunkel das Restaurant.

»Tulpenwiese« stand auf Russisch in schwungvollen kyrillischen Buchstaben über dem Eingang. Darunter, etwas kleiner und auf Englisch: »*Tulip Garden*«.

Shyudin hielt kurz den Atem an, er meinte, aus der Richtung der angrenzenden Küche ein Geräusch zu vernehmen.

Der dunkelhaarige Mann, der Ende vierzig sein mochte, strich sich sein öliges Haar zurück und betrat dann zielstrebig das Restaurant, dessen Lamellenjalousien das helle Sonnenlicht abschirmten. Tische mit weinroten Tischdecken erstreckten sich über die gesamte Länge des Lokals, Stühle gab es fast keine. Nur in der einen Ecke hatte man einige zu einem schiefen Turm gestapelt.

Shyudin hielt kurz inne, als er es wieder hörte.

Irgendetwas wurde in einem Nebenraum geöffnet – plopp – und wieder geschlossen – plopp. Dazwischen vernahm er vage Grunzgeräusche.

»Nikolin, du alter …«

Shyudin hatte nun die Tür zur Küche erreicht und blieb auf der Schwelle wie angewurzelt stehen.

Ganz hinten in dem blank gewienerten Raum stand ein dicker, kahlköpfiger Mann mit einem buschigen Schnäuzer und starrte ihn reglos an. Es war, als hätte man ihn mitten in einer Filmsequenz eingefroren.

Nikolin und Shyudin waren einst die berühmtesten Komiker des sowjetischen Kinos gewesen, eine Art russisches Stan-und-Laurel-Duo. Die zwei Wächter des Hotels hatten sich von ihnen ihre Spitznamen ausgeborgt.

»Niko?«

Neugierig trat Shyudin näher. Als er seinen Kumpel fast erreicht hatte, hob Niko wortlos den Deckel der großen Kühltruhe, die in der hintersten Ecke der Küche stand. Für eine Kühltruhe gab es bis vor kurzem in der Arktis eigentlich keine Verwendung.

Mit dem Kopf machte Niko eine unmissverständliche Geste in ihr Inneres.

Shyudin beugte sich dorthin, wo er selbst mithilfe seines Kumpels vor etwa zwei Wochen eine Ladung Pelmeni, Borschtsch, geraspelten Weißkohl und große Hälften arktischen Dorschs verstaut hatte. Nur lagerte dort kein Fisch mehr. Stattdessen lag über die ganze Länge der Tiefkühltruhe, fest eingeschnürt und von außen nicht zu erkennen, eine menschliche Gestalt.

Eine Mumie.

In Pyramiden.

2

»Es soll heute sehr warm werden.«

Frida van Namen wog eine Honigmelone in der rechten Hand und schnupperte daran. Trond Lie, der sich weit über die Kühltruhe mit dem Fisch gebeugt hatte, schaute kurz zu ihr auf. Für seinen Geschmack hatten ihm gerade zu viele blauschwarze Fischköpfe auf einmal aus der Truhe zugeblinzelt.

»Was meinst du mit ›sehr warm‹?«

Er starrte hinaus auf den Hilmar Rekstens Vei, die Hauptstraße von Longyearbyen und vermutlich nördlichste Einkaufsstraße der Welt.

Trond seufzte, nahm seine randlose Brille ab und polierte sie, bevor er sie wieder aufsetzte.

Der Himmel war strahlend blau und die Sonne leuchtete steil von oben alles aus. Sie offenbarte jeden hässlichen Winkel des polaren Städtchens. In diesem gleißenden Licht konnte man sich nicht verstecken oder gar wegducken. Aber dazu gab es in Longyearbyen auch gar keinen Grund, denn die zweitausend Einwohner aus knapp fünfzig Nationen misstrauten einander nicht. Man kannte sich zumindest vom Sehen und ging mit einem freundlichen Zunicken und einem flüchtigen Lächeln, die großkalibrige Waffe über der Schulter und die Einkaufstüte in der Hand, auf der Straße aneinander vorbei.

Man grüßte sich selbstverständlich auch während der neun dunklen Monate, wenn man sich auf Skiern, dem Schneemobil, mit dem Rollator oder auf dem Kinderwagenschlitten begegnete, die ebenfalls auf Kufen geschoben wurden, das Gesicht dann aber unter einem strumpfartigen Schutz verborgen.

Auch einen Rollstuhl auf Kufen hatte Trond schon registriert und dem Besitzer wie dem Rollstuhl anerkennend hinterhergeschaut.

»Nun, vielleicht erreichen wir heute ja sogar die dreizehn Grad.«

Frida grinste und legte die Melone in den Einkaufswagen.

Trond beobachtete sie und wiegte den Kopf eher skeptisch. Das brachte Frida noch auf einen Nachgedanken.

»Obwohl – das wäre vermutlich weniger wünschenswert, von wegen Klimakrise.«

»Und da tröstest du dich mit einer Melone? Die stammt vermutlich aus Spanien.«

»Hm. Ich wollte heute etwas Besonderes anbieten, ich bekomme überraschend Besuch.« Die junge Frau lächelte leicht gequält und legte die Melone ins Regal zurück, als wäre ihr der Appetit vergangen.

»Besuch?«

Frida seufzte statt einer weiteren Erklärung.

»Wer kommt denn?«, hakte Trond nach. Er war neugierig geworden.

»Mein Vater. Meneer van Namen. Mit der Mittagsmaschine aus Oslo.«

Trond runzelte die Stirn. Er selbst und seine Tochter Ingvild standen sich, wenn auch auf die leicht distanzierte norwegische Art, ziemlich nahe. Das hier hörte sich für ihn aber anders an.

»Freust du dich denn nicht?«

Frida schenkte ihm einen kurzen Blick, zuckte dann die Schultern und entgegnete: »Geht so. Wir sind sehr unterschiedlich«, fügte sie noch hinzu, als wollte sie Trond nicht enttäuschen.

Er räusperte sich und suchte dann nach einem unverfänglicheren Thema.

»Wenn es zu warm wird, ist das nicht gut für deine Hunde, oder? Wie geht's ihnen denn?«

Frida war Musherin und besaß ein Gespann von sibirischen Huskys, darunter Tika, ihre unschlagbare Leithündin, auf die sie besonders stolz war.

Die junge Frau kniff die Augen zusammen, als wäre das Licht im Supermarkt plötzlich zu hell und schmerzte ihr in den Augen.

»Super, danke. Aber du hast Recht, Trond. Der Sommer ist immer eine schwierige Zeit für sie. Es ist viel zu warm. Und sie müssen mit Wagen auf Rädern laufen. Das mögen die Tiere nicht, weil die Wagen nicht so geschmeidig reagieren wie die Schlitten, aber es hält sie in Form. Und ich habe genug Buchungen, um über die Runden zu kommen.«

Trond schaute sie nachdenklich an. Er hatte die junge Niederländerin vor ein paar Monaten kennengelernt, kurz nach seiner Ankunft hier auf 78°, wie die Spitzbergener ihren Zufluchtsort nach dem Breitengrad nannten, auf dem er lag. In diesen 78° schwang immer eine Spur Stolz mit.

Von seiner norwegischen Heimatstadt Bergen war Trond Lie hier in die Arktis gezogen, nicht aus Abenteuerlust wie Frida und die meisten Bewohner dieses arktischen Kaffs, sondern um seine Aufgaben als *Bestefar*, als Opa, für seinen vierjährigen Enkel Bjarne voller Begeisterung wahrzunehmen. Seine Tochter Ingvild war mit dem Kind vor drei Jahren hierhergezogen, um in kurzer Zeit möglichst viel Geld zu verdienen und sich den Traum von einem eigenen Goldschmiedeatelier im Süden Norwegens erfüllen zu können.

Als ihr verwitweter Vater Trond dann vor wenigen Monaten als Kriminalkommissar pensioniert worden war, entschloss er sich, vorübergehend hierher nach Spitzbergen zu kommen und auf Bjarne aufzupassen, um Ingvild den Rücken freizuhalten.

Das war vor gut sechs Monaten gewesen. Und bisher hatte er nicht den Wunsch verspürt, nach Bergen zurückzukehren, wo niemand auf ihn wartete.

Ingvild arbeitete gleichzeitig in drei Jobs. Als Kellnerin abends hinter der Theke einer der zahlreichen Bars, in der Taxizentrale und …

»Papa!«, ertönte da plötzlich ihre Stimme.

Trond winkte seiner Tochter zu. Tagsüber saß sie nämlich an der Kasse des einzigen Supermarkts von Longyearbyen.

Hier gab es alles, vom Spültuch und dem Schrubber über Wein, Fisch, Fleisch und Obst bis hin zum frisch gebackenen Brot. Alle Waren mussten aus der ganzen Welt hierher transportiert werden, genau wie die Bewohner des Örtchens.

Ingvild tippte mit dem Finger auf ihre Armbanduhr, die sie hochhielt, sodass ihr Vater sie sehen konnte.

Trond schaute Frida verdutzt an. Er hatte im Januar mitten in der schwarzen Polarnacht in einem Mordfall hier in der Gegend ermittelt. Es war der erste Mord seit über achtzig Jahren auf Spitzbergen gewesen, und bei dem einen war es leider nicht geblieben.

Frida van Namen, die seit vier Jahren auf der Insel lebte und als eine hervorragende Schützin galt, war durch Zufall seine Partnerin bei dieser Ermittlung geworden. Ohne die Musherin hätte er den komplexen Fall niemals lösen können, und – bei diesem Gedanken musste er tief ein- und ausatmen – er hätte ihn ohne Frida wohl auch nicht überlebt.

»Was meint sie, Frida? Ingvild tippt wie wild auf ihre Armbanduhr.«

Nun warf auch die Musherin einen Blick auf ihre Uhr.

»Brauchst du noch Brot?«

Trond nickte. »Warum?«

»Dann stell dich sofort an. Mach schnell!«

Sie schob ihn in Richtung der Brottheke, noch bevor er etwas erwidern konnte. Der Verkäufer langte hektisch und ungefragt nach dem Laib Brot, der hinter ihm im Regal lag, als wäre auch ihm jemand auf den Fersen, der ihn erbarmungslos jagen und zur Strecke bringen wollte.

Da flog plötzlich die große gläserne Eingangstür auf, und eine unübersehbare Menge Asiaten ergoss sich in den Laden.

Sofort waren alle Gänge mit aufgeregt schwatzenden Menschen gefüllt. Einige rannten wie aufgescheucht hin und her, andere schoben sich zielstrebig in die Spirituosenabteilung, die am Ende des großen Verkaufsraums unter dem roten Schild »*Nordpolet*« interessierte Kunden einlud.

Im Nu hatte sich eine lange Schlange hinter Trond gebildet, doch er war an der Brot- und Kuchentheke bereits fertig und wandte sich zur Kasse, an der seine Tochter saß.

Frida erwartete ihn dort bereits. Sie hielt eine Tüte seiner Lieblingskekse in den Händen.

Tronds Augen weiteten sich. »Was ist denn hier auf einmal los?«

Er legte kopfschüttelnd seine Waren auf das Band.

Frida und Ingvild kicherten.

»Das kennt jeder hier im Dorf, das ist immer so«, erklärte Frida, während Ingvild die Tomaten scannte.

Trond hielt kurz inne, bevor er eine Familienpackung Bandnudeln in seinem Rucksack verstaute.

»Quatsch, das habe ich bei euch noch nie erlebt.« Trond klang leicht entrüstet.

Frida hielt ihm die Tüte mit den Haferplätzchen hin und er nahm sich eins.

»Danke.«

Trond kaute leicht irritiert. Haferkekse waren knusprig, aber immer etwas trocken.

»Du warst ja auch noch nie im Sommer hier«, erwiderte die Musherin. »Heute ist der erste Juni, der Beginn der Sommersaison auf Svalbard. Um neun Uhr morgens legt unten am Hafen das erste Kreuzfahrtschiff an, und die Touristen schwärmen aus, um die Insel zu erobern.«

Ingvild versuchte sich das Lachen zu verkneifen.

Trond stand wie versteinert neben ihr, sagte jedoch nichts, während Frida weitersprach.

»Und genau fünfundzwanzig Minuten später, also jetzt, sind sie hier. Gefühlt Tausende von ihnen.«

Sie hatte den Arm gehoben und zeigte auf die wuselnde Menge, die sich in allen Gängen des Supermarkts tummelte.

»Abertausende«, ergänzte Ingvild. »Aber das ist noch nicht alles, was der Polarsommer für dich bereithält, Papa. Wart's mal ab. Im Sommer haben wir vierundzwanzig Stunden permanente Helligkeit, und da passieren Dinge – das glaubst du gar nicht.«

3 Trond Lie war erst ein einziges Mal in der schmucken Kirche von Longyearbyen gewesen. Das war am achten März, dem Tag, an dem sich die Sonne jedes Jahr langsam, ja fast mühsam, über die spitze Bergkette im Süden der kleinen Siedlung schob, was von den Einwohnern der Stadt mit diversen Festlichkeiten gefeiert wurde. Alle Kinder Longyearbyens aus der Schule und dem Kindergarten und auch viele Erwachsene versammelten sich rund um die kleine Holztreppe des ersten Krankenhauses des Orts, um auf das Erscheinen der Sonne zu warten.

Das kleine Stück Treppe wurde hier fast wie eine Reliquie verehrt und zu allen möglichen Gelegenheiten vor der Kirche aufgestellt und mit Liedern der Schüler und Kindergartenkinder geradezu überschüttet.

Die Griechen hatten ihre kaputte Akropolis, die Römer das marode Kolosseum, und die Menschen auf Svalbard huldigten eben dem Stück einer alten Holztreppe.

Der Tag der Rückkehr der Sonne nach einer vier Monate anhaltenden dunklen Polarnacht war wohl der wichtigste Tag im Jahreskalender des alten Grubenstädtchens.

Vor der Begrüßung der Sonne fand eine kleine Feier im Kirchenraum statt. Bei dieser Gelegenheit hatte Trond auch Pfarrer Morten Hagebak zum ersten Mal gesehen. Von der neunten und letzten Stuhlreihe der überfüllten Kirche aus hatte Trond einen guten Blick auf die imposante Gestalt des evangelischen Pfarrers gehabt, der mit seinem Vollbart und dem dunkelgrauen, leicht wirren Haarschopf eher einem etwas zu groß geratenen, freundlichen Troll glich als einem Priester.

Die Kirche sei, wie Hagebak ihm hinterher bei einem Kaffee im Gemeindesaal erklärte, schon die zweite auf Svalbard und stamme aus dem Jahr 1958. Ihr Innenraum war aus hellem

Holz mit eisblauen Paneelen und Verzierungen gestaltet. Die erste Kirche des Ortes war im Zweiten Weltkrieg im Jahr 1943 durch Bomben der deutschen Schlachtschiffe *Scharnhorst* und *Tirpitz* komplett zerstört worden. Bereits zwei Jahre zuvor hatte man alle Einwohner von Longyearbyen und dem Rest von Svalbard evakuiert und die liturgischen Gegenstände in Sicherheit gebracht.

Dies sei die einzige Kirche auf ganz Svalbard, hatte Hagebak ihm erläutert und dann den Teller mit den akkurat geschnittenen Kuchenstücken weitergereicht, nachdem er sich zwei davon, in jede Hand eines, genommen hatte. Barentsburg verfüge nur über eine kleine Kapelle neueren Datums. Und deshalb sei diese Kirche, die selbstredend die nördlichste der Welt sei, auch offen für alle Gläubigen, egal ob Christen, Moslems, Juden oder Buddhisten. Sie bleibe rund um die Uhr geöffnet.

Hagebak kratzte sich an seinem strubbeligen Krauskopf. Nein, eine andere Konfession als die eben genannten gebe es zurzeit nicht auf Svalbard. Nicht, dass er wüsste.

»Longyearbyen ist ja ein multikulti Ort, möglicherweise der multikultigste Ort der Welt. Wir haben hier über zweitausend Einwohner aus fast fünfzig Nationen. Wer hat das schon?«

Morten Hagebak blickte in die Runde der Gemeindemitglieder, als erwarte er Applaus.

Trond wiegte bedächtig den Kopf, wie es seine Art war.

»Und das funktioniert reibungslos?«, fragte er den Geistlichen.

Der Pfarrer nickte so heftig, dass seine krausen Locken tanzten.

»Ja, tatsächlich. Und nach den Norwegern sind die Thais die größte Gruppe, dann kommen die Schweden – oder vielleicht die Deutschen?«

Er strich sich über den Bart und nahm noch einen Schluck Kaffee.

»Was ist mit den Filipinos?«

Ingvild, die sich extra für die Feier zwei Stunden frei genommen hatte, schaltete sich mit dieser Frage ein. Sie strahlte Bjarne an, der als kleine Sonne verkleidet war.

»Ja, klar, die sind auch unter den ersten fünf. Dann gibt es noch zahlreiche Ukrainer – nicht nur in Barentsburg – und Russen, Chilenen und Briten …« Jetzt musste Hagebak nachdenken.

»Und Afghanen, Isländer, Iraker, Letten und Chinesen«, warf Ingvild ein. »Das sind die häufigsten Nationen hier oben.«

»Auch Afrikaner?«, fragte Trond dazwischen.

»Hm, gute Frage«, erwiderte der Pfarrer. »So gut wie keine. Das mag damit zusammenhängen, dass bis auf Südafrika und Ägypten kein afrikanischer Staat den Spitzbergenvertrag unterzeichnet hat. Der gibt jedem Einwohner von fast fünfzig Staaten das Recht, hier zu leben und zu arbeiten, ohne Visum und Aufenthaltsgenehmigung. Das ist einmalig auf der Welt.«

Trond nippte am Kaffee, der ihm zu stark war. Seit seinen Schlafstörungen in den ersten Wochen nach seiner Ankunft auf Svalbard war er, was seinen Kaffeekonsum betraf, vorsichtig geworden.

»Ja, aber Thailand und die Philippinen haben auch nicht unterschrieben«, warf er ein, »und trotzdem sind viele Menschen aus diesen beiden Ländern hierhergekommen und geblieben. Aber kein einziger Nordkoreaner – obwohl die den Vertrag 2016 auch unterzeichnet haben und sich ebenfalls ohne Probleme hier tummeln dürften.«

»So einfach ist es also nicht«, schloss Ingvild, während sie sich nach den Kindern umsah, die weiter hinten im Kirchencafé spielten. Dann wandte sie sich wieder zu ihrem Vater und dem Pfarrer.

»Aber Morten kennt sich sehr gut aus, Papa«, sagte sie. »Vor seiner Zeit in Longyearbyen war er in der mobilen Einsatztruppe der Vereinten Nationen auf der ganzen Welt tätig, und zwar in der Flüchtlingshilfe. Morten war in der Szene bekannt und hat viele Schleuserbanden zur Strecke gebracht. Er hat mir mal Fotos und Artikel aus dieser Zeit gezeigt, wirklich beeindruckend.«

Trond zog anerkennend die Augenbrauen hoch.

»Da haben Sie sicher viel gesehen.«

Der Troll nickte freundlich und hob die Tasse vor seine Nase. Ingvilds Lob war ihm offenbar etwas peinlich.

»Und gelernt. Ich hatte ja, wie Ingvild gerade erwähnte, unter anderem mit Menschenhandel zu tun. Wir haben versucht, die Drahtzieher dingfest zu machen. Ein ganz übles Geschäft. Ich bin heilfroh, dass ich jetzt am wohl einzigen Ort der Welt bin, an dem so etwas nicht möglich ist. Der Spitzbergenvertrag garantiert ein friedliches Zusammenleben ohne gesetzliche Druckmittel.«

Das war Tronds erste Begegnung mit dem Pfarrer gewesen.

Inzwischen war es Juni geworden und Sysselmann Mette Møller hatte ihn hier in die Kirche gebeten. Am Telefon hatte sie nichts verraten wollen, nur dass sie dringend seine Hilfe brauche.

Trond zog sich im Vorraum gerade seine Schuhe aus – endlich war die Zeit der Stiefel für ein paar Monate vorbei und man konnte leichteres Schuhwerk tragen –, als die Tür aufflog und die geradezu mediterran gekleidete Gouverneurin von Svalbard die Garderobe betrat. Hier gab es viel Platz für dicke Daunenjacken, Overalls, Mützen, Schals, Handschuhe und die typischen Gesichtsmasken, die Strümpfen ähnelten und in den dunklen Monaten dringend nötig waren. Ohne diese Masken einem Januarsturm auf Svalbard zu trotzen, war nicht nur leichtsinnig, sondern schlichtweg dumm, wie Trond sehr schnell an den eigenen halberfrorenen Wangen hatte erfahren müssen.

Mette Møller trug ihr langes helles Haar heute als Pferdeschwanz statt in dem strengen Dutt, den sie meist bevorzugte. Der legere Look verlieh ihr etwas Leichtes, doch nicht Unseriöses, wie Trond fand. Dazu trug sie über ihrer Jeans eine karierte Bluse und hatte sich eine grün gestreifte, dünne Strickjacke um die Schultern geknotet. Gewagt. Es hatte gerade mal zehn Grad.

Aber es war eben Sommer, arktischer Sommer.

»*Hei*, Mette!«, begrüßte er sie, richtete sich auf und ging auf sie zu. Er freute sich, sie zu sehen.

Seit den Morden im Schatten der Grube Svea im Januar, bei der etliche Wissenschaftler umgebracht worden waren und in die verschiedene Geheimdienste verstrickt gewesen waren, hatten sich ihre Wege kaum gekreuzt.

»Gut, dich zu sehen, Trond«, erwiderte die Chefin der Polizei und aller Behörden auf Svalbard.

Mette Møller hatte damals wegen des schlechten Wetters nicht gleich Verstärkung aus Tromsø erhalten und deshalb dem frisch pensionierten Kriminalkommissar Trond Lie zunächst die Ermittlungen übertragen.

»Na, hast du dich mittlerweile an die Arktis gewöhnt?«

Trond Lie hasste die Arktis. Zumindest im Winter. Er war, wie er nicht müde wurde zu betonen, ausschließlich wegen seines Enkels hierhergekommen und äußerte sich zum Rest nur ungern.

Nicht zur Dauerdunkelheit, die ihn anfangs mit einem handfesten Polarkoller fast um den Verstand gebracht hätte, nicht zur eisigen Kälte, nicht zu dem ewigen umständlichen An- und Ausziehen, Überstreifen und Auf- und Zuknöpfen von irgendwelchen Kleidungsstücken.

Nicht einmal zu dem alten Mann im Pelzmantel, dem König der Arktis, dem Eisbären, dem er damals dreimal begegnet war, was er tatsächlich nur mit viel Glück und der Unterstützung von Oleg Kalinin, dem Freund seiner Tochter, und der jungen Frida van Namen überlebt hatte.

Da wurde die Tür zur Kirche geöffnet und Pfarrer Hagebak stand mit einem Gewehr in der Hand im Raum. Er lachte und ergriff, ohne zu zögern, erst Mettes, danach Tronds Hand und schüttelte sie. Dann blickte er auf seine großkalibrige Waffe.

»Ich bin wohl der einzige Pfarrer auf der Welt, der seine Gäste mit einem Gewehr in seiner Kirche begrüßt. Entschuldigung, aber ich war auf dem Weg zum Waffenschrank, der hier in der Ecke steht.«

Mit langen Schritten durchquerte er die Garderobe und trat auf einen Holzschrank zu, der Trond bis jetzt nicht aufgefallen war. Er zog einen Schlüssel aus seiner Hosentasche, drehte ihn im Schloss und öffnete den Schrank. Darin hingen ordentlich aufgereiht etwa zehn Gewehre. Hagebak hängte die Waffe, die er trug, daneben.

Der Pfarrer stutzte und murmelte: »Komisch, war da nicht noch eine Faustfeuerwaffe? Na ja, vielleicht auch nicht …«

Trond musste schmunzeln. »Das hier ist sicher auch die einzige Kirche, in der Gewehre aufbewahrt werden. So muss es früher im Wilden Westen gewesen sein.«

»Hier ist der Wilde Norden«, entgegnete der Priester, nachdem er kopfschüttelnd die Schranktür wieder abgeschlossen hatte.

Er bedeutete Mette und Trond, ihm zu folgen.

»Dies ist übrigens auch die einzige Kirche, in der man Waffeln kaufen kann, und zwar in unserem integrierten Café und Souvenirshop.«

Hagebak klang amüsiert und zwinkerte ihnen zu.

Kurz darauf saßen sie in ebenjenem Café an einem der gemütlichen kleinen Tische mit hellblauen Decken und Polstern und tranken wieder einmal schwarzen, dampfenden Kaffee, den der Pfarrer im Nu herbeigezaubert hatte.

Tronds Blick fiel auf den Souvenirladen mit den Regalen voller Tassen, Kappen und anderem Tand, der mit Eisbären verziert war oder den berühmten 78° huldigte.

»Um was geht es denn, Mette?«, fragte er und lehnte sich in seinem Sessel zurück.

Die Miene des Sysselmanns spiegelte Anspannung und einen Hauch von Unsicherheit.

»Doch nicht schon wieder ein Mord?«

Mette Møller, die Mitte fünfzig sein mochte und ein offenes, leicht flächiges Gesicht besaß, das manchmal eine Spur verschmitzt wirkte, schaute Trond aufmerksam an. Er fing ihren Blick auf und wartete ab.

Sie ist Samin, fuhr es ihm mit einem Mal durch den Kopf. Der Gedanke war ihm bisher noch nie gekommen. Wer aus Bergen stammte wie Trond, dachte vielleicht nicht sofort daran, wer dagegen aus Tromsø oder Kirkenes kam, würde die Möglichkeit, dass jemand von der Urbevölkerung Skandinaviens abstammte, sofort in Betracht ziehen.

Warum war ihm das noch nicht früher aufgefallen? Nicht dass es etwas änderte an seiner Haltung ihr gegenüber. Saminnen und Samen sah man es nicht an, dass sie dieser ethnischen Minderheit angehörten, die bis in die zweite Hälfte des letzten Jahrhunderts von den Norwegern heftig unterdrückt worden war.

Außer sie trugen ihre traditionelle blaubunte Tracht mit den kurios gefalteten Kappen. Im Norden Norwegens war das samische Volk mit seiner ureigenen Geschichte, Kultur und Sprache heute noch wesentlich präsenter als im Süden oder Westen des Landes. Und nicht alle Samen waren Rentierzüchter und Nomaden wie früher.

»Nein, ich hoffe nicht«, erwiderte Mette. »Es ist jemand verschwunden. Zumindest gehen wir davon aus.«

Morten Hagebak rutschte auf seinem Sessel herum, stand dann aber auf, um zur Küche zu gehen.

»Ich bin gleich wieder da, hole nur ein paar Kekse.«

Er verschwand hinter der Verkaufstheke des Souvenirladens. Trond fand es merkwürdig, dass er sie ausgerechnet in diesem Moment verließ.

»Red nur weiter, Mette, ich kann euch von hier hören!«

Hagebak rumorte in der Küche, während sich Trond zum Sysselmann beugte.

»Und wer ist verschwunden?«

»Patrick Cruz. Der Koch von Siri Hummel. Bist du ihm mal begegnet?«

Mette hatte ihr Handy aus der Tasche geholt und fuhr über das Display, als würde sie etwas suchen.

Trond antwortete: »Keine Ahnung, kann sein, vielleicht auch nicht«, wobei er die Mundwinkel leicht herunterzog und in seiner Erinnerung kramte.

Mette Møller wischte über Bilder und hielt plötzlich an einer Stelle an. Dann reichte sie Trond das Handy.

»Das ist Pat.«

Trond Lie lachte erleichtert auf, als er sich doch erinnern konnte.

»Oh, na klar! Ich glaube, ich habe ihn an Ostern mal bei Siri gesehen, als Ingvild, Bjarne und ich das Polarhasen-Menü in ihrem Restaurant gebucht hatten. Darauf hatte sich Bjarne besonders gefreut. Pat hat es uns mit einer Hasenkappe serviert, die er, genau wie Siri und die Bedienung, aufhatte. Stand ihm nicht schlecht.«

Trond reichte ihr das Handy zurück.

»Er ist kein Thai, oder?«

Mette Møller schüttelte den Kopf, sodass ihr sommerlicher Pferdeschwanz flog.

»Nein, Pat ist Filipino.«

»Und Österreicher«, warf der Pfarrer ein. »Er kommt aus Graz.«

»Und der ist verschwunden?«

Mette nickte. »Siri ist beunruhigt, denn Pat ist eigentlich sehr zuverlässig und immer pünktlich im Dienst. Er arbeitet schon seit fast zwei Jahren bei ihr, und das will hier etwas heißen. Heute hat sie eine Reisegruppe, die das arktische Frühlingsdinner gebucht hat, und da läuft Pat immer zur Hochform auf. Er ist ja ein hervorragender Koch. Aber jetzt ist er nicht da.«

Trond überlegte, wahrend der Pfarrer mit einem Teller voller kleiner Waffeln hinter dem Tresen auftauchte und dort abwartend stehen blieb.

»Ich nehme an, ihr habt schnell überprüft, ob er nicht krank zu Hause im Bett liegt?«

Mette nickte heftig. »Sicher. Pat wohnt eigentlich bei Siri in der Pension. Sein Bett war unberührt und das Zimmer leer, ohne dass etwas zu fehlen schien. Auf den ersten Blick jedenfalls nicht. Aber Pat schläft auch öfters außer Haus.«

An dieser Stelle drehte sie sich zum Pfarrer um, der immer noch an der Verkaufstheke stand.

»Ach.«

Es war das erste Mal an diesem Tag, dass Trond sein Lieblingswort aussprach.

Nachdem Frida und auch Ingvild ihn damit aufgezogen hatten, wollte er sich seine »Achs« eigentlich abgewöhnen oder sie sich zumindest ernsthaft einteilen.

Tronds Blick fiel wieder auf Morten Hagebak, der nun näherkam. Er stellte den Waffelteller auf den Tisch und setzte sich dann wortlos zu ihnen.

Trond überlegte. Schließlich stellte er eine Frage.

»Nicht, dass ich nicht gern hier in der Kirche wäre, aber wieso treffen wir uns nicht bei dir im Büro, Mette, um das alles zu besprechen?«

Er drehte sich plötzlich um und wandte sich an Morten Hagebak.

»Oder wissen Sie vielleicht mehr, Herr Pfarrer? Kennen Sie den Koch denn besser?«

Mette und Hagebak tauschten Blicke. Dann setzte der Sysselmann an, etwas zu sagen. Doch der freundliche Troll übernahm das Gespräch und schaute Trond dabei aufmerksam an. Auf seinem Gesicht erschien ein sympathisches Lächeln.

»Ja, Pat und ich kennen uns gut. Wir stehen uns sehr nahe. Ich habe Siri heute Morgen darüber informiert, dass irgendetwas nicht stimmt. Ich war es, der als Erster beunruhigt war. Pat wollte gestern Abend nach dem Dienst noch bei mir vorbeikommen und ist nicht erschienen. Ohne abzusagen. Das ist nicht seine Art.«

4

Mette Møller und Trond Lie verließen gemeinsam die Kirche oben im Stadtteil Skjæringa. Mette war mit ihrem alten Volvo gekommen, Trond hatte es vorgezogen, zu Fuß hier hochzulaufen. Er wollte nicht aus der Übung kommen.

Es war kein steiler Anstieg, also relativ leicht zu bewältigen, auch wenn Trond spürte, dass ihn solche Spaziergänge heutzutage wesentlich schneller ermüdeten als noch vor wenigen Jahren.

Er selbst hatte lange versucht, es tapfer zu ignorieren, war damit aber letzten Endes gescheitert.

Genau wie sein Versuch, den Polarkoller, der ihn schon kurz nach seiner Ankunft auf Svalbard lebensbedrohlich im Griff hielt, so lange zu leugnen, bis er von selbst verschwinden würde. Auch das hatte nicht funktioniert und war für ihn fast tödlich ausgegangen.

Trond unterdrückte ein Seufzen und ließ seinen Blick von dem kleinen Parkplatz in Skjæringa in die Umgebung schweifen.

»Ich nehm dich mit runter«, sagte Mette Møller. »Dann können wir noch etwas länger reden.«

Sie hielt Trond einladend die Tür zum Beifahrersitz auf und er stieg ein.

Trond neigte nicht dazu, sich der Arktis in besonderer Weise zuzuwenden, indem er, wie fast alle, die als Besucher hierherkamen, fasziniert die Landschaft betrachtete und sie bewundernd auf sich wirken ließ. Er schenkte dem Adventfjord und der imposanten Kette »spitzer Berge«, wie Willem Barents sie im sechzehnten Jahrhundert bei seiner Ankunft getauft hatte, keine Art von wohlwollender Beachtung. Die Arktis war in Tronds Augen zwar geografisch und klimatechnisch notwendig und ihre Unversehrtheit äußerst wünschenswert, doch eignete sie sich seiner Meinung nach nicht für eine dauerhafte menschliche Besiedlung. Und als Urlaubsziel hielt er sie für eine ziemlich kalte Nullnummer, auch wenn sie den übersättigten Touristen aus der ganzen Welt erfolgreich verkauft wurde. Der Ansturm auf den kleinen Supermarkt heute Morgen hatte ihm zu denken gegeben.

»Kommst du mit der Dauerhelligkeit besser zurecht als mit dem ewigen Dunkel?«

Mette klang ernsthaft an seinem Wohl interessiert.

Trond nickte.

»Ja, schon, man kann ja, wenn man schlafen will, die Verdunkelung herunterlassen. Dunkel machen kannst du es immer, nur anders herum eben nicht – außer mit Licht. Wieso fragst du?«

In seiner Heimatstadt Bergen war es im Hochsommer auch nur wenige Stunden »dunkelig«, wie er es nannte. Die Stadt tauchte zwischen elf Uhr abends und drei Uhr nachts in einen leicht verschwommenen milchgläsernen Dämmerzustand. Aber dass eine gleißende Sonne, die steil am Himmel stand und mit voller Kraft strahlte, und das nicht nur am Tag, sondern die ganze Nacht hindurch, das war eine andere Sache.

Mette Møller lächelte vom Auto aus einer Frau mit drei kleinen Kindern zu, die stehen geblieben war, um ihr zuzuwinken. Alle vier trugen bunte Kappen mit Sonnenschirmen.

»Ich komme aus der Finnmark, und da ist es nachts schon sehr hell, aber das hier ist eine andere Liga«, erklärte sie. »Die Menschen verfallen oft in eine betriebsame Hektik und reparieren nachts um drei ihr Dach, ohne sich etwas dabei zu denken. Oder sie veranstalten um vier Uhr morgens draußen ein Picknick. Ist dir das noch nicht aufgefallen?«

»Doch.« Er musste lachen, als er sich an einen Vorfall vor zwei Wochen erinnerte, den er ihr nun erzählte. Da hatte er bei strahlendem Sonnenschein den Müll hinausgetragen und ihn in die eisbärsicheren Container gesteckt, wobei es immer eine Weile dauerte, bis alles wieder vorschriftsmäßig verschlossen war. Er war gerade dabei gewesen, wieder ins Haus zurückzukehren, als die Müllabfuhr die kleine Straße hochrumpelte. Auch das arktische Longyearbyen besaß eine Müllabfuhr, und man achtete selbstverständlich auf eine sorgfältige Mülltrennung.

Ungläubig hatte er einen Blick auf seine Armbanduhr geworfen. Der Wagen hielt vor ihm und zwei Männer sprangen heraus, die sich mit einem freundlichen Gruß sofort den Containern auf Rollen widmeten.

Trond war ihnen fassungslos hinterhergelaufen.

»Es ist zehn Minuten nach Mitternacht und Sie leeren die Mülleimer?«

Er hatte verwirrt geklungen, als wäre das gerade eine Halluzination gewesen.

Die Männer in den Overalls nickten, lachten und und rollten den Müll weiter.

Trond blieb neben dem Fahrer stehen. Der musste seine Verblüffung bemerkt und seine Frage gehört haben, denn er lehnte sich weit aus dem Fenster.

»Wohl neu hier in Longyear?«

Trond musste schlucken und nickte bestätigend.

»Was zum Teufel soll man denn die ganze Zeit machen? Ist letzten Endes hier oben doch völlig egal, wann man was macht – Hauptsache, es wird gemacht. Hab ich Recht?«

Wieder ein Nicken des Bergensers. Dann trat Trond noch einen Schritt näher an das Fahrerfenster und senkte die Stimme, als wollte er ein Geheimnis mit dem Mann von der Müllabfuhr teilen.

»Und wann schlafen Sie?«

Der Fahrer grinste breit. Er überlegte kurz und antwortete dann: »Na, zwischendurch! Ist doch klar!«

»Tja, dann …« Trond hatte ihm eigentlich eine Gute Nacht wünschen wollen, spürte aber, dass das nicht passend war.

»Tja, dann ein gutes Zwischendurch!«

Als Trond die Geschichte erzählt hatte, lachten beide.

»Weißt du, dass das für die Menschen hier auch ein kleines Stück Freiheit bedeutet?«, fügte Mette nach einem Augenblick hinzu.

»Freiheit?« Trond überlegte, wie sie das meinen könnte.

»Denk mal drüber nach. Aber schau, dieser wunderschöne Ausblick von hier oben!«

Von der Kirche aus hatte man an einem sonnigen Tag wie heute einen weiten Blick ins Adventstal bis zum Fjord auf der linken Seite. Die Bergkette, die Longyearbyen zum Norden und zum Wasser hin begrenzte und die im Süden das Tal abschloss, war nach späten und ungewöhnlich heftigen Schneefällen mehr als sonst schneebedeckt. Aber Trond, der noch nicht sehr lange auf Svalbard lebte, wusste natürlich nicht, was hier »normal« war.

Für ihn war alles eine monochrome Sinfonie aus Weiß, Schwarzbraun – dort, wo die Erde schon hervorlugte – und Grau, wo Schotter wie eine aufgekratzte Wunde blank lag. Und dann gab es noch die auffällige Abwesenheit der Farbe Grün, die der arktische Laie meist nicht sofort erkennen konnte. Irgendetwas sah nicht aus wie sonst überall, nur was genau war es? Dass es die unverfälschte pure Natur war, aber eben ohne Grün, darauf kam man erst später.

Die schweren Schneefälle hatten in den letzten Frühjahrswochen immer wieder Lawinen ausgelöst, die Teile des dichter besiedelten Stadtteils Nybyen bedroht hatten. Dort waren früher die meisten der Bergleute in primitiven Massenunterkünften untergebracht gewesen.

Nachdem diese Wohnungen seit der Jahrtausendwende wegen der Schließung der Gruben lange leer gestanden hatten, waren sie in den letzten Jahren saniert worden und zum Teil in schicke Boutique-Hotels und noch schickere Appartements umgewandelt worden.

Ein hippes Café, eine Galerie und eine Cocktailbar im Grubenlook ergänzten die gentrifizierte Ausstattung des nun sehr angesagten Stadtteils. Von den alten, schäbigen Wohncontainern gab es nur noch einen, und wie Trond vermutete, war der wohl unbewohnt. Über einem zweiten dieser am Hang errichteten Häuser war in diesem Jahr eine Frühjahrslawine heruntergegangen, das hatte er mitbekommen.

Jahrtausendelang war dieser Teil der Arktis »arktische Wüste« gewesen. In Svalbard herrschte das sogenannte Tundrenklima, es wies also nur geringe Niederschläge auf. Doch auch das hatte sich, wie so vieles hier, in den letzten zehn, zwanzig Jahren stark verändert.

Die Arktis war der Ort auf dieser Erde, wo man die Klimakrise am deutlichsten beobachten, messen und studieren konnte. Von überall strömten Wissenschaftler wie Studenten hierher, um den Vorboten der Katastrophe näher zu sein. Das wiederum erweiterte den multikulturellen Charakter des arktischen Dorfes Longyearbyen. In diesem Kaff kurz unter dem Nordpol lebte heute die ganze Welt.

»Gehst du beim Verschwinden von Pat Cruz von einem Verbrechen aus?«

Trond brauchte unbedingt noch ein paar Informationen, bevor er sich umhören wollte.

Mette war, statt den schnelleren Weg ins Zentrum nach links zu nehmen, nach rechts abgebogen und fuhr nun auf das *Huset* zu, das alte Kulturhaus der Grubenarbeiter. Es war ein cremefarbener zweistöckiger Steinbau, der einzige seiner Art in Longyearbyen.

Heute beherbergte das *Huset* ein Bistro, ein Gourmetrestaurant, den nördlichsten Weinkeller der Welt, ein Café, das jedes

Wochenende zur Disko mutierte, und in seinen oberen Stockwerken gab es, wie Ingvild ihrem Vater erzählt hatte, Ateliers von Grafikern und einer bekannten Fotografin, die mit ihren Bildern die Klimakrise dokumentierte.

Mette wiegte den Kopf.

»Ich weiß es nicht. Ich habe nur so ein komisches Gefühl, als wäre Pat nicht freiwillig abgetaucht, wenn du verstehst, was ich meine. Dazu war es zu plötzlich.«

Trond drehte sich auf dem Beifahrersitz zu ihr.

»Glaubst du, er wird gegen seinen Willen irgendwo festgehalten?«

»Möglicherweise. Oder er hält ein vorübergehendes Untertauchen für sinnvoll.«

»Und warum?« Trond klang skeptisch.

»Wenn ich das wüsste, wären wir einen Schritt weiter. Am Ende ist irgendetwas schiefgelaufen. Aber was? Vielleicht weiß jemand in der Community mehr.«

Mette bog auf die Parkplätze vor dem *Huset* ein und brachte den Volvo zum Stehen. Sie stellte den Motor ab und sah Trond geradezu auffordernd an.

»Du willst also, dass ich mich in der asiatischen Community umhöre?«, erwiderte er. »Ganz unverbindlich und möglichst diskret?«

Der Sysselmann nickte.

»Ich dachte, du machst das am besten mit Frida, die hat einen guten Draht dorthin. Wenn einer von uns da vorbeischaut, machen die gleich dicht. Das hatten wir schon, als es im letzten Sommer mal einen vagen Hinweis auf Menschenschmuggel gab. Niemandem konnte man etwas nachweisen, alle hielten sich bedeckt. Wir kamen keinen Zentimeter weiter.«

»Und was ist mit dem Pfarrer? Was hat der damit zu tun?«

Mette schien zu überlegen, sie schwieg jedoch.

»Sind die nur gut befreundet, oder ist da mehr? Sind sie ein Paar?«, bohrte Trond weiter.

In dem Moment trat eine junge Frau aus dem *Huset*. Sie war schätzungsweise Ende zwanzig und trug eine leichte Outdoorjacke, die signalgelb leuchtete. Nach kurzem Zögern steuerte sie auf den Volvo des Sysselmanns zu.

»Kennst du die, Mette?«

»Nie gesehen.«

Die signalroten kurzen Stoppelhaare der Frau, die wie kleine Spieße in die Höhe ragten, bildeten zum Gelb der Jacke einen interessanten farblichen Gegensatz. Alles an ihr war wie ein Signal, empfand es Trond. Ihr Gesicht war windgebräunt, und da sie sich an die Beifahrerseite stellte, ließ Trond umgehend das Fenster herunter.

»*Hei*, suchen Sie jemanden?«

»Nein.«

Er hatte sie auf Englisch angesprochen und sie hatte genauso geantwortet. Das war gängige Praxis in Longyearbyen.

»Können wir Ihnen sonst irgendwie weiterhelfen?«

Der Sysselmann hatte sich über Trond hinweg zu ihr gebeugt.

»Wo geht's hier zum Büro der Zeitung?«, fragte die Frau.

Sie blieb knapp, ein wenig schroff und ihre grauen Augen glitzerten, fiel Trond auf. Und sie suchte noch etwas anderes.

»Sie wollen zu Svein Vang Myklebust?«, erkundigte sich Mette.

»Ja. Zum Chefredakteur.«

»Es gibt nur einen Redakteur, und das ist Svein.« Mette Møller klang wie immer freundlich.

»Wie komme ich zu ihm?«

»Springen Sie hinten rein, wir nehmen Sie mit, wir fahren sowieso dort vorbei.«

Die Frau nickte, ohne sich zu bedanken, öffnete die Tür hinter Trond und ließ sich auf dem Rücksitz nieder.

Mette ließ wortlos den Motor an. Als sie kurz darauf nach Nybyen abbogen, konnte Trond nicht mehr an sich halten.

»Wissen Sie, Longyearbyen ist ein winziges Kaff«, sagte er. »Man kennt sich. Ich bin Trond Lie, und das ist Mette Møller. Und wer sind Sie?«

Die junge Frau schaute gelangweilt aus dem Fenster und reagierte nicht auf die Frage.

Nach ein paar Sekunden des Schweigens drehte Trond sich zu der Fremden um, und Mette beobachtete sie im Rückspiegel.

»Also?«

Tronds Ton war immer noch verbindlich.

»Ich heiße Lea Kirchner und komme aus Deutschland. Das ist alles, was Sie wissen müssen.«

Sie starrte wieder unverwandt in die karge Landschaft und schwieg.

5

»Du solltest besser mit mir dort hingehen, Trond, aber ich kann gerade nicht.«

Er hatte Frida auf dem Handy erreicht, während sie im kleinen Flughafen von Longyearbyen auf ihren Vater wartete. Der sollte mit dem Mittagsflieger aus Oslo eintreffen.

»Geh zu Ma-Prang in den Laden, grüß sie herzlich von mir und lass dir das Tagesgericht servieren. Damit bist du erst mal beschäftigt.«

»Da bin ich schon. Bei Ma-Prang.«

»Gut. Ich versuche kurz vorbeizukommen, sobald er im Hotel eingecheckt hat.«

»Dein Vater wohnt nicht bei dir?«

Trond kannte Fridas Appartement, das zwar gemütlich, aber nicht sehr groß war, doch er meinte sich zu erinnern, dass sie ein Gästebett besaß.

»Nein, er wollte ins *Munken*. Ist mir auch lieber. Bis später – sie sind gelandet.«

Sie hatte das Gespräch abrupt beendet.

Trond fand, dass sich Frida nicht so angehört hatte, als würde sie das Wiedersehen mit ihrem Vater in einen Freudentaumel oder zumindest in pflichtbewusste Vorfreude stürzen. Aber vielleicht waren Niederländer ja ähnlich gestrickt wie Norweger und zeigten ihre Gefühle nicht so deutlich wie Franzosen oder Italiener – obwohl auch Holländer in seinen Augen eigentlich zu den Südländern zählten.

Doch vielleicht waren sie auch nur »Zwischenwesen«?

Das musste es sein.

Deutsche, Schweizer, Belgier und Holländer fielen in die Kategorie »Zwischenwesen«. Österreicher dagegen waren für ihn eindeutig wieder Südländer.

Trond sinnierte. Er hatte sich einen Zahnstocher vom Tisch genommen und hielt ihn gedankenverloren vor seinen verschlossenen Mund. Wobei Schweizer eigentlich auch fast als Norweger gezählt werden konnten, wie er fand. Das musste am Hochgebirge liegen und an den abgeschlossenen Tälern, die den Sprachfluss verlangsamten und dafür sorgten, dass die Menschen hinten an die Wörter gern Ü und I klebten, um das Leben ein bisschen erträglicher zu machen.

»Wie hat dir mein Hühnchen geschmeckt?«

Jetzt tupfte sich Trond mit der Papierserviette in der anderen Hand den Mund ab. Er lehnte sich zurück und lächelte Ma-Prang an.

»Wunderbar, wie immer. Unerreicht!«

Seit ihm Frida bei ihrer ersten Ermittlung im Januar die Kochkünste der alten Thailänderin Ma-Prang vorgestellt hatte, war Trond mittags quasi Stammgast bei ihr geworden.

Bjarne aß für gewöhnlich in der Kita, Ingvild arbeitete ganztags im Supermarkt, und da er nicht allein zu Hause hocken mochte, wechselte er zwischen Krabbenbrot mit Zitronenschnitz und Mayonnaise im Kulturcafé auf dem Hilmar Rekstens vei, Fleischklopsen mit Preiselbeeren im *Kroa* und dem lecker-scharfen Mittagstisch im kleinen Laden von Ma-Prang. Samstags nahm er fast immer seinen Enkel mit, der den Thai-Laden liebte, weil es dort so viel zu bestaunen gab.

»Setz dich doch einen Augenblick zu mir, bitte, wenn du Zeit hast.«

Die zierliche ältere Thai-Dame wusch sich die Hände hinten in der Küche, ehe sie wieder ins Geschäft zurückschlüpfte. Hier roch es nach einer Mischung aus Plastik und Ingwer, und von Wok-Pfannen über unförmige Daunenjacken und wattierte Kappen bis zu frischem Koriander wurde alles angeboten, was ein Herz begehrte, das von südostasiatischen Genüssen träumte, aber in die Arktis verschlagen worden war.

»Wie geht es deinem *Askeladden*?«

Trond musste lächeln, als Ma-Prang den norwegischen Spitznamen, den er manchmal für Bjarne verwendete, aussprach. Mit ihrem Akzent hörte sich das Wort noch lustiger an, fand er.

»Danke, es geht ihm gut. Und Ingvild auch. Wie geht es deiner Tochter und den Enkeln?«

Sie lächelte und nickte. »Alles in Ordnung.«

»Ich wollte dich etwas fragen, Ma-Prang.«

»Suchst du etwas, Trond?«

Sie hatte sich auf dem weißen Plastikstuhl ihm gegenüber niedergelassen und ihre Hände auf der Tischplatte gefaltet. Diese Frage kam für ihn überraschend, auch wenn Ma-Prang dabei sicher an etwas aus ihrem unerschöpflichen Warensortiment gedacht hatte.

Doch Trond wäre nicht Trond gewesen, wenn er die Steilvorlage nicht auf der Stelle genutzt hätte.

»Ja, ich suche Pat Cruz, den Koch von Siri.«

»Oh.« Sie schlug sich mit der Handfläche vor den Mund.

»Du kanntest Pat?«, sagte sie nach einem Moment des Zögerns.

Trond legte den unbenutzten Zahnstocher umgehend auf den Tellerrand.

»Wieso *kanntest*? Ist er etwa tot?«

Sie ließ die Hand noch einen Moment vor ihrem Mund, bevor sie sie auf die Tischplatte zurücklegte.

»Oh nein!«

Trond bemerkte, wie ihr linkes Augenlid leicht zuckte. Das war ihm noch nie an ihr aufgefallen.

»Ich kenne ihn aus Siris Restaurant«, fuhr Trond fort. »Da gehen wir manchmal essen. Siri bat mich, mich mal umzuhören, wo er abgeblieben ist. Sie vermisst ihn, hat aber selbst keine Zeit, sich darum zu kümmern.«

Nach dem, was der Sysselmann ihm berichtet hatte, hielt

Trond es für schlauer, nicht die Polizei ins Spiel zu bringen, sondern die Suche nach dem Koch als ein rein privates Interesse seiner Chefin, der Pensionswirtin, darzustellen.

Er war sich nicht sicher, ob er Ma-Prang gegenüber überhaupt schon einmal erwähnt hatte, welchen Beruf er bis zu seiner Pensionierung ausgeübt hatte – dass er bei der Polizei in Bergen der Leiter der Abteilung für Kapitalverbrechen gewesen war.

Thais waren, wie er sich aus eigener Erfahrung erinnerte, zwar wie viele Asiaten oft auf eine harmlose und unverstellte Art neugierig, aber gleichzeitig wahrten sie Distanz wie Diskretion, im Gegensatz zu vielen Europäern, ob Südländer oder Zwischenwesen. Selbst schweigsame Nordländer waren im Vergleich zu den meisten Asiaten, die ihm begegnet waren, die reinsten Plappermäuler.

Ma-Prang sagte nichts mehr und schaute stattdessen auf den Tisch, dessen helle Plastikoberfläche so blank geputzt war, dass sie nicht einmal winzige Spuren von alten Gläser- oder Tassenringen aufwies.

Nein, kam er zu dem Schluss, die sympathische Thai-Dame wusste nichts von seiner Vergangenheit als Oberpolizist im fernen Bergen. Jedenfalls nicht von ihm.

»Hat er denn Familie? Oder kennst du zufällig jemanden, den man mal fragen könnte?«, fuhr er fort.

Ma-Prang schüttelte bedächtig den Kopf, auch wenn Trond den Eindruck hatte, dass es in ihr rumorte und sie innerlich einiges abzuwägen schien. In solchen Dingen kannte er sich durch seine Verhörerfahrung aus. Sie benötigte nur noch einen winzigen Stups. Blitzschnell ging er verschiedene Möglichkeiten durch und entschied sich für die in seinen Augen psychologisch aussichtsreichste Variante.

»Es könnte doch sein, dass Pat sich in einer unangenehmen Situation befindet und dringend Hilfe braucht. Das meint auch Siri, weil er sonst ja immer sehr zuverlässig arbeitet. Der hätte sie sicher benachrichtigt, wenn er verhindert wäre. Und in diesem kleinen Ort verschwindet doch keiner!«

Nun hatte Ma-Prang den Kopf gehoben und starrte ihn mit weit aufgerissenen Augen an. War da Furcht in ihren Augen? Oder eher Empörung?

Sie schwieg.

Trond aber wusste, dass sie ihm gleich antworten würde. Er musste nur warten und er würde Recht behalten.

»Geh nach Nybyen«, flüsterte sie kurz darauf. »Weg 210. Das Haus neben dem, das vor ein paar Wochen verschüttet wurde.«

Ma-Prangs sonst lebhafte Stimme klang monoton, als hätte man sie irgendwo angeschaltet.

Trond runzelte die Stirn. Das war die ehemalige Unterkunft der Grubenarbeiter, die seines Wissens schon lange leer stand.

»Aber da wohnt doch niemand?«

Ma-Prang hatte sich weggedreht und redete weiter, als hätte er nichts gesagt.

»Dort fragst du nach Xan Ling. Aber sag nicht, ich hätte dich geschickt. Das darfst du auf keinen Fall!«

Sie war aufgestanden und machte sich an einem ihrer Regale zu schaffen. Sie drehte ihm den Rücken zu, als wollte sie nicht, dass er ihr Gesicht sah.

Trond zögerte einen Augenblick, dann griff er nach seinen Sachen und zog auf dem Weg zur Kasse seine Geldbörse hervor. Er legte einen Zweihundertkronenschein auf die Theke und lächelte die alte Thailänderin an, als sie das Geld entgegennahm.

»Danke, Ma-Prang.«

Sie erwiderte nichts, aber Trond meinte den Anflug eines erleichterten Lächelns auf ihrem Gesicht zu erkennen.

6

Der Helikopter stand ein paar Sekunden über dem zentralen Platz mit der Leninbüste. Er wirkte in der steilen Sonne wie ein hilfloser Kolibri, der den Baum, an dem er schlürfen wollte, irgendwie verpasst hatte. Dann drehte er ein kleines bisschen bei und schwebte zum Landeplatz am Ende der Siedlung mit den leeren gelben Wohnblöcken, die zu beiden Seiten der zentralen Straße lagen. Sie ergänzten drei hübsche einstöckige rotbraune Holzhäuser, die so auch in jedem altmodischen russischen Dorf hätten stehen können.

Wer wohl dort einst gewohnt hatte?

Wer heute in den anderen, den hässlichen Wohnblöcken wohnte, konnte man unschwer ausmachen. In den Fensternischen der verlassenen Klinkerbauten nisteten unglaublich viele Polarvögel, und aus der Anzahl ihrer zerzausten Nester war abzuleiten, dass sie es sich schon vor über zwanzig Jahren, gleich nach der Evakuierung der Einwohner, dort gemütlich gemacht und ihren Claim blitzschnell abgesteckt hatten.

Nikolin war aus dem Haupteingang ins Freie gerannt, als er und Shyudin den Hubschrauber gehört hatten. Das war der angekündigte Besuch des Ortsvorstehers von Barentsburg, der wie immer das sechsköpfige Hotelpersonal für die anstehende Sommersaison wie immer begleitete und einweisen wollte: zwei für die Küche, zwei für die Zimmer, einer hinter der halbrunden Bar mit der alten sowjetischen Flagge – und gleichzeitig verantwortlich für die schicke neue Rezeption – und schließlich ein kräftiger Mann fürs Grobe, der Nikolin und seinen Kumpel Shyudin wie jedes Jahr unterstützen würde.

Ihnen oblag unter anderem, das alte Heizungssystem mit Kohle – was sonst? – in Schwung zu halten. Das war schon eine ganze Menge an Aufwand.

Dann musste gekehrt werden, und das machte man auch hier noch, genau wie in Moskau, mit Reisigbesen. Tradition blieb eben Tradition.

Und immer wieder Reparaturen, kleine und mittlere. Was so anfiel. Und es fiel einiges an.

Im gleißenden unbarmherzigen Dauerlicht konnte man nichts verbergen, und sie hatten seit der Wiedereröffnung des Hotels im Jahr 2013 schnell ein Gespür dafür entwickelt, was *shabby chic* und nostalgisches Retro bedeutete und wie abstoßende Verwahrlosung auf die Besucher der gepflegten Geisterstadt wirken konnte.

Aber heute sahen sich die beiden aus heiterem, ja glitzerndem Himmel mit einer völlig unerwarteten Herausforderung konfrontiert: mit einer eingewickelten Leiche, die ihnen jemand in die Kühltruhe gelegt hatte.

Nikolin hatte sich fürchterlich erschreckt, als er den Deckel gehoben hatte, eigentlich nur um zu überprüfen, ob auch alles ordentlich und nach wie vor gleichmäßig eingefroren an Ort und Stelle lag, so wie es die Köche erwarten konnten. Sie würden morgen zum ersten Mal in dieser Saison in Aktion treten und leckere Dinge vorbereiten wie Salat Olivier und Hering im Pelzmantel.

Nikolin klimperte beim Gedanken an seine Lieblingsgerichte einen kurzen Moment lang schwärmerisch mit den Wimpern.

Genau! Wo waren denn die Lebensmittel abgeblieben, die wegen der Mumie hatten verschwinden müssen? Außer der Mumie war nichts mehr in der Truhe gewesen.

Selbstverständlich lagerten sie Kartoffeln und frische rote Beete nicht in der Kühltruhe. Die warteten in Säcken im Kartoffelkeller. Aber die Erbsen und Möhren hausten schon in der Truhe. Und der fertige Borschtsch und die Pelmeni.

Er hörte Schritte hinter sich und drehte sich um. Es war Shyudin, sein Kumpel.

»Sind sie schon da?«

Er zog sich am linken Ohrläppchen und schien in Gedanken vertieft.

Nikolin schüttelte den Kopf.

»Sie sind gerade gelandet. Was zum Teufel sollen wir jetzt tun?«

Er schaute seinen Freund hilfesuchend an.

Es war ein ungeschriebenes Gesetz, dass Shyudin grundsätzlich die Entscheidungen fällte und Nikolin sie dann tatkräftig umsetzte, mit Shyudins mentaler Unterstützung. Manchmal packte der sogar mit an.

»Wir müssen es Dima sagen«, erwiderte Shyudin. »Der wird die norwegischen Behörden informieren. Wir haben nichts damit zu tun. Absolut nichts.«

Sie setzten sich in Bewegung, um der Abordnung tapfer entgegenzutreten.

»Und was, wenn sie uns nicht glauben?«

Nikolin war sich tatsächlich nicht sicher, ob der russische Ortsvorsteher Dima Assomow ihnen abnehmen würde, dass sie tatsächlich keine Ahnung hatten, wie der Tote zu Tode gekommen war, wer er überhaupt war und wie er in dieser gottverlassenen Stadt, in der jede selbst noch so kleine Bewegung auffiel, unbemerkt in der Kühltruhe des Hotels gelandet war. Immerhin wurde es Tag und Nacht von zwei gestandenen und bewaffneten Kerlen bewacht.

Aber es war eben alles nur im Prinzip unter ihrer Kontrolle. Schließlich durchstöberten sie den Ort nicht jeden Tag, um nach versprengten Eisbären oder anderen Flüchtigen zu fahnden. Wo käme man da hin?

Nur, wo waren die Lebensmittel, die sie in der Truhe aufbewahrt hatten? Sie hätten sie doch irgendwo finden müssen, oder? Es nagte an Nikolin.

Schließlich blieb er stehen und legte seinem Kumpel die Hand auf die Schulter, er überragte ihn um zwei Köpfe.

»Shyu, lass uns nachdenken und nichts übereilen. Diese Mumie bringt uns nur Ärger. Es wird endlose Fragen geben, man wird uns von hier wegbringen, vielleicht nach Longyear, und uns dort vernehmen. Oder sie bringen uns sogar nach Oslo. Wer weiß? Der Himmel steh uns bei! Willst du etwa nach Oslo?«

Shyudin schüttelte entsetzt den Kopf.

»Wo sind übrigens die Sachen, die in der Kuhltruhe waren? Ich meine, bevor man die Mumie reingelegt hat.«

Shyudin riss die dunklen Augen auf.

»Was weiß denn ich? Dafür sind wir wirklich nicht zuständig.«

Dann räusperte er sich und ergänzte die Überlegungen seines Freundes.

»Und wenn sie uns tatsächlich glauben, dass wir mit der Leiche nichts zu tun haben, und ich sage nur *wenn*, dann werden sie uns sicher vorwerfen, wir hätten nicht aufgepasst. Dass wir zu bescheuert sind und es in einem leeren Dorf, wo niemand hinkommt, nicht einmal bemerken, wenn uns jemand eine komplett eingewickelte Leiche in die Küche des einzigen bewohnten, und zwar von uns bewohnten, Hauses legt, statt sie irgendwo draußen zu deponieren, wo sie im Nullkommanichts der Eisbär frisst. Was gäbe es Pfiffigeres für einen Verbrecher?«

Jetzt nickte Nikolin vehement.

»Wir müssen sie von der Küche fernhalten, unter allen Umständen. Besonders die Köche. Dann schaffen wir die Leiche heute Nacht in Ruhe beiseite und legen sie für den Eisbären aus. Fall erledigt und wir haben nichts mehr damit zu tun.«

Shyudin hörte ihm zu, dachte nach und hob den Kopf.

»Warum in der Nacht? Die gibt's hier nicht.«

Niko kratzte sich am Hinterkopf.

»Hast Recht, hatte ich vergessen. Dann, wenn alle schlafen, zwischendurch.«

Da bogen drei Männer um die Ecke des ersten Häuserblocks und hielten auf das Duo zu.

Shyudin stutzte.

»Wieso sind die nur zu dritt? Dima, Micha der Pilot – und wer ist der dritte Typ, der Große?«

»Keine Ahnung.«

»Komisch. Das gefällt mir nicht.«

Die beiden Wächter waren stehen geblieben und warteten mit in die Hüften gestemmten Händen ab, was nun folgen würde.

Dima Assomow, der Ortsvorsteher von Barentsburg und gleichzeitig russische Konsul – in den dunklen Monaten schrieb er Gedichte –, winkte schon von Weitem. Er war ein leicht gedrungener rotblonder Mann Mitte vierzig, mit glattrasierten Wangen und eher ein Gegenentwurf zu dem auf Svalbard gängigen Modell des bärtigen Polarhelden, der gern als trendige Mischung aus Amundsen und Nansen mit Instagram-Account und arktistauglichen Markenklamotten auftrat.

»*Privet*!«

Der Unbekannte streckte den beiden mit diesem russischen »Hallo!« seine Hand entgegen. Die Männer reagierten zurückhaltend, drückten sie aber kurz.

»Ihr müsst Nikolin und Shyudin sein. Dima hat mir schon von euch erzählt.«

Der Ortsvorsteher lächelte stolz und breitete seine Arme aus.

»Ihr wundert euch sicher, wo die anderen geblieben sind. Die kommen erst morgen. Ich habe Svein Vang Myklebust mitgebracht, weil er zu Saisonbeginn in der *Svalbard Posten* einen großen Artikel über Pyramiden bringen wird. Er wollte mal ganz allein hier vorbeischauen, damit ich ihn ungestört überall herumführen kann, bevor die Touristen kommen. Hotel, Kulturhaus, Schwimmbad, Eisbärwappen, Flaschenhaus, alte Kantine – na, eben alles, ihr wisst schon. Ihr kennt euch doch aus.

Und nicht zuletzt will ich ihm die alte Grubensirene zeigen, ich habe ihm davon erzählt. Vielleicht werfen wir sie sogar mal wieder an. Sie funktioniert ja noch einwandfrei.«

Dima Assomov strahlte über das ganze Gesicht.

Die beiden Russen schauten unsicher zu Boden. Shyudin scharrte mit der Spitze seines Sneakers im Polarrasen mit dem Wollgras, das sich sanft im Wind wiegte.

»Alles klar, Dima.«

Man konnte Nikolin kaum verstehen, so sehr nuschelte er. Der Pilot, der Dritte im Bunde, sah sich um. Er hatte die Hände in die Taschen seiner Montur gestopft.

»Dann lasst uns doch anfangen, damit ich bald wieder wegkomme«, sagte er. »Ich kenne hier ja alles. Mich braucht ihr nicht. Ich warte solange im Hotel bei einem Tee. Ich weiß, wo der Samowar steht, und bediene mich einfach.«

Damit drehte er sich um, ließ die anderen stehen und ging auf den dunkelgelben vierstöckigen Klinkerbau am Ende der Straße zu.

Nikolin und Shyudin tauschten nervöse Blicke.

7

Auf dem Weg nach Nybyen fiel Trond plötzlich ein, dass es kaum ein Umweg für ihn war, wenn er im *Munken Hotel* zuerst nach Frida schauen würde. Es lag leicht erhöht zwischen dem Stadtteil Haugen und Nybyen, und man hatte von dort aus, etwas abseits von den meisten Einkaufs- und Übernachtungsmöglichkeiten Longyearbyens, einen spektakulären Blick auf das Dorf, die Berge und den Fjord. An der Rezeption des Hotels fragte er nach ihr und man bat ihn zu warten. Sie sei erst vor ein paar Minuten mit ihrem Vater eingetroffen.

Trond ließ sich in der kleinen eleganten Lobby nieder und schaute sich um. *Munken Lodge* war eines der ersten Hotels am Ort gewesen, wie Ingvild ihm berichtet hatte, als sie hier einmal stilvoll zu Abend aßen. Bjarne hatte bei seinem Freund Filip geschlafen, und Trond hatte die Gelegenheit genutzt, seine Tochter zu einem entspannten Erwachsenendinner einzuladen. Bei dieser Gelegenheit hatte er ihr noch einmal dafür gedankt, dass sie ihn im Dezember nach Svalbard gerufen hatte. Wie wichtig es für ihn sei, hatte er ihr gestanden, hier eine Aufgabe zu haben, die ihm so große Freude bereite und die ihn gleichzeitig vor einer Rutschpartie in die Einsamkeit und Eigenbrötlerei schütze.

»Ach?«, hatte Ingvild eingeworfen und ihn amüsiert und so liebevoll angelächelt, wie nur Töchter ihre Väter anlächeln konnten.

Das war vor drei Monaten, im Februar, gewesen, da hatte er die ersten Morde auf Spitzbergen seit Menschengedenken gerade aufgeklärt und auch seinen Polarkoller besiegt.

Letzteres war Doktor Banville, dem Neurologen an der hiesigen Universität zu verdanken gewesen, der an psychischen Krankheiten forschte, die durch die speziellen arktischen Bedingungen hervorgerufen oder verstärkt wurden, und in dessen Behandlung sich Trond begeben hatte. Ein sanfter Cocktail aus gezielten Bewegungs- und Atemübungen, therapeutischen Gesprächen und einem milden Schlafmittel hatte ihm schließlich zur Heilung verholfen, die mit der Rückkehr der Sonne noch beschleunigt worden war.

Er hatte seine Genesung wie ein Geschenk angenommen. Das Gespenst einer schleichenden Demenz hatte er damals, wenn er ganz ehrlich war, schon ab und zu durch die geheimen Abstellkammern seines Kopfes huschen sehen.

Munken Hotel war eines der ältesten Gebäude der Siedlung und hatte schon in der Blütezeit der Gruben unter der Aufsicht der *Store Norske*, der staatlichen Kohlebetriebe, als Messe für die höheren Angestellten gedient.

Ein gediegener Ort, angenehm zum Verweilen und Speisen und wahrscheinlich auch die angenehmste Übernachtungsmöglichkeit im ganzen Städtchen.

Ein paar Minuten später kam Frida die Holztreppe herunter, sie blieb stehen und winkte Trond zu. Die letzten zwei Stufen nahm sie mit einem Satz.

Trond erhob sich und ging auf sie zu.

»Ich musste sowieso hier vorbei, und da dachte ich mir, ich guck mal, ob du vielleicht schon mitkommen kannst.«

Frida schaute ihn fragend an. »Wohin gehen wir denn?«

Er entfernte sich zwei Schritte von der Rezeption und senkte die Stimme ein wenig.

»Weg 210. Dort, wo die Lawine vor vier Wochen runterging. Genauer gesagt, direkt daneben.«

Frida schaute etwas überrascht, sagte aber nichts.

Trond fuhr fort: »Ich dachte, da wohnt schon seit Längerem niemand mehr. Die beiden Häuser sahen immer so verlassen aus. Ein bisschen heruntergekommen und ohne Vorhänge und Trockenblumensträuße in den Fenstern, nicht mal Mülltonnen und geparkte Schneemobile und Stiefel davor. Und jetzt sagt Ma-Prang, wir sollten dort mal nachfragen, ob jemand weiß, wo Pat Cruz abgeblieben ist.«

Frida hob überrascht die Augenbrauen. »Das hat Ma-Prang wirklich zu dir gesagt?«

Trond nickte.

»Aber der Wohncontainer steht doch leer, oder?«, wiederholte der Bergenser.

Frida schaute ihn aufmerksam an.

»Brannte während der Polarnacht irgendwann mal dort Licht? Hast du da was gesehen?«, fragte sie, statt zu antworten.

Trond zuckte mit den Schultern.

»Keine Ahnung. Da war ich mit anderem beschäftigt, wie du weißt, und habe nicht darauf geachtet. Außerdem bin ich so gut wie nie nach Nybyen gekommen. Kennst du eigentlich einen Xan Ling?«

Fridas Augen zogen sich zu schmalen Schlitzen zusammen, was sie aussehen ließ, als wäre sie nun besonders aufmerksam oder wachsam.

Zunächst dachte Trond, dass die Musherin so auf seine Frage reagiert hatte. Doch dann bemerkte er, dass sie den Blick auf etwas gerichtet hielt, was sich hinter ihm befinden musste.

Langsam drehte er sich um und sah einen schlaksigen älteren Mann auf der Mitte der Treppe stehen. Sein ungewöhnlich dichtes eisgraues Haar war an der Seite gescheitelt. Er hatte seinen breiten Mund mit den vollen Lippen zu einem noch breiteren Lächeln verzogen, das wohl sympathisch wirken sollte, bei Trond jedoch genau das Gegenteil bewirkte.

Als er diesen Mann erblickte, lief ihm sofort ein Schauer den Rücken hinab. So etwas passierte ihm nur sehr selten. Der Mann kam ihm vor wie ein grinsendes Reptil.

Im gleichen Augenblick ahnte er, wer das sein musste.

»Das ist mein Vater«, murmelte Frida fast entschuldigend.

»Roeben van Namen!«, tönte der Mann, während er die letzten Stufen der Treppe hinunterstieg. Er streckte Trond seine rechte Hand entgegen. »Sie müssen Trond Lie sein, Frida hat mir viel von Ihnen erzählt.«

»Ich habe dir nicht viel von ihm erzählt«, warf Frida ein.

Es wirkte, als wären ihr die Worte ihres Vater peinlich, was Trond für durchaus normal bei Kindern und Eltern hielt.

Er ergriff die Hand des Niederländers.

»Es freut mich, Sie kennenzulernen«, fügte Trond sofort hinzu. »Und willkommen in der Arktis! Sicher haben Sie Frida schon häufiger besucht, sie lebt ja schon einige Jahre hier auf Svalbard.«

Roeben van Namen bedachte seine Tochter mit einem kurzen Blick.

»Selbstverständlich, ich komme öfters hier herauf.«

Er wollte Frida die Wange tätscheln, doch die wich einen Schritt zurück.

»Du warst in den vier Jahren so gut wie nie hier, *Vader.*«

Die Musherin klang nicht beleidigt oder gar gekränkt, ihr Widerspruch war eher sachlich vorgebracht. Van Namen ignorierte ihn.

»Habt ihr beiden wieder einen Mordfall aufzuklären?«

Er nahm sich aus einer wunderschön bemalten Keramikschüssel einen der Äpfel, die den Hotelgästen angeboten wurden, und biss hinein. Lachend sah er von einem zur anderen.

Trond schüttelte den Kopf und begann, sich die Jacke wieder anzuziehen, die er abgelegt hatte, weil die Lobby wie die meisten Räume in Longyearbyen überheizt war.

»Ich habe meinem Vater ein bisschen von unserem Abenteuer im Januar erzählt. Nichts, was nicht auch in der Zeitung stand.«

»Apropos Zeitung«, unterbrach der Niederländer seine Tochter. »Da muss ich auch noch hin. Ich habe dem Redakteur mit dem komischen Doppelnamen von Amsterdam aus eine Mail geschickt. Und auch dem Mann im Tourismusbüro – der so ähnlich wie Hula-Hoop heißt.«

Er lachte mit einem gemeinen Zug um den Mund.

»Hulla«, sagte Frida. »Er meint Hulla Zad«, ergänzte sie, an Trond gerichtet.

Trond kannte den stellvertretenden Leiter des Fremdenverkehrsamts flüchtig, der eigentlich Rohulla Zadran hieß und dessen Eltern aus Afghanistan stammten.

»Ihr seid ja ganz schön multikulti hier oben. Aus welchem Teil der Welt kommt der denn?«

Roeben van Namen kaute weiter an seinem Apfel, er hatte ihn schon zur Hälfte aufgegessen.

»Aus Stavanger.«

Trond konnte es sich nicht verkneifen. Er wusste nicht genau, wo Hulla aufgewachsen war, aber Stavanger könnte von seinem Akzent her passen.

»Ich dachte, Sie sind Diplomat, van Namen. So etwas müssten Sie doch gewohnt sein. Viele Nationen, meine ich.«

Nun griff Frida ein.

»Diplomaten sind oft die schlimmsten Rassisten. Aber mein Vater ist schon lange kein Diplomat mehr.«

»Ach?«

Fridas Mundwinkel zuckten, ihr Vater wirkte einen Moment lang irritiert.

»Ganz recht, ich bin jetzt Geschäftsmann«, erklärte er und entsorgte den Apfelrest im Papierkorb. »Ich verbinde bei meinem Besuch in Longyearbyen das Angenehme«, hier deutete er eine kleine Verbeugung in Richtung seiner Tochter an, »mit dem Geschäftlichen.«

»Und mit welcher Art von Geschäften, wenn ich fragen darf?«

Tronds Neugier war geweckt. Frida hatte sich schon an der

Tür postiert und schien ungeduldig. Ihr dauerte dieses Gespräch offensichtlich zu lang.

»Och, *Vader*, wir müssen los, wir sehen uns dann zum Abendessen. Bis später, ruh dich aus oder mach, wozu du Lust hast. Komm, Trond.«

Sie öffnete schwungvoll die Tür und hielt sie ihm auf. Ein kalter Luftzug strömte herein.

Roeben van Namen hatte die Arme vor der Brust verschränkt. Er trug eine dieser bequem aussehenden grob gestrickten Jacken, die auch Trond immer gefallen hatten, die für ihn aber eine Nummer zu teuer waren.

Der Bergenser wiederholte seine Frage.

»Organisierte Völkerverständigung«, antwortete der Niederländer schließlich und lächelte.

Tronds Augenbrauen rutschten einen Deut nach oben.

»Er meint den Tourismus«, erklärte Frida. »Mein Vater ist seit einigen Jahren in der Reisebranche tätig.«

»Ach.«

Frida bedeutete Trond, ihr zu folgen, und gemeinsam verließen sie das Hotel und traten auf die sonnenbeschienene Straße, wo sie schweigend den Weg nach Nybyen einschlugen.

Wenig später blieb Trond stehen und sein Blick fiel auf die braune Bergkette auf der anderen Seite des Adventfjords. Nur ganz oben waren ein paar weiße Flecken zu sehen. Noch vor zwanzig Jahren, so hatte er auf Tafeln im Landeskundemuseum lesen können, waren die Berge das ganze Jahr von Schnee und Eis überzogen gewesen. Nie war etwas weggetaut. Aber das war Vergangenheit.

Schließlich durchbrach Frida die Stille.

»Es tut mir leid, er ist eben, wie er ist. Wir haben kaum Kontakt.«

»Frida, du musst dich nicht für deinen Vater entschuldigen.«

»Tu ich ja auch nicht«, entgegnete sie trotzig.

»Doch, das machst du. Du bist Frida und er ist Meneer van Namen. Nicht unbedingt auf den ersten Blick sympathisch, aber sicher vertrauenswürdig und harmlos.«

Nun blieb Frida wie angewurzelt stehen und sah ihn auf eine merkwürdige Art an, in der eine gewisse Traurigkeit zu liegen schien.

»Genau das, Trond, ist er eben nicht.«

8

Sie schwiegen, bis sie das Haus in Nybyen erreicht hatten. Trond versuchte nur einmal, bessere Stimmung zu machen, indem er nach den Hunden fragte, doch Frida blieb einsilbig, was dem sprühenden Temperament der jungen Frau, die selbst unter Anspannung immer gut gelaunt war, gar nicht entsprach.

Irgendetwas bedrückte sie, das spürte er, und er war sich ziemlich sicher, dass er selbst nicht der Grund dafür war.

Nach ein paar Minuten hatten sie die Stelle erreicht, wo Ende April die Lawine heruntergekommen war. Eines der beiden Häuser dort steckte noch in einem Berg von altem Schnee, der an der Wand des Wohncontainers klebte. Der starr gefrorene Schnee war braun-schwarz gesprenkelt und durchsetzt von feinkörniger Erde, Flechten und Geröll. Er hatte sich bis über den zweiten Stock, bis zum Flachdach hinauf, getürmt und umkrallte das ehemalige Wohnhaus wie ein Riesenkrake.

Am Haus daneben blätterte die grasgrüne Farbe zwar an zahlreichen Stellen ab und brachte verrostetes Metall zum Vorschein, doch es lag weitgehend schneefrei da.

Trond schaute auf seine Uhr, es war kurz vor halb vier am Nachmittag.

»Halte dich bitte etwas im Hintergrund und überlass mir das Reden«, wandte sich Frida an den Ex-Kommissar, kurz bevor sie die Eingangstür erreicht hatten.

Trond hatte verstanden. »Willst du Mandarin mit ihnen sprechen?«

Er hatte seit ihrem ersten Einsatz im Januar nicht vergessen, dass die Niederländerin im Diplomatenviertel von Djakarta aufgewachsen war und nicht nur Indonesisch sprach, sondern durch ihre chinesische Nanny auch fließend Mandarin. Das hatte ihn sehr beeindruckt, obwohl es für ihren Fall damals nicht von Bedeutung gewesen war.

Frida wiegte den Kopf, sodass ihre blonden schulterlangen Haare zur Seite fielen.

»Kommt drauf an, wer uns aufmacht. Bei Thais, Vietnamesen und Filipinos hilft das nicht. Die mögen keine Chinesen.«

Sie klopften und warteten. Trond stand wie abgesprochen ein Stück hinter ihr.

Als er an dem zweistöckigen Gebäude hinaufschaute, nahm er ein Gesicht am Fenster im ersten Stock wahr, das, als es sich entdeckt wusste, blitzschnell wieder verschwand.

Frida klopfte noch einmal, diesmal eindringlicher. Eine Klingel war nirgends zu sehen.

»Besuch wird jedenfalls nicht erwartet«, murmelte der Bergenser. »Oder ist nicht erwünscht.«

»Beides, denke ich«, erwiderte Frida. »Außerdem tauchen wir gerade zwischen den Schichten auf. Die Morgenschicht ist durch – Zimmer machen, Küchen und Toiletten putzen, sämtliches Essen für das Tagesgeschäft vorbereiten, und dann ab in die Federn. Ab sieben oder acht Uhr abends sind sie wieder im Einsatz, zumindest ein Teil von ihnen.«

Trond zog verwundert die Augenbrauen hoch.

»Die arbeiten zwei Schichten pro Tag? Das kann ich mir nicht vorstellen, Frida. Svalbard ist schließlich auch irgendwie Norwegen.«

Frida trat einen Schritt von der Tür zurück und blickte ihn an. Um ihren Mund lag ein verkniffenes Lächeln.

»Du kannst dir sicher nicht viel von dem vorstellen, was hier läuft und was du vielleicht gleich sehen wirst. Aber das bedeutet ja nicht, dass es das nicht gibt. Und Norwegen hin oder her, das existiert hier nicht. Das hier ist *no man's land*! – Na endlich.«

Die Tür wurde aufgerissen und ein Mann asiatischer Herkunft stand vor ihnen. Er blinzelte in die Sonnenstrahlen und schirmte seine Augen ab. Drinnen herrschte, wie Trond unschwer erkennen konnte, Dämmerung.

»Ich bin Frida und möchte Xan Ling sprechen«, sagte die Musherin zu dem Mann.

Der ehemalige Kommissar bemerkte, dass die sonst eher freundliche und lächelnde junge Frau eine entschlossene Miene aufsetzte.

Der Mann, nach Tronds Einschätzung ein Thai, war sicher nicht älter als zwanzig Jahre. Er zuckte mit den Schultern, ehe er sich von ihnen abwandte und durch den düsteren Korridor schlurfte. Mit einer müden Armbewegung bedeutete er ihnen, mitzukommen.

Frida und Trond schlüpften blitzschnell in den Hausflur und folgten ihm. Trond schloss die Tür hinter ihnen. Jetzt erst bemerkte er den muffigen Geruch, der den ungelüfteten Räumen anhaftete. Es war eine unangenehme Mischung aus Schweiß, Urin und dreckigem Bettzeug, und noch etwas anderes hing in der Luft, was ihn einen Moment lang in die engen Massenunterkünfte seiner Wehrdienstzeit zurückversetzte: der Geruch von ungewaschenen Genitalien.

Trond schüttelte sich innerlich.

Wo war er hier gelandet?

Ostasiaten, das wusste er, waren als eher reinlich bekannt, wesentlich penibler, was Körpergerüche betraf, als die meisten Europäer.

Er versuchte einen Blick durch die Türen zu werfen, an denen sie vorbeigingen. Doch die meisten waren geschlossen. Einige waren zwar nur angelehnt, aber man konnte keinen Blick ins Innere werfen.

Am Ende des langen Korridors blieb der junge Mann stehen. Vorsichtig öffnete er die Tür auf der rechten Seite, stellte sich auf die Zehenspitzen und flüsterte etwas in den Raum hinein. Kurz darauf trat er in den Flur zurück.

»Er kommt«, flüsterte er Frida zu. »Warte hier.«

Der junge Thai ignorierte Trond komplett.

Dann öffnete er die Tür auf der anderen Seite und schlüpfte hinein. Obwohl es in dem Schlafraum düster war, konnte Trond, dessen Augen sich bald an das Dämmerlicht gewöhnt hatten, zahlreiche Stockbetten erkennen, die eng nebeneinanderstanden. Die vielen Leiber der Schlafenden waren förmlich zu spüren. Schnell wurde die Tür wieder geschlossen.

Sie schauten sich stumm an. In Trond arbeitete es. Schließlich konnte er nicht mehr an sich halten.

»Was sind das hier für Unterkünfte? So müssen die erbärmlichen Flüchtlingslager rund um das Mittelmeer aussehen. Aber hier sind wir am Nordpol, in Norwegen!«

Er versuchte seine Stimme unter Kontrolle zu halten und leise zu bleiben. Die unterdrückte Aufregung über das, was er gerade gesehen hatte, ließ ihn trotzdem aufgewühlt zischen.

Frida legte ihm beschwichtigend die Hand auf die Schulter.

»Schsch, nicht hier, Trond. Später.«

In diesem Moment wurde wieder die letzte Tür rechts geöffnet, und ein mittelgroßer, schmaler und glattrasierter Mann mit halblangem schwarzem Haar betrat den Flur. Es war ebenfalls ein Asiate, wirkte aber nicht so verschlafen wie der andere.

Er lächelte ihnen zu und winkte sie zu sich.

»Und sei jetzt bitte still«, flüsterte Frida Trond im Vorbeigehen zu, »sonst kriegen wir wirklich nichts raus. Null.«

Trond nickte gehorsam. Dass hier nur Frida weiterkommen würde, war ihm mittlerweile klargeworden. Sie schien bekannt oder zumindest akzeptiert zu sein.

Die beiden betraten einen kleinen Aufenthaltsraum, in dem eine winzige Küchenzeile mit einem Kühlschrank und einer zweiflammigen Kochplatte neben einem Wasserkocher und einem Reiskocher stand.

Trond versuchte, den überquellenden Mülleimer in der Ecke zu ignorieren.

»Danke, Xan Ling, dass du ein bisschen Zeit für mich hast. Das ist übrigens Trond, ein alter Freund, der in Longyearbyen auf seinen Enkel aufpasst und mir auch mit den Hunden hilft.«

Xan Ling ließ seinen Blick einen Moment lang auf ihm ruhen und verbeugte sich dann leicht in Tronds Richtung. Trond erwiderte diese Geste.

Bis jetzt hatten die beiden auf Englisch miteinander kommuniziert, doch nun wechselte der Chinese plötzlich in seine Sprache. Frida schien keineswegs überrascht zu sein und antwortete in einem Mandarin, das sich für Trond so exotisch und gleichzeitig so alltäglich anhörte, als hätte Frida in ihrem Leben nie eine andere Sprache gesprochen.

Trond spitzte die Ohren, doch konnte er nichts, absolut gar nichts verstehen. Nicht einmal ein Eigenname wie Patrick, Pat oder Cruz war auszumachen, der vermutlich zwischen den beiden fiel. Vielmehr erinnerte ihn das Wortgeplänkel an ein Tischtennismatch, in dem die kleinen Bälle so rasch hin- und herflogen, dass man sie mit dem bloßen Auge nicht mehr verfolgen konnte. Trond bezweifelte, dass man norwegische oder selbst englische Wörter derart schnell über die Lippen bringen konnte.

Nach ungefähr fünf Minuten beendeten beide Teilnehmer das chinesische Frage- und Antwortspiel und verbeugten sich wieder.

Frida bedeutete Trond, dass sie nun schleunigst verschwinden sollten. In weniger als einer halben Minute standen sie wieder auf Weg 210 und die Musherin trieb ihren norwegischen Freund zur Eile an.

»Komm, lass uns zum Café rübergehen, wir werden sicher von da drinnen beobachtet.«

Kurz darauf saßen sie im *Grubenarbeiter Café* an der Hauptstraße von Nybyen und rührten in ihren Kaffeetassen. Frida wirkte nachdenklich.

»Hast du etwas über Pat Cruz herauskriegen können?«

Trond wollte nicht drängeln, aber das Schweigen der Niederländerin dauerte ihm einfach zu lange.

»Hm, Xan Ling erzählte nur vage etwas von einem Auftrag, den Pat wohl zu erledigen hatte.«

»Auftrag? Was für ein Auftrag?«

Frida zuckte mit den Schultern.

»Er meinte, er wisse nichts Genaues. Nur dass Pat irgendwohin musste, um etwas abzuholen oder wegzubringen.«

»Eisbär-Toast Spezial!«, schrie jemand aus der Küche, streckte den Kopf durch die Durchreiche und knallte einen Teller auf das Sideboard mit einem Sandwich, aus dem eine dicke rote Sauce tropfte.

Sofort fielen Trond mehrere Fragen dazu ein.

»Wohin musste er?«

Frida warf ihm einen hilflosen Blick zu.

»Das hat er nicht gesagt, auch nach mehrfachem Nachfragen nicht. Irgendwann habe ich es aufgegeben, sonst wäre er misstrauisch geworden. War er eh schon.«

»Wann genau war das?«

»Gestern Morgen, hat er gesagt.«

Trond lehnte sich zurück. Sein Blick fiel nach draußen. Ein paar Jugendliche fuhren gerade mit ihren Fahrrädern auf der Straße vorbei. Ein ungewöhnlicher Anblick, wie er feststellte. Fahrräder waren kein gängiges Fortbewegungsmittel in der Arktis. Kufen ja, Räder nein.

»Woher weiß er das? Wer ist dieser Mann? Und wo zum Teufel waren wir gerade, Frida? Was war das für ein Haus?«

Frida van Namen strich sich die Haare aus der Stirn und knabberte ein paar Sekunden lang an ihrer Unterlippe, bevor sie antwortete.

»Xan Ling ist eine Art Organisator, ja, so könnte man es nennen. Bei ihm laufen alle Stränge der *Asian Community* zusammen. An ihn wendet man sich, wenn man irgendetwas oder jemanden braucht …«

»Wofür?«, unterbrach Trond und schaute sie fragend an.

Frida wich seinem Blick nicht aus.

»Meistens fürs Grobe, aber manchmal auch für etwas Feineres. Zum Beispiel, wenn Arbeitskräfte benötigt werden, sobald etwas ›außer der Reihe‹ anfällt. Wenn ein Hotel dringend Verstärkung braucht oder ein Schiff kurzfristig repariert werden muss, das vorübergehend hier angelegt hat. Dann wendet man sich an ihn.«

Trond starrte sie an.

»Und er besorgt …« Hier stockte der Ex-Kommissar und schluckte, während er nach dem richtigen Begriff suchte.

»Sklaven, genau. Sag es ruhig. Aus seinem Pool. Das sind Thais, Indonesier, Chinesen, Vietnamesen, Filipinos, und manchmal ist auch ein Koreaner dabei. Nur Japaner nie.«

Trond riss überrascht die Augen auf. Er hatte seine Brille abgenommen und drehte sie nachdenklich zwischen Daumen und Zeigefinger.

Frida räusperte sich.

»Das ist nicht zynisch von mir, Trond. Ich hätte auch sagen können: Arbeitskräfte, die es vorziehen, weit unter Tarif bezahlt zu werden, weil sie es müssen, und die keine Fragen stellen, oder, vornehm ausgedrückt, Angestellte, die im Billiglohnsektor engagiert sind. Ich wollte es dir gegenüber nur nicht beschönigen. Du weißt doch auch aus Bergen, was alles so unter der Hand passiert.«

Trond fuhr sich über seine eisgraue Haarbürste und atmete laut aus.

»Und das Haus, in dem wir eben waren, das ist eine …?«

»Massenunterkunft, von denen es hier einige gibt. Jawohl«, warf Frida ein. »Und glaub nicht, die Behörden wüssten nichts davon! Es wird sicher nicht gern gesehen, aber es sieht ja auch niemand. Man schaut einfach weg. Was glaubst du, wie hier in kürzester Zeit eine so große Tourismusbranche entstehen konnte? In einem extrem dünn besiedelten, einsamen Industriekaff kurz unter dem Nordpol, das nur eine überschaubare Menge an primitiven Unterkünften von ehemaligen Bergleuten aufzuweisen hatte, die längst nicht mehr unserem heutigen Standard entsprechen? Wo jedes Stück Laminat, jede Blumenvase, jede Kloschüssel aufwändig hier hochgekarrt werden muss?«

Trond nickte und winkte ab. »Klar, das habe ich verstanden.«

»So was funktioniert und rentiert sich nur, wenn man eine billige Putz- und Baubrigade zur Verfügung hat.«

Wieder nickte Trond und schob seinen Kaffee von sich weg.

»Die nicht nur wenig kostet, sondern auch unsichtbar bleibt. Aber wie passt da jemand wie Pat Cruz hinein?«

Frida suchte nach ihrem leichten Anorak, den sie auf die Bank gelegt hatte.

Sie stand auf und zog ihn sich über.

»Genau. Pat ist ein renommierter Koch in einem guten Restaurant und hat eine Chefin, die sich um ihre Leute kümmert. Deshalb muss irgendwas dahinterstecken, wovon niemand etwas ahnt. Und wenn ich die Nervosität von Xan Ling eben richtig deute, muss es etwas ziemlich Dickes sein.«

Trond stand nun ebenfalls auf und überlegte, woran man wohl einen nervösen Chinesen erkennen konnte. Das würde er noch herausbekommen.

9

Micha, der kräftige Pilot des Helikopters, war zielstrebig in die Küche des Hotels geschlendert und hatte sich aus dem langen Schrank mit den altmodischen Schiebetüren eine Teetasse mit handgemalter Tulpe organisiert. Der Samowar blubberte in der Ecke vor sich hin, wie Micha es gewohnt war. Er kannte sich hier gut aus.

Genau wie in Barentsburg wartete der Tee zuverlässig in der kleinen Metallkanne über dem bauchigen Behälter für heißes Wasser, das durch einen Thermostat knapp unter dem Siedepunkt gehalten wurde, sodass man sich immer und fast ohne Wartezeit ein Tässchen dunkelgoldenen Chai daraus gönnen konnte.

So wie in Longyearbyen der Kaffee nie versiegte, sprudelte bei den russischen Nachbarn der heiße Tee.

Micha schaute sich in der Küche um. Seines Erachtens machte Dima viel zu viel Aufhebens um den norwegischen Zeitungsmenschen. Was hatte der schon zu bieten? Pyramiden war auch ohne einen Artikel in seinem Blättchen zum Renner für die Besucher von Spitzbergen geworden. Es war wie eine Geistererscheinung, um gelangweilte Touristen zu bespaßen. Ziemlich clever, fand Micha. Darauf hätte man schon früher kommen können.

Obwohl ihm nicht ganz klar war, worin die eigentliche Attraktion bestand. War es der Reiz eines halbverrotteten Relikts des abgewrackten sowjetischen Systems? Um es sich Jahrzehnte nach dessen Niedergang am Ende der Welt für ein paar Stunden wie ein eisgekühltes Bonbon auf der Zunge zergehen zu lassen?

Sie strömten jedenfalls herbei und bekamen aufgeregte Schwitzehändchen mitten in der Arktis.

Micha goss etwas von dem heißen Teekonzentrat in seine Tasse. Er schüttelte den Kopf, als er daran dachte.

Sie stellten sich neben den löchrigen Leninkopf, um Selfies zu machen, die sie dann grinsend in San Francisco, München oder Shanghai herumzeigen konnten, und knipsten Nikolin, der mit seinem Großkaliber über der Schulter und tief ins Gesicht gezogener grauer Pelzplüschkappe mit Hammer und Sichel vorne drauf herumpatrouillierte.

Micha war sicher, dass Niko sich extra für diesen alljährlichen Auftritt den Stalinschnäuzer hatte stehen lassen. Um das Bild abzurunden und so das Trinkgeld aufzupäppeln, das er selbstverständlich mit Shyudin teilen musste.

Micha musste lachen, während er mit dem winzigen Löffel in der Tasse rührte.

Der norwegische Journalist aus Longyearbyen hatte, wie Dima ihm während des kurzen Flugs erzählte, erst gestern Abend angerufen und in seinen Ohren etwas gehetzt geklungen. Er habe eine große Reportage über Pyramiden geplant und müsse unbedingt und ganz schnell in die Geisterstadt, am besten gleich.

Jetzt gleich? Es sei elf Uhr nachts, habe Dima als Ortsvorsteher von Barentsburg ihm entgegnet.

Ja und? Schließlich sei es taghell, wo sei da der Unterschied? Jeder auf Svalbard würde die auf dem Festland gängige Tag- und Nachtunterteilung während des Sommers weitgehend ignorieren.

Die Müllabfuhr leere die Tonnen um Mitternacht, man treffe um drei Uhr nachts überall auf ausgelassene Partygäste – nicht auf dem Rückweg, sondern auf dem Weg zu einer Feier. Selbst einige Cafés passten sich den Gegebenheiten an, und die Kneipen sowieso. Gut, die Schulen begännen zwar nicht erst um zehn Uhr abends, aber das seien auch die Einzigen, die an einem normalen Tagesablauf festhielten.

Wo liege also das Problem?

Dimas Antwort war schnell und unmissverständlich gekommen: am Heli. Barentsburg verfügte nur über einen einzigen, und der stand erst für den Morgen zur Verfügung. Da hatte der Norweger endlich den Mund gehalten.

Micha überlegte, wo sie wohl die leckeren Honigbrote aufbewahrten, die er so gern zum Tee aß. Er selbst hatte vor gut zwei Wochen den Proviant für die kurze Sommersaison hierhergeflogen und Shyudin und Nikolin beim Ausladen geholfen und wusste daher, dass die Brote schon hier waren. Wie alles andere, das sie in die Kühltruhe verfrachtet hatten.

Sveta, seine Lieblingsköchin im neuen Restaurant in Barentsburg, hatte sie nach dem Rezept ihrer Babuschka gebacken und ihm zum Kosten gegeben. Himmlisch.

Vielleicht waren sie in der Vorratskammer?

Micha glitt vom Hocker, auf den er sich gesetzt hatte, und steuerte die Tür im hinteren Teil der Küche an, die sich neben der riesigen Kühltruhe befand. Er suchte alle Schränke einschließlich der Speisekammer ab, konnte aber nichts entdecken. Außer dem Sack mit den Kartoffeln und der roten Beete gab es weit und breit nichts Essbares.

Als er draußen Stimmen hörte, steckte er seinen Kopf kurz aus dem Fenster.

Dima stapfte gut gelaunt mit Niko und dem Journalisten am Hotel vorbei und winkte, als er ihn sah. Dima, das wusste Micha, winkte gerne und ausgiebig.

Das Gesicht des Norwegers wirkte dagegen angestrengt und verkniffen. Er blickte sich häufig um, als würde er etwas vermissen oder sogar suchen. Shyudin war nirgends zu sehen.

Als Micha den Kopf wieder zurückzog, stand der schmale Mann genau hinter ihm. Micha merkte, dass er eine Sekunde lang wie erstarrt war, doch er fasste sich schnell.

»Mann, Shyu, hast du mich erschreckt. Ich bin auf der Suche nach eurem Honigbrot zum Tee.«

Er deutete auf die leere Tasse, die er in der Hand hielt.

»Komm mit!« Shyudin zog den widerstrebenden Piloten mit sich zur Gefriertruhe.

»In der Kühltruhe? Honigbrot?«

Micha schaute ratlos.

»Ich brauche deine Hilfe, schnell!«

Der Pilot runzelte die Stirn. Was hatte das nun zu bedeuten?

Shyudin, den Micha für ein harmloses Schlitzohr hielt, das zwar immer genau wusste, auf welcher Seite sein Brot gebuttert war, aber mit Sicherheit niemals unangenehm werden würde, schien in heller Aufregung und zitterte am ganzen Leib. So hatte er ihn noch nie erlebt.

»Bei was zum Teufel soll ich dir helfen?«

Statt einer Antwort hob der Russe den Deckel der Gefriertruhe und bedeutete ihm hineinzuschauen. Micha ging zwei Schritte vor und beugte sich vorsichtig über die Truhe. Nach einigen Sekunden des Schreckens zog er seinen Kopf zurück und starrte Shyudin mit weit aufgerissenen Augen an.

»Wer ist das?«

Shyudin fixierte ihn.

»Ich hab keinen Schimmer. Aber du musst ihn wegbringen, und zwar schnell!«

Er griff in die eisige Truhe.

»Los, pack mit an!«, forderte er Micha auf.

Nach kurzem Zögern griff der Pilot ebenfalls nach unten und gemeinsam hievten sie die eingewickelte Leiche aus ihrem eisigen weißen Sarg.

Shyudin, der die Mumie an den Schultern festhielt, während Micha sich die Beine gekrallt hatte, steuerte mit winzigen schweren Schritten einen der hinteren Hotelausgänge an.

Da die Leiche steifgefroren war, hing sie in der Mitte auch nicht durch, was den Transport erleichterte, und so dauerte es keine zwei Minuten, bis sie den Küchenbereich zu dritt verlassen hatten.

Nur ganz kurz, bevor die andere Dreiertruppe, die aus Dima, Myklebust und Nikolin bestand, von der anderen Seite der Küche her erschien.

»Shyudin?«, rief Dima, kaum dass sie in dem großen Raum standen.

Niko kam als Dritter und Letzter an und reckte auf der Stelle den Hals, denn die Kühltruhe stand weithin sichtbar offen. Die beiden anderen folgten seinem Blick. Dann rannte der Mann mit dem buschigen Schnäuzer zur Truhe und steckte tief den Kopf hinein.

»Bist du auf der Suche nach kalten Pelmeni?«, fragte Dima belustigt, als Nikos Kopf wieder auftauchte. Auf seinem Gesicht stand blankes Entsetzen.

Myklebust hatte die Augen zusammengekniffen und sich, ohne ein Wort zu sagen, nun auch der Truhe genähert. Er warf von Weitem einen Blick hinein. Da er größer war als die anderen, gelang ihm das ohne Schwierigkeiten.

»Nichts«, murmelte er verblüfft, als könnte er seiner eigenen Wahrnehmung nicht richtig trauen.

Dima kratzte sich am Kopf und überlegte. Schließlich wandte er sich an den Aufseher mit dem Schnäuzer, der jetzt schwer atmend neben ihm stand.

»Wieso ist hier nichts in der Kühltruhe? Wo sind die ganzen Lebensmittel? Ihr habt doch alles vor vierzehn Tagen eingeräumt, soweit ich mich erinnere. Micha hat mitgeholfen. Wo ist der überhaupt? Der war doch eben noch hier in der Küche und hat aus dem Fenster geschaut.«

Statt etwas zu erwidern, donnerte Nikolin ein markerschütterndes »Micha!« durch das gesamte Erdgeschoss. Dann rannte er los, als hätte man ihn wie eine Aufziehpuppe aufgezogen und plötzlich losgelassen.

Er verschwand durch die hintere Tür und Dima und Myklebust schauten sich verwundert an.

Es dauerte nicht lange, und die Tür, durch die Nikolin eben verschwunden war, wurde erneut aufgerissen.

Shyudin spazierte entspannt herein und klopfte sich etwas von der Hose. Micha und Nikolin folgten ihm auf dem Fuße. Die drei stellten sich in einer Reihe vor Dima auf, verschränkten die Arme vor der Brust und lächelten den Ortsvorsteher spitzbübisch an.

Es wirkte wie ein kleines wohl einstudiertes Männerballett. Dima musste sich ein Schmunzeln verkneifen. Dann brach ein lautstarker russischer Schlagabtausch los, bei dem alle vier Beteiligten heftig und leidenschaftlich argumentierten und stritten. Dima stellte ohne Unterlass Fragen, während Nikolin eifrig mit beiden Händen wedelte und Shyudin pausenlos den Kopf schüttelte, wobei er gleichzeitig einen gewaltigen Wortschwall auf Dima niederprasseln ließ.

Micha, der davon unbeeindruckt schien, hatte sich offenbar entschlossen, ohne auf Niko, Shyu oder gar Dima zu achten, seine Sicht der Ereignisse präzise und ohne überflüssige dramatische Einlagen zu schildern, zu der die russische Sprache augenscheinlich beflügelte.

»Und jetzt haben wir sie einfach zu den Kohlen gepackt.«

Aus unerfindlichen Gründen und ohne Absprache stand Michas letzter Satz allein im Raum, sodass jeder ihn hören konnte. Verstehen konnte man ihn selbstverständlich nur auf Russisch.

Dima starrte ihn an.

»Wen?«

»Die Mumie«, antwortete Shyudin an Michas Stelle.

Dimas wasserblaue Kulleraugen weiteten sich.

»Welche Mumie?«

Shyudin beschrieb mit einem wütenden Seitenblick auf den Piloten, wie er und sein Kollege völlig überraschend auf die eingewickelte Leiche in der Tiefkühltruhe gestoßen waren, die sie jetzt, damit ihr nichts zustieß, also sicherheitshalber, zu der Steinkohle im Kohleschuppen gepackt hatten.

»Sicherheitshalber?« Dima schnappte nach Luft. »Ihr hättet mich umgehend informieren müssen!«

Niko nickte betreten.

»Hab ich es dir nicht gesagt?«, wandte er sich vorwurfsvoll an den kleinen Shyudin.

Der schaute zerknirscht auf die blank geputzten Fliesen und sagte keinen Ton mehr. Dabei fuhr er sich mit einer Hand reflexartig über die geölte Frisur, als wolle er dadurch noch weniger Widerstand bieten.

Plötzlich sagte niemand mehr etwas. Als einziges Geräusch war das Brummen der alten Kühltruhe zu vernehmen, die immer noch weit aufgeklappt im Raum stand.

Auch Dima steckte jetzt seinen Kopf in die leere Kühltruhe.

»Wo sind nun eigentlich die Lebensmittel abgeblieben? Damit könnte man doch eine ganze Truppe tagelang ernähren!«

Niko und Shyudin zuckten nur die Schultern und erinnerten mehr denn je an Laurel und Hardy.

Micha erklärte sofort, dass er sie auf der Suche nach dem Honigbrot in keinem der Schränke in der Speisekammer hatte entdecken können.

»Was soll denn der Zeitungsmensch von uns halten? Der wird das sofort an die große Glocke hängen.« Dima hatte es ganz leise und verzweifelt, fast zu sich selbst, gemurmelt.

Shyudin hob den Kopf. »Dass die Lebensmittel weg sind?«

»Quatsch, das mit der Mumie.«

Shyudins dunkle Augen blitzten. Er stellte sich auf die Spitzen seiner bunten Sneaker und drehte den Oberkörper zuerst in die eine und dann in die andere Richtung.

»Wo ist der überhaupt?«

»Wer?«

»Der Journalist. Der Norweger.«

»Weg.«

Alle suchten nun mit den Augen die große Küche ab, und Micha merkte, dass er nicht wirklich überrascht war.

Svein Vang Myklebust war in Pyramiden verschwunden. Als hätte er sich vor aller Augen in eisig klirrende Luft aufgelöst, die leicht nach dem fernen Schnee roch, der möglicherweise gerade am Nordpol niederging.

10 Ma-Prang hatte für heute zugemacht. Wenn sie genug gearbeitet und verdient hatte, wenn ihr die Beine schmerzten und sie das immer wechselnde »Spezialgericht« des nächsten Tages vorbereitet hatte, sodass sie morgens nur noch den Wok anwerfen musste, um loszulegen, dann gönnte sich die Thai-Dame gern einen frühen Feierabend, um ihre Tochter und die Enkel zu besuchen, die nicht weit von ihrem kleinen Laden wohnten. Den ungeliebten Schwiegersohn nahm sie in Kauf, wenn der überhaupt da war.

Hier, wo es monatelang ohne auch nur die geringste Veränderung hell war und während der anderen Hälfte des Jahres genauso dunkel, musste man rituelle Gewohnheiten und klare Absprachen – und feste Ladenöffnungszeiten fielen eindeutig darunter – verwerfen und tatsächlich ein kleines Stück arktischer Freiheit genießen. Hier konnte man beinahe alles machen, was man wollte und wann man es wollte.

Selbstverständlich mussten Dinge erledigt werden, aber musste das unbedingt schon festgeschrieben um neun Uhr morgens passieren, wenn um neun Uhr abends doch alles noch genauso aussah?

Im großen Rest der Welt half die Einteilung der vierundzwanzig Stunden in helle und dunkle Abschnitte dem Körper und dem Geist, sich zurechtzufinden. Es war ein nützlicher Wegweiser durch den Tag. Ein Kompass für das ratlose Individuum, um Anfänge und Enden zu finden und sich im Laufe eines Tages daran entlangzuhangeln.

Hier galt das alles nicht.

In ihrem Dorf im Norden Thailands hatten sich die Menschen fast bis zur letzten Jahrtausendwende bei ihrem Tagewerk noch am natürlichen Wechsel von Hell und Dunkel orientiert. In der

Nähe des Äquators wurde immer zur gleichen Zeit innerhalb von wenigen Minuten das Sonnenlicht ausgeknipst und morgens genauso pünktlich wieder angeschaltet. Künstliche Lichtquellen existierten bei ihnen auf dem Land noch kaum, und wenn es hell war, war es hell, und in der Nacht war es dunkel. Das bestimmte das Leben aller.

Als Ma-Prang vor beinahe fünfzehn Jahren, wie etliche andere Bewohner ihres Dorfes, hierher in die Nähe des Nordpols zog, war es für sie alle zunächst bestürzend gewesen, dass der ewige und verlässliche Wechsel von Hell und Dunkel hier oben abhandengekommen war.

Eine der »klugen Frauen« aus ihrem Dorf hatte damals bei einem Besuch in der Distrikthauptstadt herausgefunden, dass, wer genug Geld zusammenkratzen konnte, um es bis kurz unter den Nordpol zu schaffen – der Ort hieß Spitzbergen und der Name erinnerte sie sofort an das heimatliche Gebirge mit den spitzen Gipfeln –, dass derjenige dann sogar für immer dort bleiben und ein Geschäft eröffnen durfte. Ohne Visaprobleme, ohne Aufenthaltsgenehmigung und anderen europäischen Schnickschnack, der eine Auswanderung immer verhindert hatte.

Die Aussicht auf eine Zukunft mit einem eigenen Geschäft auf Spitzbergen beflügelte Ma-Prangs Fantasie. Es sollte dort angeblich viel gute Arbeit geben, mit Spitzenlöhnen und niedrigen Steuern. Ma-Prang war in Träume versunken, die alle in der Nähe des Nordpols endeten. Dort, wo das ewige Eis herrschte, wie man ihr erzählt hatte.

Das einzige Eis, das sie kannte, war zum Schlecken und kühlte angenehm in den Tropen.

Man hatte ihnen erzählt, dass es dort Eis statt Bäumen gäbe, was sie sich nur schwer vorstellen konnte. Doch hatte sie in ihrem Leben so viel Grün im Dschungel um sich herum gesehen, dass es sicher für eine Zeitlang reichen würde, wenn sie sich nur daran erinnern könnte.

Nein, das undurchdringliche Grün hatte sie in all den Jahren hier nie wirklich vermisst. Das mit der Helligkeit und dem Dunkel war da schon eine andere Sache, die man ihnen vorher nicht verraten hatte. Wahrscheinlich hätte es auch niemand geglaubt. Das war der weitaus größere Schock als selbst die Temperaturen gewesen, die immerhin fast fünfzig Grad unter dem für Thais Gewohnten lagen und sie von da an umfingen.

Dass sie angeblich keine Papiere brauchten, stellte sich später als Fehlinformation heraus. Das galt nämlich nur für die Einwohner der Staaten, die den Spitzbergenvertrag unterzeichnet hatten. Thailand hatte nicht dazugehört, wie man ihnen erklärte. Aber immerhin waren sie zur rechten Zeit hier erschienen. Ab 2006 begann sich nämlich in Longyearbyen etwas zu verändern: Es war keine Grubenstadt mehr und gerade dabei, sich neu zu erfinden.

Der Wissenschaftsbetrieb an der nördlichsten Universität der Welt weitete sich aus und lockte Studierende wie Lehrer von überall an. Doch das Interesse der Thais bezog sich nicht auf die Klimaforschung, sondern auf andere Attraktionen dieser Stadt am berühmten 78. nördlichen Breitengrad, die plötzlich und wie aus Eis und Schnee erschaffen zum nördlichsten Touristenziel der Welt wurde.

Hier gab es die nördlichste Brauerei, die nördlichsten Schokoladenmacher, die nördlichste Zeitung, den nördlichsten Weinkeller auf Erden – und den Eisbären, der in den Souvenirläden bald jedes zweite T-Shirt zierte.

Das alles zog die Besucher magisch an. Und die Gäste wollten nicht in primitiven Stockbetten ehemaliger Kohlenkumpel schlafen oder kalorienreiche geschmacklose Kost zu sich nehmen, die man durch harte Arbeit in den Minen verbrannte.

Hier wurde Tourismus vom Feinsten in kürzester Zeit aus dem arktischen Permafrostboden gekratzt und dafür brauchte man schnell viele Arbeitskräfte. Auch und gern Thailänder, obwohl sie die Vorteile aus dem Svalbardvertrag nicht vollständig genießen durften. Sie blieben und mittlerweile waren sie hier über einhundert.

Ma-Prang hatte schon den dicken Anorak übergestreift, den sie auch im Sommer trug, als sie ein merkwürdiges Geräusch aus dem hinteren Teil ihres Ladens aufschreckte.

Sie ging mit ein paar schnellen Schritten in die Richtung, aus der es gekommen war, und knipste das Licht im Korridor wieder an. Der Laden und seine Nebenräume waren so gebaut, dass durch die kleinen Fenster nur wenig Sonnenlicht drang und sie hier überall Lampen einschalten musste.

Ma-Prang hatte das immer als geradezu tröstlich empfunden. Es schien ihr fast, als entzöge sie sich dadurch ein kleines bisschen dem Lichtdiktat der Arktis. Ihr winziger Triumph. Den arktischen Himmel konnte niemand an- und ausknipsen. Er blieb stets der gnadenlose Gewinner.

»Hallo, ist da jemand?«

Ma-Prangs Stimme klang durchaus energisch, obwohl sie eine zierliche Person war, und sie horchte angestrengt in die Stille.

Nichts, sie musste sich verhört haben. Manchmal machten die alten Heizungsrohre unbestimmbare glucksende Geräusche. Das musste es gewesen sein.

Sie schaltete die Beleuchtung des Korridors aus und wandte sich zum Gehen. Kurz ließ sie noch einmal den Blick über ihr kleines Reich schweifen, auf das sie sehr stolz war.

»Hallo, Ma-Prang!«

Auf der Stelle sprang sie erschrocken einen Schritt zurück.

Vor ihr war aus dem Dunkel des kleinen Lagerraums Xan Ling getreten und hatte sich ihr in den Weg gestellt. Er grinste über das ganze Gesicht, und das Dämmerlicht verlieh seiner Mimik etwas Lauerndes, Unbestimmtes.

»Wie kommst du dazu, mir die Husky-Schnepfe auf den Hals zu hetzen?«

Er klang scharf und Ma-Prang war einen Moment lang unsicher. Offenbar sprach er von Frida, der Niederländerin.

»Ich weiß nicht, was du meinst. Ich habe Frida seit Längerem nicht gesehen. Und von der sprichst du doch, oder?«

Ma-Prang richtete sich auf und reckte den Hals, um ein wenig größer zu wirken. Sie hatte beschlossen, nicht weiter vor Xan Ling zurückzuweichen, obwohl sie ihn fürchtete.

Alle einhundertacht Thais in Longyearbyen fürchteten diesen Chinesen, und auch die Filipinos waren vor ihm auf der Hut. Seit er vor zwei Jahren hier in Longyear aufgetaucht war, hatte sich seine Brutalität in der asiatischen Community blitzschnell herumgesprochen. Xan Ling fackelte nicht lange, wenn jemand nicht nach seiner Pfeife tanzte oder etwas nicht nach seinem Plan lief. Für wen genau er arbeitete, war allen bis jetzt unklar geblieben. Es gab Gerüchte und Vermutungen, aber nichts Konkretes.

Nun kam er auf sie zu, und sie konnte seinen Atem riechen, der nach Zwiebeln stank. Ihre Augen waren auf seinen Hals und seinen Kehlkopf gerichtet, der aufgeregt hoch- und herunterhüpfte.

Xan Lings schwarzes, gescheiteltes Haar reichte ihm fast bis zum Kinn und verlieh ihm zusammen mit der modischen Kleidung, die er gern trug, die Aura eines hippen urbanen IT-Freaks, der sich irgendwie ans Polarmeer verirrt hatte.

»Sie war nur der Türöffner. Da war noch ein alter Typ dabei, um den geht es.«

Er machte nun einen Schritt zurück, ohne sie aus den Augen zu lassen.

Ma-Prang zuckte mit den Schultern.

»Was weiß ich? Ich habe keine Ahnung, von wem du sprichst.«

Sie wich seinem Blick nicht aus.

Nun grinste Xan Ling wieder und leckte sich über die Lippen.

»Der ist doch Stammkunde bei dir. Hat manchmal 'nen kleinen Jungen dabei. Auf den sollte er mal gut aufpassen, bevor er seine Nase in Dinge steckt, die ihn nichts angehen. Eisbären spielen gern mit kleinen Kindern.«

Ma-Prang entgegnete nichts, sondern starrte ihn nur weiter an. Es gruselte sie.

»Hast du mich verstanden?«, zischte er.

Die Thai-Frau deutete eine Verbeugung an und drehte ihr Gesicht von ihm weg zur Wand hin, die sie regungslos fixierte.

Der Chinese lief hastig den Korridor entlang und öffnete die Haustür. Ma-Prang hatte sich wieder umgedreht und verfolgte ihn mit den Augen. Gleißendes Sonnenlicht durchflutete plötzlich den Korridor, und für einen kurzen Moment nahm sie eine merkwürdige Person wahr, die draußen auf Xan Ling zu warten schien und sich bei seinem Anblick sofort in Bewegung setzte.

Ma-Prang wunderte sich, denn sie hatte diese Frau nie zuvor gesehen, und dabei kannte sie hier doch eigentlich jeden. Sie war grell gekleidet, in Hellgelb und Grün, und ihre kurzen roten Haare standen ihr wie Igelstacheln vom Kopf ab.

Es war, als leuchtete sie.

11

Trond hatte Bjarne nach dem Café-Besuch mit Frida von der Kita abgeholt und ihm zur Feier des ersten offiziellen Sommertags ein Eis spendiert. Eiscreme, speziell die berühmte sahnige russische Variante mit Vanillegeschmack, erfreute sich auf 78° ganz besonderer Gunst unter den Freunden süßer Schleckereien.

Es war eine Vorliebe, die Trond hier in der allgegenwärtigen polaren Kälte nicht ganz nachvollziehen konnte. Aber Bjarne lutschte vergnügt an seiner Waffel, während sie Siris Grubenpension ansteuerten.

Trond wollte Siri noch ein paar Fragen zu den Gewohnheiten ihres verschwundenen Kochs Patrick Cruz stellen.

»Darf ich draußen spielen?«, fragte Bjarne, als sie endlich die Ansammlung verschiedener Wohncontainer am Rand des Zentrums von Longyearbyen erreicht hatten, die bis vor knapp zwanzig Jahren noch als Unterkünfte für Grubenarbeiter gedient hatten. Heute waren sie entkernt und modernisiert und mit schicken Bädern und Aufenthaltsräumen ausgestattet worden. Und eines davon hatte Siri Hummel in eine komfortable Pension mit einem gemütlichen Restaurant und einer Bar mitsamt Wintergarten verwandelt. Im Außenbereich standen sogar bunte Gartenmöbel mit Schirmen herum und gaukelten eine arktisch coole Mischung aus bayerischem Biergarten und Florentiner Eisdiele vor.

Trond zögerte.

In dem Moment hörte er Siris Stimme. »*Hei*, Trond! Das ist ja schön! Ich schick Camilla raus, dann können die beiden zusammen spielen.«

Camilla war Siris fünfjährige Tochter und ging in dieselbe Kita wie Bjarne, nur hatte er sie heute beim Abholen nicht gesehen.

Trond lachte. »Klar, *Askeladden*, das könnt ihr gern machen!«

Er strich seinem Enkel liebevoll über das Haar, und kaum hatte er die kleine Holztreppe erreicht, die zur *Grubenpension* hinaufführte, da flitzte das Mädchen auch schon an ihm vorbei und umarmte Bjarne, der von einem Ohr zum anderen grinste und ihr sofort etwas von seinem Eis anbot.

»*Askeladden*?«, fragte Siri amüsiert. »Wie der kleine Pechvogel im Märchen, der zum Schluss die Prinzessin bekommt?«

Trond nickte. »Ja, das ist mein Spitzname für ihn. Ihm gefällt er.«

Er winkte den beiden fröhlich zu und folgte Siri ins »Wohnzimmer« der Pension, wo sie sich vor dem Kamin niederließen, in dem zum ersten Mal in diesem Jahr keine Holzscheite brannten. Schließlich war es jetzt Sommer, wie er sich selbst immer wieder bewusst machen musste. Warum sollte man Kamine im Sommer zum Lodern bringen? Etwa, weil der Sommer am ersten Juni nur lachhafte zwölf Grad Celsius zustande brachte? Sommer blieb Sommer und war eine Frage der Definition, nicht der Temperaturen. Das dachten offenbar eingefleischte Spitzbergener wie Siri Hummel.

Siri schaute ihn fragend an. Sie strich sich eine ihrer bleigrauen Haarsträhnen aus der Stirn. Ihre Stimme klang fast wie immer, als sie zu sprechen begann.

»Ich mache mir wirklich Sorgen, Trond. Pat ist hundert Prozent zuverlässig, und wenn mal irgendwas war, weshalb er sich verspätet hat – und das war sicher höchstens zweimal in den zwei Jahren der Fall, in denen er bei mir ist –, dann hat er sich immer rechtzeitig gemeldet und Bescheid gegeben. Und nun das! Es muss etwas passiert sein.«

Sie biss sich auf die Lippen, die, wie Trond bemerkte, ziemlich rissig aussahen. Siri wirkte heute unruhig und stand schließlich auf, um durch den Raum zu laufen. Außer ihnen war niemand hier.

Die neuen Gäste – und jeden Tag kamen immer mehr neue Gäste – hatten entweder gerade eingecheckt und ruhten sich aus, oder sie machten bereits den ersten Erkundungsgang durch das Dorf. In einer halben Stunde würde es hier sicher sehr voll und laut werden.

Trond räusperte sich.

»Hat Pat Familie hier oben oder enge Freunde?«

Siri Hummel blieb abrupt stehen und schüttelte den Kopf.

»Das heißt …«, sie schien zu überlegen, »Morten Hagebak natürlich. Der Pfarrer und er sind recht eng. Ich glaube, die kennen sich schon von früher, ich meine, aus ihrer Zeit vor Svalbard. Morten hat das einmal erwähnt.«

Trond kniff die Augen hinter den Brillengläsern zusammen.

»Wie eng? Sind sie enge Freunde oder ein Paar?«

Trond war sicher, dass Siri eine solche Frage nicht in Verlegenheit bringen würde. Dazu lebte sie selbst zu unkonventionell.

Die Pensionschefin grübelte.

»Hm, könnte beides sein. Ich vermute, sie sind zusammen, aber ich weiß es nicht genau. Ich respektiere die Privatsphäre meiner Mitarbeiter und sie auch meine.«

Deshalb war bis heute im kleinen Nest Longyearbyen nicht bekannt, wer Camillas Vater war. Die geschiedene und etwas exzentrische Norwegerin aus der Provinz Finnmark war vor über zehn Jahren mit ihrem kleinen Sohn Sverre und, wie getuschelt wurde, einem Berg Schulden hier angekommen, hatte sich aber bald einen Namen als erfolgreiche Pensionswirtin gemacht. Die *Gruben-Herberge*, die sie damals sicher billig hatte erwerben können, war im Lauf der Zeit aufwendig und sehr geschmackvoll renoviert worden. Besonders in den letzten vier, fünf Jahren hatte es beträchtliche Erweiterungen gegeben. Woher das Geld dafür stammte bei den sagenhaften Schulden, die Siri angeblich hatte, blieb den Einwohnern ein Rätsel.

Und auch das war eine Eigentümlichkeit von Longyearbyen: Letztendlich war fast keiner der ursprünglichen Einwohner, die bei Siris Einzug vor über zehn Jahren im Ort gewesen sein mussten, heute noch hier ansässig. Die durchschnittliche Verweildauer auf 78° lag bei zweieinhalb Jahren. Das bedeutete einen ständigen Wechsel und einen kompletten Austausch aller Bewohner innerhalb eines recht kurzen Zeitraums. Nur ganz wenige blieben lange.

Dann kam die kleine Camilla. Siri musste hier auf Svalbard schwanger geworden sein, hatte aber bis zum heutigen Tag den Namen des Vaters nicht preisgegeben.

Trond war, wie er glaubte, bei seiner ersten Ermittlung um den Mord an dem Schweizer Wissenschaftler Urs Pflügi, der ein Dauergast in Siris Pension gewesen war, durch Zufall auf die Lösung dieses Geheimnisses gestoßen, doch er hatte bisher niemanden in sein vermeintliches Wissen, das eher eine Vermutung war, eingeweiht. Er hielt den Eisbärspezialisten und Veterinär Terje Johanson für Camillas Vater. Aber das war nur eine Theorie.

Siri strich sich mit der Hand über das Gesicht. Sie wirkte müde.

»Pat hat sich vor zwei Tagen ganz normal von mir verabschiedet. Vorher haben wir noch ausführlich das diesjährige Sommermenü besprochen, die erste Gruppe hatte ja schon für gestern Abend gebucht. Da habe ich ihn zum letzten Mal gesehen. Er schien etwas unkonzentriert, das war alles.«

»Und was geschah dann?«

Trond schaute sich über Siris Kopf hinweg unauffällig um. Der Aufenthaltsraum für die Gäste wirkte wie immer. Gemütliche Sitznischen waren über das ganze Zimmer verteilt. Bücher und Zeitschriften lagen herum, ein Schachspiel stand verlassen und nicht zu Ende gespielt auf einem kleinen Beistelltisch.

Siri räusperte sich.

»Pat fängt normalerweise mittags um eins für den Abend an. Als er gestern um drei immer noch nicht hier war und sich auch nicht gemeldet hatte, wurde ich langsam unruhig. Er hat ja ein Zimmer hier und das war, wie sich herausstellte, leer. Aber auch das kam mir für ihn nicht ungewöhnlich vor. Manchmal schlief er bei Freunden, öfters auch bei unserem Pfarrer. Das wusste jeder. Pat ist ein erwachsener Mann, der sich nicht abmelden muss, wenn er vor die Tür geht.«

»Ist dir in letzter Zeit etwas an ihm aufgefallen? Hat er irgendetwas erwähnt, was ungewöhnlich war?«

Trond hatte die Fingerspitzen zusammengelegt und sich leicht nach vorn gebeugt. Er schaute Siri aufmerksam an.

Wie alt sie wohl sein mochte? Er tippte auf Mitte, Ende vierzig. Ihre schwarzen langen Haare waren von feinen eisgrauen Strähnen durchzogen, die ihnen einen metallischen Schimmer gaben. Ihre Gesichtszüge waren herb und schön zugleich.

Irgendwie erinnerte sie ihn an die amerikanische Sängerin Patti Smith, die er sehr verehrte. Ihre raue Stimme verstärkte diesen Eindruck noch.

»Nein, er war wie sonst, aber …«

»Aber?«

»Er sprach mehrmals davon, dass er bald mal nach Hause fahren wollte. Er sei schon so lange hier bei uns.«

»Er wollte auf die Philippinen?«

»Nein, Pat stammt aus Österreich. Aus Graz. Seine Mutter ist von dort, nur sein Vater kommt ursprünglich von den Philippinen. Er hat seine Ausbildung in Graz begonnen und später in Amsterdam abgeschlossen. Dort hat er, bevor er hier hochkam, gearbeitet. Davor leitete er allerdings noch ein feines Restaurant auf Bali in einem schicken Resort, von dem er mir mal Fotos gezeigt hat. Aber seine eigentliche Heimat ist Österreich.«

»Wollte er nur zu Besuch dorthin oder für immer nach Graz zurückkehren?«

Siri zuckte die Schultern. »Ich dachte, nur zu Besuch, aber er hat nichts Genaues erwähnt.«

In dem Moment wurde die Tür aufgerissen, und ein Junge, der etwa zwölf sein musste, steckte den Kopf herein.

»Mama! Wo sind meine Kanu-Sachen?«

Trond musste grinsen. Kinder sind sich überall sehr ähnlich.

Siri überlegte und winkte ihn herein.

»Das ist mein Sohn Sverre, aber ich glaube, ihr kennt euch.«

Trond nickte, während der hochgewachsene Junge mit der beeindruckenden hellbraunen Mähne zu ihnen trat.

»Ich glaube, die müssten ganz oben in der Garderobe verstaut sein. Dort, wo auch die Tauchausrüstungen liegen. Hast du da schon mal nachgeschaut?«

Sverre schüttelte genervt den Kopf und Siri stand auf, während sie sich bei Trond entschuldigte.

»Ich hole sie mal. Sverre hat wie immer Knöpfe auf den Augen. Bis gleich.«

Kaum war seine Mutter durch die Tür, grinste der Junge den Kommissar an.

»Hast du wieder eine Leiche? Du bist doch der Bulle aus Bergen, oder?«

Trond rutschte ein Stück auf dem Sofa nach vorn, sodass er ihn besser in Augenschein nehmen konnte.

»Ja, aber ich bin kein Polizist mehr, sondern nur noch ein *Bestefar* – der Opa für Bjarne. Und nein, ich habe keine Leiche.«

»Weshalb bist du dann hier? Wegen Pat?«

Trond versuchte seine Überraschung zu verbergen. Da kam ihm eine Idee.

»Du bist ja ganz schön auf Zack, dass du dir gleich gedacht hast, dass mich Pats Verschwinden interessiert. Kannst du dir vorstellen, was mit ihm passiert sein könnte?«

Sverre überlegte und verzog dann sein fein geschnittenes Gesicht. Nun wirkte er überlegen.

»Ich tippe darauf, dass er sich irgendwo versteckt.«

Trond setzte sich auf der Stelle kerzengerade hin und schaute ihn auffordernd an.

»Wie kommst du denn darauf?«

»Na, er hatte mächtig Schiss, denk ich mal.«

Der ehemalige Kommissar versuchte ganz sachlich zu bleiben.

»Und wieso?«

Sverre zog die Nase hoch.

»Na, wegen dem komischen Bild, das ihm jemand geschickt hat.«

Trond hatte es geahnt – der Junge wusste etwas. Vielleicht wollte er sich nur wichtigmachen, vielleicht hatte er auch etwas falsch verstanden. Aber trotzdem. Trond war immer geneigt, Kinder sehr ernst zu nehmen.

»Was für ein Bild?«

Der Teenager zog wortlos sein Handy aus der Hosentasche. Er brauchte ein paar Sekunden, bis er gefunden hatte, was er suchte.

»Ich hab's abfotografiert. Hier. Aber das hat Pat nicht bemerkt. Er hat es vor zwei Tagen auf sein Handy bekommen, und als er kurz mal nicht in der Küche war, hab ich es mir angeschaut. Einfach weil ich wissen wollte, warum er so erschreckt geguckt hat, als er das Bild gesehen hat. Das hab ich genau beobachtet. Ich bin hier öfters in der Küche und helfe mit. Ich will mal Koch werden.«

Trond lächelte.

»Ach, und ein Handy kannst du ohne Probleme trotz Sicherung und Passwort einfach so öffnen? Das ist ja interessant, das musst du mir beibringen.«

Trond versuchte, nicht allzu skeptisch zu klingen. Er musste so fragen, dass der Junge ihm unbedingt zeigen wollte, wozu er in der Lage war. Er musste seinen Ehrgeiz wecken.

»Klar geht das, wenn man die Leute über Monate beobachtet und sich merken kann, wie sie was drücken, und wenn man sich irre gut mit Handys auskennt. Und das kann ich alles.«

Der Junge klang von sich überzeugt, aber nicht eingebildet.

Trond schaute kurz zur Tür. Er hoffte, dass Siri jetzt nicht hereinplatzen würde. Vor der Mutter würde Sverre sicher nichts mehr preisgeben. Schon gar nicht, dass er ihre Mitarbeiter ausspionierte.

»Und was war auf dem Bild, das Pat bekommen hat?«

Sverre hielt ihm sein Handy hin und Trond starrte darauf.

Das Bild erinnerte an eine Kinderzeichnung. Oben waren Wolken zu sehen und eine Sonne. Darunter war ein Boden gemalt, mit ein paar einfachen Bäumen. Und auf dem Boden standen drei Strichmännchen nebeneinander, die sich an den Händen hielten.

Das war alles.

Trond schluckte und er merkte, wie Sverre seine Reaktion beobachtete. Er schien sich insgeheim zu amüsieren.

»Das ist jedenfalls nicht Spitzbergen«, murmelte er schließlich und gab dem Jungen das Handy zurück.

»Woher weißt du das?«, fragte Sverre auf der Stelle.

»Wegen der Bäume. Hier gibt es keine Bäume.«

»Stimmt.« Der Junge lachte laut und anerkennend.

»Wie würdest du das beschreiben, was auf dem Bild zu sehen ist, Sverre?«

Sverre packte sein Handy wieder ein und kräuselte ratlos die Lippen. Dann strich er sein langes Haar zurück und schaute Trond direkt in die Augen.

»Hm, keine Ahnung. Es ist wie ein Bild von einem kleinen Kind.«

Trond nickte bestärkend.

»Sicher, das würde ich auch sagen. Aber was ist darauf zu sehen, deiner Meinung nach?«

»Nichts. Außer Himmel, Erde und Menschen.«

Trond runzelte die Stirn.

»Stimmt. Und das soll Pat erschreckt haben?«

Sverres Blick verdüsterte sich, und er nickte heftig.

»Und wie! Ich war ja dabei in der Küche. Ganz weiß wurde er und dann fiel ihm die Schüssel runter und ging kaputt. Der Kuchenteig war hinüber.«

»Ach?«

Sverre machte eine ernste Miene. Als nichts weiter von Trond kam, stand er auf.

»Ich guck mal, ob Mama die Kanu-Sachen gefunden hat. Sie ist ja schon ewig weg.«

Trond wollte sich ebenfalls erheben. Doch zuerst musste er seine Strickjacke sorgfältig zuknöpfen.

»Ich danke dir sehr für deine Hilfe, Sverre!«

Der Junge winkte mit einer lässigen Handbewegung ab.

Während Trond seine paar Sachen auf dem Sofa zusammensuchte, wurde die Tür aufgerissen und ein Mensch betrat den Raum, den er nicht sehen konnte, da die Rückenlehne des ausladenden Sofas ihm die Sicht versperrte.

In dem Moment fiel sein Blick auf Sverre, der sich seine Baseballkappe aufgesetzt hatte und gerade zur Tür stürmen wollte. Der Junge fror mitten in seiner Bewegung ein. Auf seinem Gesicht spiegelte sich blankes Entsetzen.

Trond streckte seinen Körper, hielt die Luft an und verspürte auf der Stelle das Bedürfnis, unsichtbar zu werden. Irgendwie ahnte er, dass die Begegnung zwischen dem jungen Sverre und dem unbekannten Ankömmling nicht für Außenstehende bestimmt war. Er versuchte, sich nicht zu bewegen, um nicht zu stören und die Aufmerksamkeit nicht auf sich zu ziehen. Am liebsten wäre er eine Stubenfliege gewesen.

»Was zum Teufel machst du hier? Hier will dich niemand mehr sehen, und das weißt du.«

Sverre stieß diese Worte hasserfüllt und heiser aus. Sie waren von einer Schärfe, die weder Gnade noch ein mögliches Pardon erlauben würde.

Der Mensch, an den sie gerichtet waren, versuchte darauf zu antworten.

»Aber Sverre, ich …«

Es war ein Mann und Trond kannte seine Stimme. Wo hatte er sie schon einmal gehört? Der Angegriffene schien ihn tatsächlich nicht wahrzunehmen.

»Verschwinde!«

Der Mann reagierte nicht auf Sverres zornigen Befehl.

Trond bewegte sich immer noch nicht, sah aber aus den Augenwinkeln, wie sich die Tür noch einmal öffnete und eine zweite Person den Raum betrat.

»Sverre? Mit wem redest du?«

Das war Siris Stimme. Sie musste das Letzte mitbekommen haben.

Was würde jetzt passieren?

Sofort richtete Sverre seine Wut auf seine Mutter.

»Mama, du wusstest, dass er kommt, oder?«

»Nein! – Was willst du hier?«

Nun musste Trond wirklich aufstehen. Er konnte nicht weiter stummer Zeuge eines Dramas sein, dessen Vehemenz ihn völlig unerwartet getroffen hatte.

Als er aufstand, sah Siri ihn sofort.

»Oh, Trond, du bist noch hier?«

Ganz offensichtlich war ihr dieser Auftritt äußerst unangenehm.

Sverre würdigte Trond kaum eines Blickes, denn er hatte die ganze Zeit gewusst, dass der ehemalige Kommissar anwesend war, und es kümmerte ihn kein bisschen.

Und der Neuankömmling? Der, an dem sich all diese Wut und Aggression entzündet hatte?

Trond traute seinen Augen nicht, als er Fridas Vater, Roeben van Namen, erkannte.

12

Trond hatte Bjarne vor der Grubenpension eingesammelt und sie hatten der kleinen Camilla zum Abschied zugewinkt. Er machte sich mit dem Enkelsohn an der Hand auf den Nachhauseweg und war dabei tief in Gedanken versunken.

Was war da gerade passiert?, fragte er sich. Offensichtlich war es nicht für seine Augen und Ohren bestimmt gewesen.

Anscheinend gab es eine Verbindung zwischen Siri Hummel und Fridas Vater. Eine Verbindung, die Sohn Sverre zutiefst missbilligte. Eine Verbindung, von der vermutlich auch Frida wusste?

»*Beste,* warum sagst du nichts? Du erzählst mir doch sonst immer eine Wir-gehen-nach-Hause-Geschichte.«

Der kleine Bjarne schaute ihn von unten erwartungsvoll an und Trond musste lächeln.

»Ich denke nach, Bjarne.«

»Über Camilla? Die ist lieb, ich mag Camilla.«

Trond überlegte.

»Wie alt ist Camilla?«

»Fünf«, kam es wie aus der Pistole geschossen. Kinder wussten so etwas ganz genau.

Doch das andere, das er eben erfahren hatte, war für ihren »Fall«, wenn es denn einer war, noch viel interessanter, musste er sich in Erinnerung rufen. Was hatte es mit diesem merkwürdigen Kinderbild auf sich, das der Koch auf sein Handy geschickt bekommen hatte?

Ein scheinbar simples Bild mit Himmel, Erde und Menschen. Sonst nichts.

Oder eine teuflische Botschaft, die es zu entschlüsseln galt?

Tronds Fantasie schlug Kapriolen. Er sollte sie manchmal etwas zügeln, und er musste schmunzeln.

»Warum lachst du, *Beste?*«

Das Bild hatte Pat offenbar zu Tode erschreckt und war nicht zum Lachen.

»Ich musste an etwas denken, Bjarne.«

Hatte Pat sich möglicherweise nach dessen Anblick tatsächlich versteckt, um sich zu schützen? Nur vor was oder wem?

»War das lustig? Dann erzähl es mir!«

Trond musste später in Ruhe über diese mögliche Fährte nachdenken.

Als sie kurz darauf an Ma-Prangs kleinem Laden vorbeikamen, überlegte er, ob er wohl noch geöffnet war. Aus irgendeinem Grund, den er nicht genau hätte benennen können, wollte er noch einmal mit ihr sprechen.

Er drückte die Klinke des Ladens herunter, doch die Tür war verschlossen.

Hier machte jeder sein Geschäft auf und zu, wie es ihm gefiel, war sein Eindruck. Das fand er gar nicht mal schlecht. Trond schätzte einen kleinen Schuss Anarchie. Geordnete Anarchie, wohlgemerkt.

Als er auf den schmalen Weg hoch zur Hauptstraße, dem Fünfhunderter, abbiegen wollte, meinte er plötzlich Stimmen zu hören. Sie mussten aus einem der Fenster kommen, die man hier wegen der ungemütlichen Temperaturen fast immer geschlossen hielt. Doch die angekündigten dreizehn Grad hatten heute wohl jemanden dazu verführt, Sommer zu spielen und die Fenster weit zu öffnen.

Während er mit Bjarne an der Hand näher kam, hörte er eindeutig zwei Stimmen, eine Frau und einen Mann, die lautstark miteinander stritten. Um was es dabei ging, konnte er nicht verstehen. Aber sie stritten offenbar in einer asiatischen Sprache, so viel meinte er zu erkennen.

Ob es sich bei dem Haus um eine dieser Massenunterkünfte

für asiatische Arbeiter handelte, die er früher am Nachmittag zum ersten Mal erlebt hatte, vermochte er nicht zu sagen.

Trond versuchte seinen Enkel möglichst schnell an dem offenen Fenster vorüberzuziehen. Doch als sie gerade darunter vorbeiliefen, hörten sie ein hohles klatschendes Geräusch und kurz darauf schrie die Frau auf.

Bjarne blieb stehen und schaute seinen Großvater erschrocken an.

»Der Mann tut ihr weh! *Bestefar*, wir müssen der Frau helfen!«

Was sagt man einem kleinen Jungen, wenn man trotzdem nicht so einfach dort klingeln konnte, um sich einzumischen und tatsächlich zu helfen?

Nun ertönte ein Schluchzen aus dem offenen Fenster.

Trond und sein Enkel starrten beide nach oben, diese quälenden Geräusche drangen offenbar aus einem Zimmer im ersten Stock auf die Straße.

»*Beste*!«, insistierte Bjarne, zeigte mit dem Finger zu dem Fenster und schaute Trond unverwandt an, als wollte er ihn mit seinem Blick zwingen, einzugreifen.

In dem Moment erschien ein Kopf im Fenster, der sich kurz nach unten wandte. Trond kniff die Augen halb zu, damit er nicht geblendet wurde, denn die Sonnenstrahlen trafen ihn steil von oben.

Man musste hier überall gegen die Sonne blinzeln. Sie stand senkrecht über einem. Man konnte ihr nicht ausweichen oder sie austricksen. Das Sonnenlicht traf die Menschen in einem Winkel, den es nirgendwo sonst auf der Welt gab, der es gleißend und gnadenlos machte, wenn es blitzartig und blendend herunterschoss und alles in ein grelles Hellweiß tauchte.

Augenblicklich verschwand der Kopf wieder, begleitet von einem lautstarken Scheppern des Fensters.

Trond glaubte, orientalische Züge im Gesicht des Mannes erkannt zu haben. Wo war er ihm schon einmal begegnet? Ja, von irgendwoher kannte er ihn flüchtig. Er hatte ihn mit Sicherheit hier schon gesehen.

Da man nun nichts mehr hören konnte, zog Trond seinen Enkel ohne Widerstand weiter, und nach zehn Minuten hatten sie ihr Zuhause erreicht.

Bjarne hatte den ganzen Weg geschwiegen, und Trond war mit einem schlechten Gewissen erleichtert gewesen.

Als sie sich drinnen die Schuhe auszogen, kam ihnen Ingvild entgegen und umarmte ihre Männer.

»Na, wie war euer Tag? Ich meine, nach der Invasion der Chinesen im Supermarkt heute Morgen?«

Sie schien gut gelaunt und voller Tatendrang.

»Gleich gibt es Pizza, ich hab sie gerade in den Ofen geschoben, als ich euch gehört habe. Unsere Spezialpizza *Mega Lie*.«

Bjarne strahlte und lief ins Esszimmer. Trond mochte das Lieblingsgericht seines Enkels nicht besonders, auch wenn seine Tochter die zähe Teigscheibe immer kreativ aufpeppte, die sie mit ihrem Familiennamen krönte.

»Kein guter Tag. Es ist so viel passiert, und ich muss erst einmal alles einordnen. Ich erzähle es dir später.«

Er machte eine knappe Kopfbewegung in Richtung Bjarne und stellte seine Turnschuhe auf die Schuhablage neben der Eingangstür.

Bjarne hatte sich schon an den Esstisch gesetzt und zu einem Glas mit Wasser gegriffen, das er gierig hinunterstürzte.

Ingvild nickte unsicher. Sie hatte einen gemischten grünen Salat gemacht, den sie vor der Pizza servierte.

Alle saßen etwas bedrückt um den Tisch, als Ingvild, wohl um die Stimmung aufzuhellen, ihren Sohn fragte: »Und was war heute in der Kita los? Erzähl mal!«

Bjarne hob den Kopf.

»Nichts Besonderes. Aber danach war ich bei Camilla, und wir haben draußen zwischen den Häusern Verstecken gespielt, das war super. Und dann haben wir gehört, wie Hulla einer Frau wehgetan hat und wie sie geweint hat. Das stimmt doch, *Beste*, oder?«

Trond starrte seinen Enkel verblüfft an.

Natürlich! Das Gesicht des Mannes, der sich aus dem Fenster gelehnt hatte, war das von Hulla Zad gewesen, dem stellvertretenden Leiter des Tourismusbüros.

Eigentlich war Hulla Inhaber von zwei Souvenirläden, einem am Fünfhunderter und einem im größten Hotel des Ortes. Aber wenn Mari Løne, die Chefin des Tourismusbüros, manchmal aufs Festland musste, nach Tromsø oder gar nach Oslo, sprang er für sie ein, und außerdem half er ihr, Aktivitäten für die Gäste auf die Beine zu stellen.

Trond war ihm ein paarmal begegnet und er fand seine leicht unterwürfige Art etwas gewöhnungsbedürftig. Hulla hatte sich jedoch immer als hilfsbereit und kompetent erwiesen.

Im April hatte er einen fantastischen Husky-Ausflug für die Kitakinder organisiert, mit bunten Wimpeln, Ballons und heißen Grillwürstchen bei Temperaturen um den Gefrierpunkt. Bjarne hatte noch Wochen danach davon geredet.

Und erst vor Kurzem, das hatte Ingvild ihm berichtet, war der Gemüsehändler aus der Nähe von Bodø krank geworden, und Hulla hatte nur einen Nachmittag am Telefon gebraucht, um für einen Ersatz zu sorgen, der alle zufriedenstellte.

Hulla war offenbar bestens vernetzt, was bei den immensen Entfernungen hier einem kleinen Wunder gleichkam. Wer fand schon einen guten Gemüsehändler oberhalb des Polarkreises, der günstig und obendrein verlässlich war?

»Hulla hat *was*?«

Ingvild hielt eine Tomatenscheibe aufgespießt auf ihrer Gabel in der Luft, als sie sich mit entsetztem Gesicht an ihren Vater wandte.

Trond winkte ab und beschrieb die Situation auf dem Heimweg in knappen Sätzen.

»Wir wissen nicht, was da ablief. Wir haben im Vorbeigehen nur etwas aufgeschnappt.«

»Aber die Frau hat geweint, *Beste*!«

Trond nickte verständnisvoll. »Das ist richtig, Bjarne. Wir wissen aber nicht, warum. Vielleicht war sie über etwas traurig.«

Ingvilds Augen blitzten.

»Darüber reden wir später.«

Die *Mega Lie*-Pizza konnte die Stimmung auch nicht mehr retten, und gleich nach dem Abendessen bestand Ingvild darauf, ihren Sohn mit der üblichen Gutenachtgeschichte ins Bett zu bringen.

Danach erschien sie im Wohnzimmer und setzte sich erwartungsvoll ihrem Vater gegenüber, der in sein ledernes Notizheft vertieft war. Er schrieb in Stichworten die Ereignisse des Tages nieder.

Ingvild hatte ihre Arme vor der Brust verschränkt.

»Dann erzähl mal, Papa.«

Trond seufzte und lehnte sich in seinem Sessel zurück.

»Also, hör gut zu. Du weißt, ich halte viel von deinen Fähigkeiten der Beobachtung und Kombination. Du hättest eine super Polizistin abgegeben.«

Ingvild lächelte. Dieses Lob ihres Vaters kannte die gelernte Goldschmiedin nur zu gut. Doch war ihr künstlerisches Talent, das von der Mutter her stammte, für sie immer wichtiger gewesen, als dass sie in die Fußstapfen ihres Vaters getreten wäre.

Trond begann seinen Bericht mit Mette Møllers Bitte an diesem Morgen, sie mit dem Pfarrer in der Kirche zu treffen, wo er vom Verschwinden von Siris Koch Patrick Cruz erfuhr. Er erwähnte auch die kuriose Begegnung mit der unbekannten Deutschen, die sie kurz darauf in die Stadt mitgenommen hatten, sein Mittagessen bei Ma-Prang und ihren Hinweis auf das Haus in Nybyen, außerdem das kurze Treffen mit Fridas Vater im *Munken Hotel*.

»Fridas Vater? Den habe ich noch nie gesehen. Das ist ja interessant«, warf Ingvild ein.

Trond verzog den Mund.

»Er ist offenbar auch nur selten hier oben, und ich hatte den Eindruck, dass Frida eher mäßig begeistert über seinen Besuch war. Er hat ihn wohl ganz kurzfristig angekündigt.«

»Was aber nicht heißt, dass Fridas Vater hier nicht bekannt ist«, fügte Ingvild mit einem Grinsen hinzu.

»Wie meinst du das?«

Sie zuckte mit den Schultern.

»Anders hat ab und zu mal was fallen lassen, wenn Frida bei uns in der Bar war. Wie sehr sie sich von ihrem Alten unterscheide und dass sie wohl alles Gute in der Familie abgekriegt habe oder so was in der Art.«

Anders war Ingvilds Chef im *Kroa*, einer der beliebtesten Kneipen in Longyearbyen, und Kneipenwirte kannten sich bekanntlich aus. Zumindest, was Gerüchte und Tratsch betraf.

Trond überlegte.

»Kannst du Anders noch einmal gezielt über Roeben van Namen befragen? Ich habe ihn nur kurz kennengelernt und fand ihn ziemlich unsympathisch. Und Frida schien mir in seiner Gegenwart wirklich nicht glücklich zu sein.«

Tronds Tochter nickte und strich sich das dunkle Haar, das sie in einem klassischen Bob trug, hinter die Ohren.

»Und frag Oleg nach ihm. Der hört auch viel, unter Umständen.«

Ingvilds Freund, Oleg Kalinin, fuhr nicht nur Taxi, sondern übernahm manchmal auch Bootsausflüge mit Touristen.

»Was genau soll ich ihn fragen?« Um ihren Mund spielte ein Lächeln.

Trond erwiderte: »Was van Namen so treibt.«

Und nach einem kurzen Augenblick fügte er noch hinzu: »Hier auf 78°.«

»Mach ich. Aber was ist dann passiert? Was war das mit Hulla?«

»Immer der Reihe nach, sonst vergesse ich etwas. Du weißt schon, das Alter … Wo war ich stehen geblieben?«

»Bei Fridas unsympathischem Vater im Hotel …«

Trond berichtete ihr als Nächstes von der Begegnung mit Xan Ling im Weg 210, in der Massenunterkunft für asiatische Arbeiter. Der Kommissar ließ durch seine Wortwahl keinen Zweifel an seinem Entsetzen darüber.

»Diese Unterkünfte sind kein Geheimnis, Papa«, erwiderte Ingvild. »Jeder weiß davon und alle schauen weg. Die Tourismusbranche braucht diese Leute. Nicht nur auf Svalbard.«

Trond nickte. »Genau das hat auch Frida mir erklärt.«

»Und sag du mir nicht, dass dich das überrascht und dass du so etwas in unserem ach so vorbildlichen Norwegen nicht erwartet hättest. Du hast bei der Polizei in der zweitgrößten Stadt unseres Landes sicher noch viel heftigere Sachen erlebt. So naiv kann doch kein Polizist sein.«

Wieder musste Trond ihr zustimmen.

»Das behaupte ich ja gar nicht. Klar weiß ich, dass so was bei uns vorkommt, in Oslo, in Bergen und Stavanger – aber hier?«

Er strich sich nachdenklich über seine graue Haarbürste.

»Wer kontrolliert das?«

»Was?«

»Diese unwürdigen Umstände, unter denen Menschen auch auf Spitzbergen leben. Und es sind ja nicht nur die Wohnverhältnisse. Frida meinte, sie arbeiten oft auch gegen die Vorschrift mehrere Schichten hintereinander.«

Ingvild zog die Schultern hoch.

»Da würde ich mal unseren Sysselmann fragen. Die Behörden wissen in der Regel Bescheid, können aber nicht viel dagegen unternehmen.«

Trond dachte ein paar Sekunden lang nach. Es war still im

Zimmer. Er hatte das untrügliche Gefühl, dass das Verschwinden des Kochs irgendwie mit den prekären Lebens- und Arbeitsbedingungen zusammenhing, die er an diesem Nachmittag, als hätte er kurz hinter einen Vorhang geblickt, kennengelernt hatte.

»Bei uns in Norwegen gibt es Gesetze, die Arbeitszeiten und Arbeitsbedingungen festschreiben.«

Ingvild hob den Kopf und schaute ihren Vater fast belustigt an.

»Aber du weißt doch, Papa, hier ist nicht Norwegen, auch wenn Norwegen gern so tut, als wäre das hier Norwegen. Norwegen verwaltet Spitzbergen lediglich. Hier herrscht die Freiheit, wie sie es so gerne nennen. Der Spitzbergenvertrag. Und Freiheit bedeutet wie fast überall vor allem die Freiheit des Geldes und die Freiheit derer, die das Geld besitzen.«

Trond nickte und nahm seine Brille ab. Er legte sie vorsichtig auf den Tisch und wischte sich mit dem Handrücken über die Augen.

In diesem Moment meldete sich Ingvilds Handy.

Sie griff danach und nahm das Gespräch an. Er konnte sehen, wie sich ihr Gesichtsausdruck veränderte, von einem freundlichen Lächeln zu einem sprachlosen Staunen. Ihre Augen hatten sich ungläubig geweitet.

»Wo?«

Das war das einzige Wort, das sie herausbrachte. Dann drückte sie das Gespräch weg.

Trond hatte fragend die Stirn gerunzelt.

»Das war Oleg, Papa. Man hat eine Leiche gefunden. Oleg stammelte irgendetwas von einer Mumie.«

»Wo?«, wiederholte Trond genau die Frage, die Ingvild gerade ins Handy gesprochen hatte.

Ihre Stimme klang eigentümlich tonlos, als sie ihm antwortete.

»Eine Mumie. Ausgerechnet in Pyramiden.«

13

Mette Møller traf mit zwei Polizisten in Pyramiden ein, eine knappe Stunde nachdem der Ortsvorsteher von Barentsburg, Dima Assomow, sie über den Leichenfund informiert hatte.

Der Sysselmann von Svalbard war in solchen Fällen auch für die russischen und ehemals russischen Niederlassungen polizeilich zuständig.

Nun beugten sich die drei Norweger über die Mumie, die Nikolin und Shyudin aus dem Kohleschuppen herausgeschleppt hatten, um sie auf die sauber gefegten gelben Fliesen des Hinterhofs zu legen.

Danach verschwanden sie in der Küche, um nach den vermissten Lebensmitteln zu suchen, wie sie Dima erklärten. Dort könne man sie finden, wenn es denn wirklich nötig wäre. Shyudins Miene drückte unmissverständlich aus, dass sie weitere Fragen für nicht nötig hielten und um die norwegischen Behörden lieber einen Bogen machten. Sie trollten sich flugs, bevor der Helikopter aus Longyearbyen landete.

Auch der Journalist Myklebust war wie aus dem Nichts wiederaufgetaucht.

Er habe sich für das verlassene Kulturhaus interessiert, erklärte er bei seiner Rückkehr, und Dima fragte ihn, was er sich dort denn angesehen habe, das sei doch alles ziemlich heruntergekommen, außer dem imposanten Flügel vielleicht, der selbst auf der leeren Bühne noch etwas hermache und mit einer gewissen Tristesse besteche. Er wolle ihm doch lieber die Warnsirene im alten Verwaltungshaus zeigen, in einem der drei hübschen Holzhäuser. Die stehe immer noch auf dem großen Schreibtisch und man müsse nur den Knopf drücken, um sie lautstark in Gang zu setzen.

Aber da hatte Myklebust auch schon die Leiche in dem Hinterhof erspäht und sich ihr umgehend mit der Kamera in der Hand genähert, ohne darauf zu antworten.

Dima ließ ihn gewähren. Das sollten die Norweger unter sich ausmachen, ob da fotografiert werden durfte oder wie sie das handhaben wollten. Nicht sein Bier.

Als Mette Møller kurz darauf mit ihren Kollegen erschien, begrüßte sie den Journalisten knapp. Nachdem sie sich länger mit der eingewickelten Leiche beschäftigt hatte, wandte sie sich an den Russen.

»Haben Sie die Leiche gefunden?«

Dima verneinte und wies auf die Wachleute.

Mette nickte. »Die beiden müssen wir verhören. Wir kümmern uns um einen Dolmetscher. Sagen Sie ihnen inzwischen Bescheid.«

Dima schickte den Piloten Micha in die Küche. Er hatte sich bis jetzt im Hintergrund gehalten, offenbar jederzeit bereit, den ersehnten Rückflug nach Barentsburg anzutreten.

»Wann haben die Wachleute die Leiche gefunden, wissen Sie das?«

»Heute Morgen, soweit ich informiert bin. Aber sie haben es mir erst vor etwa einer Stunde gebeichtet. Ich glaube nicht, dass die beiden etwas mit dem Tod zu tun haben. Ich kenne sie schon länger, und eine Verwicklung in ein Verbrechen erscheint mir absolut unwahrscheinlich.«

Dima Assomow sprach ein hervorragendes Norwegisch mit nordnorwegischer Färbung.

Mette Møller wirkte einen Moment lang skeptisch, ehe sie nickte.

»Das werden wir herausfinden. Zunächst müssen wir in Longyearbyen die Bandagen um den Leichnam entfernen und schauen, ob wir ihn identifizieren können. Das hat absoluten Vorrang. Die Gerichtsmedizin in Tromsø wird uns jemanden schicken oder wir fliegen den Toten so schnell wie möglich rüber. Letzteres kommt mir fast vernünftiger vor.«

»Sie sind sicher, dass es ein Mann ist?«, fragte Myklebust auf einmal.

Der Sysselmann stutzte.

»Ja, ich denke, das kann man schon sagen, ohne sein Gesicht zu sehen und trotz der Bandagen um seinen Körper. Obwohl er recht klein und für einen Mann eher zierlich ist. Aber sein Körperbau kommt mir eindeutig männlich vor.«

»Ein Asiate möglicherweise?«, fragte der Journalist nach.

Mette wirkte erstaunt. Sie hatte ihn fest im Blick.

»Möglicherweise. Aber was machen Sie überhaupt hier, Svein?«

Er winkte ab und grinste.

»Immer im Dienst der Sache. Dima war so nett und hat mich heute mal mitgenommen. Ich plane eine große Story über Pyramiden für unsere Zeitung.«

Mette sah ihn zweifelnd an, während der russische Ortsvorsteher lachte.

»Svein hat mich gestern Abend geradezu überfallen, er müsse unbedingt hierher, und zwar sofort!«

Der rothaarige Russe strahlte und breitete beide Arme aus, als wollte er einen Segen spenden. »Aber ich tu das doch gern Das ist alles Werbung für uns, hab ich Recht?«

Myklebust warf ihm von der Seite her einen irritierten Blick zu, entgegnete aber nichts.

Eine halbe Stunde später hatten die Polizisten den Leichnam mit Michas Hilfe in den Helikopter getragen, sie hatten die leere Kühltruhe fotografiert und auf Spuren untersucht, und wenig später stiegen beide Hubschrauber nacheinander in die Luft und drehten einer in Richtung Longyearbyen und einer nach Barentsburg ab.

Auf dem Rückflug hatte sich Mette Møller neben den Journalisten gesetzt.

»Was wollten Sie denn unbedingt gestern Abend hier in Pyramiden?«, rief sie gegen den Fluglärm. Dimas sicher harmlos gemeinter Einwurf ließ ihr keine Ruhe.

»Was gab es so Dringendes in dieser Geisterstadt, in der nichts passiert, aus dem einfachen Grund, dass sich dort so gut wie niemand aufhält?«

Myklebust grinste sie an.

»Na, zumindest haben wir jetzt ja eine richtige Leiche, oder? Aber was meinen Artikel betrifft, gibt es nichts, was den Sysselmann daran interessieren könnte. Ich bin an einer guten Geschichte über Pyramiden dran, rein journalistisch betrachtet. Ein bisschen retro, ein bisschen upgedatet.« Er hörte sich vage und eitel an.

Mette lächelte ihn nun aufmunternd an.

»Tatsächlich? Da bin ich aber gespannt. Erzählen Sie.«

Myklebust warf ihr einen abschätzigen Blick zu.

»Sie werden es erfahren, wenn Sie es lesen. Nur Geduld.«

Er begann in seiner Jackentasche zu kramen und drehte sich von ihr weg.

»Nicht mal ein kleiner Hinweis vorab, Svein? Ich behalte es auch für mich.«

Myklebust hielt inne und schien etwas abzuwägen.

»Da wäre ich mir bei Ihnen nicht so sicher«, entgegnete er schließlich und grinste frech.

Mettes Augen verengten sich. Das war ein unfeiner Seitenhieb auf ihre samische Herkunft gewesen. Samen galten bei der norwegischen Bevölkerung früher oft als unzuverlässig und äußerst redselig.

Der Journalist merkte, dass er wohl einen Schritt zu weit gegangen war, und versuchte einzulenken.

»Entschuldigung, das war nur ein Witz. Übrigens danke, dass Sie heute diese Deutsche mitgenommen haben.«

Mette schluckte und bemühte sich, weiterhin freundlich zu klingen.

»Ja, sie fragte nach dem Redaktionsbüro. Wir haben sie oben am *Huset* aufgegabelt. Eine Kollegin von Ihnen?«

Mette Møller fand den Journalisten aus Oslo herablassend und unsympathisch. Schon bei der Aufklärung der Morde Anfang des Jahres war er anmaßend gewesen und hatte sich in ihren Augen sogar verdächtig gemacht. Ihr hatte es fast leidgetan, dass er damals nicht in den Fall verwickelt gewesen war, obwohl es zunächst so ausgesehen hatte.

Schon sein schnelles Auftauchen hier oben in Longyearbyen zwei Tage nach dem unerwarteten Zusammenbruch der Chefredakteurin im Herbst letzten Jahres hatte sie zutiefst skeptisch gemacht. Was wollte einer der renommiertesten investigativen Fernsehjournalisten Norwegens hier oben, der für seine kompromisslose Recherchearbeit und Reportagen auf dem Gebiet der organisierten Kriminalität bekannt war?

Ein Chefredakteur der *Svalbard Posten* hatte lediglich die Wahl, ob er lieber über wenig aufregende Husky-Touren oder über Schneemobilwettrennen berichten wollte, deren Ausgang vorauszusehen war. Gelegentlich wurde ein neues Restaurant eröffnet, im März erwartete man die Sonne zurück, und als Gipfel des Grauens erschien ein Eisbär im Städtchen, um die Mülleimer genauer zu inspizieren.

Was also wollte Svein Vang Myklebust, der tolle Hecht vom staatlichen Sender NRK aus dem fernen Oslo, hier auf Spitzbergen? Etwas anderes, als er bereit war zuzugeben, so viel stand für Mette Møller fest.

Myklebust nickte heftig.

»Ja, sie ist eine Art Kollegin. Lea Kirchner engagiert sich in der Umweltbewegung. Die Deutschen sind da ziemlich aktiv, das weiß man ja.«

Mette überprüfte ihren Gurt, denn der Heli würde bald zur

Landung ansetzen. Die Maschine zitterte leicht, wie ein Tier, das sich auf die Lauer legt.

»Und was macht sie hier? Das Klima angestrengt beobachten?«

Myklebust lachte eine Spur zu laut.

»Das werden wir noch sehen. Ich gehe morgen oder übermorgen auf eine kleine Bootstour nach Ny Ålesund und sie wird mich begleiten.«

Nun standen sie fast in der Luft.

»Dann interessiert Sie unsere Leiche gar nicht? Sieh mal einer an, da habe ich mich aber gründlich in Ihnen getäuscht, Svein. Ich hätte gedacht, eine Mumie in Pyramiden wäre Ihnen sicher eine ganze Titelseite der *Posten* wert.«

Der Helikopter schwebte langsam nach unten, und die Häuserzeile am Wasser kam ins Blickfeld. Etliche Autos waren noch auf der Küstenstraße von Longyearbyen unterwegs. Es war fast Mitternacht.

Myklebust kratzte sich am Kopf.

»Keine Sorge, selbstverständlich wird es die Story der Woche.«

Mette musterte ihn genau, ehe sie erwiderte: »Nur in Absprache mit uns. Es ist eher unwahrscheinlich, dass wir etwas herausgeben, bevor die Identität des Opfers feststeht. Ich kläre das mit Tromsø.«

Sie setzten etwas unsanft auf, und der Helikopter wackelte noch ein wenig.

Der Journalist warf Mette Møller einen wütenden Blick zu, den sie ignorierte.

Der Sysselmann schnallte sich ab und kletterte aus der Maschine. Plötzlich hielt Mette inne und wandte sich noch einmal an Myklebust.

»Übrigens habe ich gestern mit der erkrankten Chefin der *Svalbard Posten* telefoniert, die Sie ja vertreten. Sie ist auf dem Weg der Besserung und wird im Juli wieder hierher zurückkehren. Damit ist für Sie hier wohl bald Schluss. Genießen Sie Ihre Bootstour!«

Mette konnte es sich nicht verkneifen.

Da hörte sie seine überhebliche Stimme. Er stand noch oben auf der Treppe und schaute auf sie herab.

»Wann hier für mich Schluss ist, werden wir sehen, Mette.«

14

»Wir haben eine Leiche«, lautete die SMS des Sysselmanns.

Die Neuigkeit, die sie ja schon von Oleg erfahren hatten, erreichte Trond während seiner morgendlichen Rasur. Seine Stimmung war bis dahin exzellent gewesen. Er hatte wie immer in den letzten Wochen gut und bis sieben Uhr durchgeschlafen und schon das Frühstück für seinen Enkel zubereitet, bevor er ihn gleich in die Kita bringen würde.

Man habe sie in Pyramiden gefunden, schrieb Mette weiter, und sie erwarte ihn, sobald er Bjarne abgeliefert habe, in ihrem Büro.

Ob es sich um den verschwundenen Pat handele, fragte Trond umgehend per SMS nach.

Das könne man noch nicht sagen, kam ihre Antwort prompt.

Trond fand das merkwürdig. Denn wäre die Leiche so weit verwest, dass man nicht mehr viel erkennen konnte, würde das Pat eindeutig ausschließen. Ansonsten konnte er aus ihrer Antwort nur noch ableiten, dass an der Leiche der Kopf fehlen müsse.

»*Bestefar*, kann ich heute bei Filip schlafen?«

Bjarne hatte sein Brot aufgegessen und löffelte nun seinen Joghurt. Er schaute seinen Opa erwartungsvoll an.

Das könnte für weitere Untersuchungen durchaus nützlich sein, wenn ihm der Rest des Tages zur freien Verfügung stände, ging es Trond durch den Kopf, wenn er den Enkel heute nicht betreuen musste.

»Das entscheidet Mama. Hast du sie schon gefragt?«, gab Trond zurück und nahm einen großen Schluck seines geliebten Morgenkaffees. Den rituellen Abendkaffee hatte er auf Rat von Doktor Banville komplett aufgegeben.

Bjarne nickte heftig.

»Sie hat Ja gesagt. Sie wird vom Supermarkt aus in der Kita anrufen.«

»Gut, dann ist ja alles klar«, erwiderte Trond. »Dann packen wir deinen Pyjama und die Zahnbürste ein.«

Ingvild hatte heute die frühe Schicht im Laden, die mit dem Auffüllen der Regale begann, und war schon aus dem Haus gewesen, bevor er aufgestanden war. Nur Bjarne hatte sie offenbar gesprochen.

Trond räumte die Küche auf und machte sich dann mit dem Enkel auf den Weg zur Kita.

Als er danach wieder in Richtung Zentrum ging, fragte er sich, ob er der Leiterin nicht ebenfalls hätte Bescheid geben sollen, dass Bjarne heute Nachmittag mit seinem Freund Filip nach Hause gehen würde. Aber das war ja Unsinn, dachte er. Ingvild hatte das sicher schon geregelt.

Bald darauf kam er an Ma-Prangs kleinem Laden vorbei und hielt kurz an, um sie etwas zu fragen. Er stieg die wenigen Stufen zur Eingangstür hinab und drückte die Klinke hinunter.

Normalerweise war ihr Laden mit dem Restaurant um diese Zeit am Vormittag immer geöffnet. Doch die Tür war heute, genau wie gestern Nachmittag, verschlossen.

Während Trond noch überlegte, was er tun sollte, hatte er das Gefühl, dass er beobachtet wurde. Als langjähriger Ermittler bei der Polizei hatte er eine eigene Antenne dafür entwickelt.

Trond suchte unauffällig mit den Augen die Hausfront ab, während er an den Knöpfen seiner Jacke nestelte. Er konnte jedoch nichts Auffälliges entdecken. Dass sich die kleine Thai-Frau nicht wie gewohnt in ihrem Laden aufhielt, behagte ihm gar nicht. Instinktiv ahnte er, dass da etwas nicht stimmen konnte.

Er hatte sich schon umgedreht und die zwei Stufen zurück zur Straße genommen, als er das Geräusch eines Schlüssels hinter sich vernahm. Trond blieb stehen und wandte den Kopf. Da öffnete sich die Ladentür, und zu seinem Erstaunen erkannte er den Chinesen von gestern, Xan Ling.

Er stand lächelnd im Türrahmen, strich sich die halblangen Haare aus dem Gesicht, das eigentlich sehr sanft wirkte, und machte eine leichte Verbeugung.

»Kann ich Ihnen weiterhelfen, Mister …?«

»Trond Lie«, entgegnete der Mann aus Bergen. »Ich wollte zu Ma-Prang.«

Wieder lächelte der Mann. Er schob sein Haar hinter das eine Ohr.

»Tut mir leid, aber Ma-Prang ist heute beschäftigt.«

»Normalerweise ist sie hier in ihrem Laden beschäftigt«, insistierte Trond. »Sie kümmert sich um diese Zeit um das Mittagsessen, das sie jeden Tag anbietet. Ich bin ein begeisterter Stammkunde von ihr.«

Ein paar Sekunden sagte keiner von beiden etwas. Es war, als belauerten sie sich gegenseitig.

»Ihr geht es heute nicht so gut und deshalb ist sie zu Hause geblieben«, erklärte der Chinese und machte eine wegwerfende Handbewegung.

Als Trond nichts erwiderte, sondern ihn nur abwartend musterte, fügte er hinzu:

»Ihr Sohn hat mich informiert und mich gebeten, etwas für sie aus dem Laden zu holen.«

Da war dieses winzige Gramm zu viel, merkte Trond, das die Waage kaum merklich, aber nachhaltig aus dem Gleichgewicht bringen konnte. Während kniffliger Verhöre machte sich selbst der gewiefteste Gauner oft durch die Preisgabe von Informationen verdächtig, nach denen er gar nicht gefragt worden war.

Jetzt musste er ihn überrumpeln.

»Welcher ihrer Söhne?«

Ma-Prang hatte nur einen Sohn, zumindest hier auf Svalbard.

Er war zu ihrer großer Sorge immer noch unverheiratet. Das wusste Trond genau. Gespräche über Kinder zahlten sich manchmal aus.

Der Chinese grinste breit.

»Der mit dem Enkel. Ich kann mir diese Thai-Namen leider schlecht merken.«

Und jetzt schnell zustechen.

Trond wusste, dass beide Enkel von ihrer Tochter waren, die ebenfalls mit ihrem Mann auf Spitzbergen lebte. Der Chinese sprach offenbar mit Ma-Prang nicht über Enkelkinder.

Der Ex-Kommissar wandte sich zum Gehen.

»Dann richten Sie ihr gute Besserung aus. Ich hoffe, es ist nichts Ernstes.«

Xan Ling lächelte und verbeugte sich leicht.

Trond zögerte jetzt. »Darf ich Sie etwas fragen?«

»Sicher.«

Der Mann spielte mit dem Reißverschluss seiner Sportjacke und vermied jeglichen Blickkontakt.

»Sie scheinen sich hier bestens auszukennen. Wie lange sind Sie denn schon auf Svalbard?«

Der Chinese grinste breit. »Wenn Sie Ihre Zeit hier mal vier nehmen, kommt es ungefähr hin.«

Trond Lie ließ sich nicht anmerken, wie überrascht er über diese Antwort war. Wieso wusste dieser Mensch so gut über ihn Bescheid? Und vor allem, warum? Oder war das nur Bluff?

Er wollte Gewissheit haben. »Und das heißt?«

Um den Mund des Chinesen spielte nun ein spöttisches Lächeln.

»Ungefähr zwei Jahre. Ein halbes Jahr mal vier.«

Also kein Bluff. Aber warum gab er sein Wissen preis? Trond musste weitergraben.

»Kennen wir uns vielleicht von früher, oder woher wissen Sie so genau, wie lange ich schon in Longyearbyen bin?«

Er versuchte leutselig zu klingen und nicht misstrauisch.

Nun wurde das Grinsen auf dem Gesicht des anderen breiter, doch es wirkte eher abstoßend als freundlich.

Trond spürte, dass der Chinese nervös geworden war.

»Norwegen ist winzig im Vergleich zu meinem Heimatland China, und es hat eine verschwindend geringe Anzahl von Einwohnern. Die meisten kommen aus Oslo, der Rest aus Bergen. Die übrigen fallen kaum ins Gewicht. Hier kennt doch jeder jeden. Und bei Ihnen tippe ich auf Bergen. Einen schönen Tag noch.«

Damit drehte er sich um. Die Tür flog zu und wurde auf der Stelle verriegelt.

Trond musste schlucken. Das hatte gesessen. Offenbar wusste dieser zwielichtige Mann mehr über ihn, als ihm lieb war.

Was wusste er noch?

Und vor allem, aus welchem Grund interessierte er sich für ihn?

Trond wollte das unbedingt mit dem Sysselmann besprechen, und er musste zugeben, dass ihn diese Begegnung verunsichert hatte.

15

Eine Viertelstunde später war Trond im Büro von Mette Møller. Sie hatte ihn gleich in das Souterrain des Gebäudes geführt. Dort hatten sie den Toten aus Pyramiden auf einen langen Holztisch gelegt und ihn von der handbreiten, vor Dreck starrenden Bandage befreit, die um seinen ganzen Körper gewickelt war. Nur der Kopf war noch vollständig bandagiert.

Jetzt leuchtete es Trond auch sofort ein, weshalb der Sysselmann so vage geklungen hatte, was die Identität der Leiche betraf.

»Trond?« Mette Møller holte ihn aus seinen Gedanken. »Alles in Ordnung?«

Trond starrte sie an und nickte geistesabwesend. »Ja, klar. Aber ich muss dich gleich unbedingt etwas fragen.«

Mette schien sich über seine Stimmung zu wundern. Doch dann trat sie nahe an ihn heran und fragte mit leiser Stimme: »Fällt dir irgendetwas an dem Toten auf, bevor wir sein Gesicht sehen können?«

Trond zog die Augenbrauen zusammen und konzentrierte sich noch einmal genau auf die Leiche. Sein Blick wanderte von den nackten Füßen, an denen Spuren von alten Narben zu sehen waren, über die grobe Jeans bis hin zu dem blauen Sweatshirt, das dem Toten irgendwie nicht recht zu passen schien. Es wirkte wie ein großer unförmiger Sack, den man ihm eilig übergestülpt hatte. Vorn war das Logo eines Sportvereins aus Stokmarknes aufgedruckt und darunter das Datum des Marathons vom vorigen Jahr, den man auf der Inselgruppe der Vesterålen nördlich der Lofoten regelmäßig veranstaltete.

»Ich vermute, er ist Asiate. Der Körperbau deutet darauf hin, ich kann mich aber täuschen. Schließlich gibt es auch zierliche

Norweger und hochgewachsene asiatische Menschen. Die haben aber meist einen anderen Teint als wir. Schau dir seine Füße an.«

Mette wiegte nachdenklich den Kopf und gab schließlich ihren zwei Kollegen die Anweisung, nun die Gesichtsbandage zu entfernen. Trond hielt die Arme verschränkt, während der Sysselmann neben ihm den Atem anhielt. Als sie den letzten Rest des Stoffes vorsichtig abschälten, traten alle einen Schritt näher an den Toten heran.

Es war ein jüngerer Mann, tatsächlich ein Asiate, allerdings nicht der vermisste Koch Pat Cruz.

»Siri wird erleichtert sein«, entfuhr es Mette. »Und Pfarrer Hagebak auch, der sich ja ebenfalls große Sorgen um ihn macht«, fügte sie hinzu.

»Er könnte aus der Thai Community stammen. Hast du ihn schon mal gesehen?«, fragte Trond.

Der Sysselmann schüttelte den Kopf.

»Aber das hat nichts zu sagen, so lange bin ich ja noch nicht hier, und ich kann bei der hohen Fluktuation wirklich nicht alle zweitausend Einwohner kennen.«

Sie klang eine Spur unzufrieden.

Trond warf ihr von der Seite her einen Blick zu und räusperte sich. Langsam ging er um den Tisch herum, auf dem der Leichnam lag, und überlegte, wie er das heikle Thema ansprechen könnte. Dann hatte er eine Idee.

»Ich vermute mal, insbesondere die nicht registrierten Hilfsarbeiter kennst du nicht«, sagte er leise.

Die Gouverneurin von Svalbard lachte kurz auf.

»Es gibt in Longyearbyen keine nicht registrierten Einwohner. Auf ganz Svalbard nicht.«

Nun zog Trond Lie seine Augenbrauen in die Höhe. Wollte sie das Thema Illegalität etwa nicht diskutieren?

»Gut, darüber reden wir später«, sagte er, um rasch auf ein

anderes überzuleiten. »Habt ihr eigentlich irgendwelche Hinweise auf die Todesursache?«

Der Raum im Souterrain war kühler als die anderen, was Trond jetzt spürte. Er knöpfte sich die Jacke zu, während die beiden Polizisten die Leiche auf den Bauch drehten. Einer von ihnen zeigte auf einen langen Riss in dem blauen Shirt, der braune Blutflecken an den stark verkrusteten Rändern aufwies.

»Es gibt eine tiefe Stichwunde im Rücken. Vermutlich starb er an dieser Verletzung. Genaues wird erst die Obduktion feststellen«, erläuterte Mette Møller. »Er fliegt mit der Nachmittagsmaschine nach Tromsø.«

Es hörte sich an, als wollte der Tote diesen Flug aus eigenen Stücken nehmen und hätte bereits ein Ticket dafür gelöst.

Eine halbe Stunde später saß Trond in Mettes gemütlicher Sitzecke in ihrem Büro und sie schenkte ihm Kaffee ein. Es war Mittag, und deshalb wollte er sein Lieblingsgetränk diesmal bei aller Vorsicht nicht ablehnen. Die Tasse tat ihm gut, als Kaffeejunkie genoss er das schwarze Gebräu mit großen Schlucken.

»Über was wolltest du mit mir sprechen?«, fragte ihn Mette. »Ich habe selbstverständlich Kjetil auf dem Festland informiert, und wir sind beide der Ansicht, dass es ausreichend und sinnvoll ist, wenn du dich um die Ermittlung kümmerst und sie zunächst niemanden schicken. Es ist kurz vor Beginn der Ferienzeit und da sind sie drüben sehr schlecht aufgestellt, meinte Kjetil. Er wäre dir sehr verbunden.«

Kjetil Hamre war der Chef der nächstgelegenen Polizeizentrale im tausend Kilometer entfernten Tromsø, ein alter Bekannter des Sysselmanns aus Polizeihochschultagen.

Trond war überrascht, doch er freute sich über Mettes Vertrauen.

Sie beobachtete ihn über ihren Tassenrand hinweg.

»Vorausgesetzt, du bist einverstanden.«

Trond fing ihren Blick auf, lächelte und nickte.

»Sicher.«

Er setzte die Tasse ab.

»Es ist zwar streng genommen gegen die Vorschriften, aber Kjetil schuldet mir noch einen Gefallen wegen Arvid.«

Sie trat ans Fenster, den Rücken ihm zugekehrt.

Arvid Kristoffersen, der Geheimdienstmann aus Vadsø an der Grenze zu Russland … Trond erinnerte sich gut an ihn. Sein Spitzname zu Hause lautete »das Kaninchen«, doch Frida und er hatten ihn immer Pinocchio genannt. Man hatte ihn im Januar statt eines polizeilichen Ermittlers nach Svalbard geschickt, um sie bei der Aufklärung des Mordes an einem Schweizer Geologen zu unterstützen.

Allerdings konnte Kristoffersen weder das Verbrechen aufklären, noch zwei weitere Morde verhindern. Er war ausschließlich an seiner eigenen Mission interessiert gewesen. Lediglich Tronds hartnäckiger Drang, den Mordfall aufzudecken, hatte zum Erfolg geführt, auch wenn er und Frida am Ende enttäuscht feststellen mussten, dass politische Machtspiele für wichtiger erachtet wurden als Gerechtigkeit. Mette Møller steckte damals in einer Zwickmühle zwischen ihrer eigenen Loyalität und ihrem Gewissen.

Ob sie es diesmal anders machen wollte?

»Kennst du einen Xan Ling?«

Blitzschnell hatte sie sich zu ihm umgedreht und die Arme vor der Brust verschränkt.

»Den US-Chinesen? Klar, wer kennt ihn nicht? Warum willst du das wissen?«

Trond erzählte ihr von seinem gestrigen Besuch mit Frida in dem Haus in Nybyen, wo sie sich aufgrund eines Hinweises von Ma-Prang nach Pat Cruz erkundigt hatten.

»Ma-Prang hat euch wirklich dorthin geschickt?«

Mette schien überrascht. Genau wie Frida, erinnerte er sich.

»Wieso wundert dich das?«, fragte Trond nach und nahm sich einen Butterkeks.

Der Sysselmann antwortete nicht und schien zu überlegen.

»Könntest du mir bitte die Privatadresse von Ma-Prang geben?«, fragte Trond.

Mette nickte zerstreut, und er ließ nicht locker.

»Was sind das eigentlich für Unterkünfte und wer schläft da? Von wohnen kann man ja nicht reden. So etwas kenne ich nur aus Großstädten wie Bergen oder Oslo. In solchen Wohncontainern bringen sie dort Illegale unter. Ein düsteres Kapitel unserer ach so vorbildlichen Einwanderungspolitik. Aber dass es hier in der Arktis genauso läuft, hat mich ziemlich umgehauen.«

Mette hatte sich in Bewegung gesetzt und durchquerte den Raum. Ihre Unruhe verriet ihm ihre Nervosität.

»Hier ist in relativ kurzer Zeit ein ganz neuer Wirtschaftszweig entstanden, Trond – die Tourismusbranche. Man darf nicht vergessen, dass Longyearbyen in der Vergangenheit eine reine Grubenstadt war. Ohne Arbeitsvertrag mit der staatlichen *Store Norske* konntest du hier gar nicht einreisen. Man wurde für die Dauer des Vertrags in einem einfachen Massenquartier untergebracht. Billig und funktional, die Familie musste natürlich zu Hause bleiben. Die Kumpel kamen für ein, zwei Jahre hierher, arbeiteten für gutes Geld und mit geringen Abzügen in den Gruben und verschwanden dann wieder.«

»Und wann begann das alles, was man heute hier sieht?«

»Als die Gruben dichtmachten, eine nach der anderen, das war vor mehr als zehn Jahren. Damals ersetzte die Klimaforschung die Kohle. Unsere Uni ist die einzige Hochschule der Welt, wo man den Klimawandel unmittelbar beobachten und erforschen kann, und so entstand das Wissenschaftszentrum und wenig später dann der Tourismus. Die ersten Kreuzfahrtschiffe legten damals hier an, die Gewässer sind ja jetzt viel länger eisfrei, und der Flugverkehr nahm immer mehr zu …«

Trond fiel ihr ins Wort. »Da brauchte man auf einmal statt Stockbetten in Wellblechcontainern schicke Hotels und Restaurants. Und dafür wurde dringend Personal benötigt, verstehe.«

»Deine eigene Tochter ist aus diesem Grund hier, soweit ich weiß. Als Norwegerin ist sie natürlich privilegiert und bekommt etwas anspruchsvollere Jobs mit Kundenkontakt.«

»Du meinst die Supermarktkasse, die Taxizentrale und die Bar?«

Trond griff nach seiner Tasse und nahm einen weiteren Schluck. Mette warf ihm einen prüfenden Blick zu und setzte sich wieder zu ihm.

»Beinahe zum selben Zeitpunkt entdeckten auch die Thais die Arktis. Du weißt ja, dass sie hier oben die zweitgrößte Community nach den Norwegern bilden. Sie sind im Gegensatz zu den Europäern billige Arbeitskräfte, die sich nicht scheuen, auch unpopuläre Arbeiten im Dienstleistungsbereich zu übernehmen. Andere Asiaten folgten ihnen rasch, aus Indonesien, von den Philippinen. Aber das weißt du doch alles, oder?«

Trond nickte.

»Frida hat mir erzählt, dass die Lebens- und Arbeitsbedingungen für viele Arbeiter hier mehr als dubios sind. Sie hat wohl einen guten Draht zu den Menschen aus Asien.«

Mette schaute ihn aufmerksam an. Sie nickte. Ihre stahlblauen Augen blitzten.

»Soweit ich mich erinnere, ist Frida in Asien aufgewachsen und spricht Indonesisch.«

»Und Mandarin. Was ist also mit Xan Ling? Du sagtest eben, jeder kennt ihn. Was genau macht er hier? Spielt er etwa den Hausmeister in diesen halblegalen Massenunterkünften?«

Mette zuckte mit den Schultern und schenkte Kaffee nach.

»Genaues weiß ich auch nicht. In unseren Akten ist er als Supervisor aufgeführt. Er organisiert und überwacht angeblich die Logistik im sogenannten Hospitality-Bereich. Bisher ist er nicht aufgefallen. Wieso interessierst du dich für ihn?«

Trond überlegte kurz, ob er ihr erzählen sollte, dass der Chinese besser über ihn informiert war, als es nachvollziehbar war. Doch er entschied sich zunächst dagegen und wollte abwarten.

»Für wen arbeitet er denn? Als Supervisor, meine ich.«

Wieder ein Schulterzucken. »Das müsste ich nachschauen. Soll ich es gleich tun?«

Trond zögerte.

»Ja, bitte. Wenn es dir nichts ausmacht.«

Mette schaute einen Moment lang irritiert, stand dann aber auf und ging an ihren Computer. Sie rief ein paar Daten auf, und ihre Augenbrauen zogen sich zusammen.

»Komisch, hier steht als Arbeitgeber die Firma *People's Sky World*. Sie hat ihren Sitz auf Alderney. Sagt mir im Moment gar nichts.«

Sie hatte sich zu ihm gedreht und schaute ihn fragend an.

»Hast du schon mal von dieser Firma gehört, Trond? Vielleicht in deiner Bergener Zeit?«

Trond musste passen. »Nein, aber Alderney ist eine der Kanalinseln, wie Jersey und Guernsey«, fiel ihm ein.

Mette seufzte. »Das hört sich nach einer Briefkasten-Firma an, die für steuerliche Vorteile errichtet wurde. Sollte mich nicht wundern. Davon haben auch wir hier oben etliche und niemand redet darüber.«

Trond war ins Grübeln gekommen. An was zum Teufel erinnerte ihn der Firmenname?

»Wir machen jetzt Aufnahmen von dem Toten und stellen sie heute noch ins Netz«, fuhr Mette fort. »Vielleicht gelingt es damit, ihn zu identifizieren. Außerdem werde ich diesen Myklebust um Unterstützung bitten. Ich mag den Typ zwar nicht, aber er könnte die Bilder ja auch in der Online-Ausgabe der *Svalbard Posten* veröffentlichen.«

Trond saß immer noch, ohne sich zu rühren, auf seinem Sessel. Er dachte nach – *Sky World People,* ach nein, es war ja andersherum. *People's Sky World.*

»Trond?«

Mette hatte ihre Aufmerksamkeit nun wieder ganz ihrem Gast zugewandt.

Trond Lie saß reglos da. Sein Gesichtsausdruck verriet äußerste Konzentration.

»Bevor wir nicht wissen, wer der Tote ist, wissen wir auch nicht, in welche Richtung du dich bei deinen Ermittlungen bewegen solltest«, sagte der Sysselmann. »Er könnte theoretisch von überallher sein. Hab ich Recht?«

Trond reagierte immer noch nicht. Nein, dachte er, so war es richtig: *Sky World People*. Das war die richtige Reihenfolge: Himmel, Erde, Menschen …

»Vielleicht könntest du heute mit dem Heli nach Pyramiden fliegen und dich dort einmal umschauen und dir die beiden russischen Wachleute vornehmen. Da bräuchtest du einen Dolmetscher. Vielleicht Oleg Kalinin, den kennst du doch. Der wäre gut, weil er von außen kommt. Aber nimm Frida mit, wegen der Eisbären und …«

»Genau! Das ist es.«

Trond schlug mit seiner Hand auf den freien Sessel neben ihm.

Mette brach erstaunt ab und starrte ihn an.

»Trond?«

Nun strahlte der ehemalige Kommissar aus Bergen über das ganze Gesicht.

»Ich hab's, Mette!«

»Was?«

»Die Firma, bei der Xan Ling arbeitet. *People's Sky World.* Ich weiß, wo ich dem vor Kurzem schon einmal begegnet bin.«

Er schaute den Sysselmann erwartungsvoll an.

Mette Møller beugte sich näher zu ihm, als wollte sie ein Geheimnis zugeflüstert bekommen.

»Und wo war das?«

Trond lächelte und nahm noch einen Schluck Kaffee.

»Auf einem Bild, genauer gesagt, auf einer Kinderzeichnung. Die wurde unserem vermissten Koch Pat aufs Handy geschickt und hat ihn laut einer Zeugenaussage ziemlich erschreckt. Diese simple Zeichnung bestand aus nur drei Elementen: Himmel, Erde und Menschen. *Sky World People*. Ich habe sie gesehen.«

16

Als Trond eine Stunde später auf dem kleinen Flugplatz neben dem Helikopter stand und auf Frida und Oleg Kalinin wartete, spürte er, wie sich ein Gefühl von Vorfreude auf die anstehenden Ermittlungen in ihm ausbreitete. Es war fast wie früher. Pyramiden war außerdem schon lange eine Art Sehnsuchtsort von ihm gewesen, doch mehrere Versuche, die Geisterstadt zu besuchen, waren im letzten Moment gescheitert.

Umso mehr freute Trond sich jetzt, dass es nun endlich klappte, und diesmal sogar in offizieller Mission.

Zuvor hatte er noch versucht Ingvild anzurufen, um ihr Bescheid zu geben, dass er nun ein paar Stunden unterwegs sein würde, vermutlich bis zum Abend, aber er konnte ihr nur auf die Mailbox sprechen. Sie saß um diese Zeit an der Kasse des Supermarkts, wo man sein Handy, so man überhaupt eines bei sich trug, auf stumm schalten musste.

Sein zweiter Anruf, diesmal in Ma-Prangs Laden, kam ebenfalls nicht zustande. Der Anrufbeantworter sprang sofort an, und Trond entschied sich, keine Nachricht zu hinterlassen.

Er schaute noch einmal in sein kleines ledernes Notizbuch, in dem Ma-Prangs Adresse stand, die Mette Møller ihm herausgesucht hatte. Die Thai-Frau wohnte ganz in der Nähe des Ladens, und er wollte später, auf dem Weg nach Hause, bei ihr vorbeischauen. Auf keinen Fall wollte er nochmals dem Chinesen über den Weg laufen, aber es war ihm wichtig, Ma-Prang nach den neuesten Entwicklungen noch ein paar Fragen zu stellen. Er hatte den Eindruck, dass sie mehr wusste, als sie zugab. Vielleicht hatte sie Angst?

Trond hatte Fotos von dem Gesicht des Toten auf seinem Handy und wollte sie ihr zeigen. Möglicherweise kannte Ma-

Prang den Mann aus der thailändischen Community. Sie kannten sich alle, hatte Frida behauptet.

Da bog einer der schwarzen Minibusse der Svalbard-Taxiflotte um die Ecke und hielt neben dem Abfertigungsgebäude.

Trond hatte den Van genau im Blick. Frida sprang mit einem ihrer Huskys an der Leine heraus.

Trond erkannte sofort Tika, ihre Leithündin, die er besonders mochte. Frida winkte ihm zu, bevor sie sich ihren Rucksack und ihr Gewehr umschnallte. Trond kniff die Augen etwas zusammen, als er bemerkte, dass noch ein zweiter Passagier mit ihr ausstieg. Wer war das denn?

Der Fahrer des Taxis musste Oleg sein, er stieg gerade auf der Fahrerseite aus und winkte ebenfalls herüber.

Doch wer war der andere?

Als der Mann sich umdrehte, um ihm nun als Dritter zuzuwinken, schauderte Trond.

Es war Fridas Vater, Roeben van Namen, den er gestern in der Hotellobby kennengelernt und später noch einmal flüchtig in Siris Pension gesehen hatte.

Was wollte der denn hier?

Da trat der Pilot des Helikopters zu ihm, den Mette Møller für den Flug bestellt hatte. Es war Frode, den Trond schon von Flügen nach Svea im Januar kannte und den er als zuverlässig und immer gut gelaunt in Erinnerung hatte.

Manche der Piloten blieben äußerst einsilbig, aber Frode war sehr gesprächig und liebte es, während der kurzen Flüge auf Besonderheiten der Landschaft hinzuweisen, wenn sich seine Kundschaft interessiert zeigte, oder von oben auf einen Eisbären, der im Gelände unterwegs war, aufmerksam zu machen.

In dem Moment kam eine starke Windbö auf und riss an Frodes Käppi, das neben seinen Füßen landete.

»He, heute sind schwüle dreizehn Grad angekündigt, und Wind ist streng verboten! Sind wir noch einer mehr? Das wusste ich gar nicht«, sagte der Pilot, bückte sich nach der Kappe und setzte sie wieder auf seinen Kopf.

»Ich wusste es auch nicht«, brummte Trond.

Als die drei ihn erreichten, grinste der Niederländer breit.

»Ich habe Frida gefragt, ob ich mitkommen kann. Ich wollte schon immer mal nach Pyramiden. Sie haben doch sicher nichts dagegen, Trond.«

Frida sagte nichts, wie Trond registrierte. Sie stand mit düsterer Miene neben ihrem Vater.

Trond wusste nicht, wie er reagieren sollte. Er wollte Frida nicht enttäuschen, aber die Anwesenheit van Namens passte ihm gar nicht. Schließlich rang er sich zu einer Antwort durch.

»Doch, das habe ich eigentlich schon. Dies ist ein offizieller Flug, angeordnet vom Sysselmann. Da können wir keinen Außenstehenden mitnehmen.«

In diesem Moment mischte sich dummerweise der hilfsbereite Frode ein.

»Trond, du hast zwar Recht, aber das ist doch nicht schlimm. Ich schlage Folgendes vor: Wir nehmen Fridas Vater mit, und er schaut sich dort kurz um, während ihr mit eurer Arbeit anfangt. Ich bleibe ja sowieso nicht die ganze Zeit bei euch. Ich muss gleich wieder zurück und nehme ihn nach einer halben Stunde nach Longyear mit. Heute Abend hole ich euch drei dann ab. Kein Problem.«

Van Namen grinste begeistert.

Trond nickte widerstrebend. Dann gingen sie zum Hubschrauber.

Woher wusste der Pilot, dass das Fridas Vater war, fuhr es ihm noch durch den Kopf. Das hatte doch niemand erwähnt, oder?

Der Flug werde eine knappe halbe Stunde dauern, erklärte Frode, während sie hinten im Passagierraum Platz nahmen und sich anschnallten.

Eigentlich hatte Trond diese Zeit für ein Briefing von Frida und Oleg nutzen wollen, doch das musste er jetzt verschieben. Der niederländische Geschäftsmann störte ihn dabei. Er traute ihm nicht, auch wenn das, was hier vor sich ging, für den Besucher der Tochter von keinerlei Interesse sein dürfte.

Trond setzte sich bewusst neben Roeben van Namen. Er wollte während der kurzen Flugzeit wenigstens herausfinden, warum er ihn unsympathisch fand.

Frida wirkte überrascht darüber. Sie streichelte Tika, um das Tier zu beruhigen, und wandte sich dann Oleg zu.

Frode ließ den Helikopter vom Flughafen aus steil über dem Adventfjord aufsteigen und zog ihn dann in einer weiten Kurve Richtung Norden. Unter ihnen glitzerte das Wasser tief dunkelblau, und über ihnen wölbte sich ein kobaltfarbener Himmel wie ein gigantisches Zelt, dessen Dimension rätselhaft und unbegreiflich weit anmutete. Umrahmt, ja, eingefasst wie ein Saphir wurde das Blau von einem weißen Streifen verschneiter Berge, die ihre Spitzen wie gigantische Lanzen der glühenden Sonne entgegenstießen.

Trond hatte eher zufällig aus dem Fenster geschaut und musste zugeben, dass der Anblick dieser blau-weißen, wundersamen Komposition aus spitzen Bergen, die dieser Region ihren Namen gaben, ein atemberaubendes Schauspiel darstellte.

Er war plötzlich überwältigt und sprachlos. Zum ersten Mal seit seiner Ankunft auf Svalbard vor sechs Monaten wurde er von der Arktis berührt, von ihrer Schönheit ergriffen.

Ja, vielleicht verstand er in diesem Moment auch zum ersten Mal ein wenig die junge Holländerin Frida, die der Arktis verfallen war, wie sie ihm schon bei ihrer ersten Begegnung freimütig gestanden hatte.

Er drehte sich zu ihr um und ihre Blicke trafen sich. Trond brachte nur ein kaum erkennbares Nicken zustande, aber Frida lächelte wissend, als verstände sie ihn genau.

Tika öffnete ihre Augen und gähnte dann ausgiebig, wie nur ein Hund gähnen kann.

»Wie lange haben Sie denn vor, auf Spitzbergen zu bleiben?«

Es war van Namens schnarrende Stimme, die ihn aus seinen neuen arktischen Gefühlen riss.

Trond überlegte.

»Das kommt darauf an, wie lange meine Tochter mich hier noch braucht«, antwortete er.

»Frida erzählte mir, dass Sie sich um Ihren Enkel kümmern, während Ihre Tochter arbeitet. Das finde ich fabelhaft. Wie alt ist der Kleine?«

»Wie viele Kinder haben Sie denn, Roeben? Ich darf doch Roeben sagen?«, wich Trond aus.

»Sicher.« Der Holländer lachte und fuhr sich mit der Zunge über die vollen Lippen. »Ich habe Frida und Gerrit, Fridas älteren Bruder. Bei dem bin ich auch schon Opa, wie Sie.«

Trond war sich nicht sicher, ob er auf die Szene bei Siri Hummel und ihrem Sohn anspielen sollte, entschied sich dann aber dagegen.

»Und Ihre Frau, Fridas Mutter?«

Trond erinnerte sich nicht, dass Frida ihre Mutter irgendwann einmal erwähnt hatte. Aber sie hatte auch nie über ihren Vater gesprochen.

Roeben warf kurz einen prüfenden Blick auf seine Tochter, doch die war in ein Gespräch mit dem jungen Ukrainer vertieft.

»Ich bin nicht verheiratet. Nicht mehr. Fridas Mutter und ich sind seit Langem geschieden.«

»Verstehe. Und wie lange haben Sie vor, auf Svalbard zu bleiben?«

Der Mann blickte in die andere Richtung, statt ihn anzusehen.

»Kommt drauf an, was die Geschäfte erfordern.«

»Und was machen Sie hier oben – nur mit einer Tochter, auf die man nicht mehr aufpassen muss?«

Van Namen schüttelte lachend den Kopf.

»Das hört nie auf, das Aufpassen. Das wissen Sie doch auch von Ihrer eigenen Tochter. Ich sagte ja schon, ich bin Geschäftsmann, und Svalbard ist ein interessantes neues Terrain, ja, so will ich es mal nennen. Der Tourismus expandiert, und da schaue ich mal, was es hier so gibt und was noch möglich wäre.«

»Am besten, was gut ist für Svalbard, *Vader*. Wir wollen nichts, was nur Geld bringt und die Lebensqualität bedroht – von Tieren und Menschen hier.«

Das Letzte hatte Frida von der zweiten Reihe aus gerufen. Sie passt also doch genau auf, registrierte Trond.

»Hatten Sie schon etwas ins Auge gefasst?«, fuhr er fort. »Ein Hotel, Tour-Angebote, vielleicht sogar etwas mit Frida und ihren Huskys?«

Die Musherin warf einen entsetzten Blick in seine Richtung, den van Namen nicht sehen konnte.

»Ich würde sagen, von allem etwas, das wäre eine attraktive Kombination. Das würde mich reizen. Aber es ist noch nichts spruchreif, ich sondiere nur, wie gesagt. Auch Pyramiden hat Potenzial. Deshalb möchte ich gern einen ersten Eindruck bekommen. Die Russen haben bisher ja nichts daraus gemacht.« Er verzog verächtlich seinen Mund. »Waren Sie denn schon mal dort?«

Das Gesicht seines Gesprächspartners hatte nun einen lauernden Ausdruck angenommen.

Trond schüttelte den Kopf.

»Nein, deshalb bin ich genau wie Sie gespannt. Soweit ich weiß, haben die Russen das alte *Hotel Tulipan* wiedereröffnet und vermarkten es recht gut als *USSR on the rocks*.«

Van Namens Mundwinkel zuckten. »Dilettantisch, würde ich sagen. Da wäre viel mehr drin. Aber noch ist nicht aller Tage Abend.«

Er drehte den Kopf weg, als wäre die Unterhaltung nun zu Ende.

»Hier schon gar nicht. Das mit dem Abend, meine ich«, erwiderte Trond. Er hatte nicht vor, das Gespräch zu beenden. »Ich höre, Sie haben gute Kontakte nach China. Das bietet doch einen enormen Zukunftsmarkt, was den Tourismus betrifft, kann man immer wieder lesen.«

Van Namen drehte sich wieder zu ihm. Er schien verdutzt. Seine wasserblauen Augen hatten sich verengt.

»Wer hat Ihnen denn das mit China erzählt?«

Nur sehr wenige Profis konnten ihre Stimme unter Kontrolle halten. Die Gesichtsmuskeln waren einfach, die Stimme war viel schwieriger. Das hatte mit der Atmung zu tun.

Trond blinzelte ihn freundlich durch seine Brille an. Niemand hatte ihm das erzählt, aber es war einen Versuch wert gewesen, und siehe da – er hatte in ein kleines Wespennest gestochen.

Der ehemalige Kommissar musste innerlich schmunzeln. Er hatte es also noch drauf, auch als Rentner. Sein Gegenüber war aufgeschreckt und keinesfalls amüsiert, versuchte das aber unter allen Umständen zu verbergen.

Trond hatte auf einmal das merkwürdige Gefühl, als wäre er schon mitten in den Ermittlungen. Nun ritt ihn wohl der vertraute Ermittlungsteufel, und es gelang ihm nicht, ihn abzuwerfen.

»Wie hieß er noch gleich? Ach ja, Xan Ling. Arbeitet der nicht für Sie? Ich hatte den Eindruck, als ich mich neulich mit ihm unterhielt.«

Fridas Gesicht war nun auch erstarrt, doch sie sagte nichts. Trond wusste, dass er sich auf hauchdünnes Eis begab.

»Aber ich kann mich natürlich auch täuschen. Vielleicht habe ich ja etwas falsch verstanden«, sagte er und ruderte damit scheinbar zurück.

»Ich bedauere, aber ich kenne keinen … Wie war gleich der Name?«

»Landung in Pyramiden in drei Minuten!«, rief Frode von

vorn. »Komplett mit Mumien!«, schrie er über den Krach hinweg und lachte über seinen eigenen Witz. Niemand sonst fiel in sein Lachen ein.

Der Anflug auf die russische Geisterstadt erfolgte aus südwestlicher Richtung. Trond beugte sich zum Fenster und ignorierte die Frage des Holländers.

Unten erkannte man die Reihen trister zweistöckiger gelber Häuser aus gekacheltem Backstein, aus dem fast alles hier oben gebaut worden war. Die Russen hatten sich für eine andere Bauweise als die Norweger entschieden und hier mit Stein gebaut. Die Norweger hatten zunächst Holz und später Metall als Baustoff gewählt.

In der Mitte der Siedlung standen ein paar alte Holzhäuser, deren Tür- und Fensterrahmen mit Schnitzereien verziert waren. Trond hatte in einem der zahlreichen Bildbände über Svalbard gelesen, dass sie in den ersten Jahren der Besiedlung errichtet worden waren und eher den Häusern russischer Babuschkas auf dem Land ähnelten.

Während sie nun langsam nach unten schwebten, erkannte Trond mitten auf dem zentralen Platz der Siedlung den Leninkopf und das große Wappen mit dem Eisbären. Er musste schlucken. So sehr hatte er sich gewünscht, diese unwirkliche Kleinstadt unweit des Nordpols einmal wirklich zu betreten.

Nun war er endlich da.

17

Pyramiden war menschenleer – aber was hatte er auch erwartet?

Frida hatte sich gleich nach der Landung auf dem winzigen Flugplatz am Rande der Siedlung, einen Steinwurf vom Eismeer entfernt, von ihrem Vater verabschiedet und war mit Tika in Richtung Hotel davongestapft.

Trond hatte sich noch mit Frode wegen des Rückflugs abgestimmt. Sie peilten sechs Uhr abends an. Trond sollte ihm, sobald sie absehen konnten, wann sie fertig wären, eine Nachricht schicken oder ihn anrufen, sodass er starten konnte. Auf die Frage, woher er denn Fridas Vater kenne, schüttelte der Pilot nur den Kopf. Nein, er kenne ihn gar nicht. Wie Trond denn darauf käme? Er würde den Niederländer jedenfalls wieder mitnehmen, wenn er in einer halben Stunde zurückflog.

Roeben van Namen war, ohne weiter auf den Piloten zu achten, zum Kulturhaus gepilgert, und Trond beobachtete, wie er von außen Fotos machte. Direkt neben dem Kulturhaus befand sich die Schwimmhalle und davor stand die markante Leninbüste, am Ende der alten Prachtstraße, dem »Prospekt«.

Der Niederländer war hier, wie er selbst erklärt hatte, nicht als neugieriger Besucher, sondern hauptsächlich als sondierender Geschäftsmann unterwegs. Und genau so sah es für Trond auch aus. Vom Moment ihrer Ankunft in der Geisterstadt an hatte der kühl kalkulierende Blick eines interessierten Investors in Roebens Augen gelegen.

Der Ex-Kommissar aus Bergen versuchte sich auf das, was nun vor ihm lag, zu konzentrieren. Zusammen mit Oleg Kalinin ging er den Prospekt entlang in Richtung des *Hotel Tulipan*, das am anderen Ende dieser alten Hauptstraße lag und seit einigen Jahren wieder Gäste einlud.

»Die beiden Wachleute, die die Leiche gefunden haben, heißen Nikolin und Shyudin«, informierte Trond den Ukrainer.

Oleg lachte auf. »Ich weiß. Das waren mal zwei Filmkomiker in frühen Sowjetzeiten. Wie Laurel und Hardy. Die sind heute fast Kult. Heißen die beiden wirklich so?«

Trond wandte sich zu ihm und verzog amüsiert den Mund. »Keine Ahnung.«

Die Befragung der beiden Russen dauerte keine Viertelstunde. Sie hätten nichts gesehen, niemanden vorher oder nachher bemerkt, durch reinen Zufall beim Lebensmittelcheck die Mumie in der Kühltruhe gefunden und dann alles vorschriftsmäßig gemeldet. Mehr gäbe es nicht zu sagen und zu Protokoll zu geben. Wie die berühmten drei Affen, na ja, hier waren es nur zwei gewesen, dachte Trond.

»Und wo sind die Lebensmittel jetzt?«

Beide zuckten gleichzeitig die Schultern.

»Das haben wir uns auch schon gefragt und überall danach gesucht. Aber sie sind verschwunden. Komisch. Einfach weg! Das verstehe ich nicht.«

Der Kleinere und Eloquentere der beiden hatte fast allein geredet, während der Große, Kräftige mit dem Stalinschnäuzer als Begleitnummer bestätigend genickt hatte.

Oleg hatte sein Bestes als Dolmetscher gegeben. Danach nahm Trond ihn beiseite.

»Was meinst du? Verschweigen die uns etwas? Du kannst ihre Wortwahl und die Mimik beurteilen.«

Oleg überlegte. Dann antwortete er: »Ich halte sie für glaubwürdig. Sie sind eher verschreckt als verschlagen, übervorsichtig, wollen keine Scherereien. Aber ich glaube nicht, dass sie etwas zurückhalten und verbergen. Das weiß man zwar nie, aber ich bin mir ziemlich sicher.«

Trond nickte und wandte sich noch einmal an die beiden Wachleute.

»Ist Ihnen sonst etwas Ungewöhnliches hier aufgefallen, außer der Sache mit der Leiche und den verschwundenen Lebensmitteln, meine ich?«

Der große Dicke kratzte sich nachdenklich am Kinn.

»Stand nicht das Flaschenhaus auf, Shyu? Das ist doch sonst immer verschlossen, oder?«

Shyudin warf seinem Kumpel einen leicht genervten Blick zu.

»Alles wie immer, wir haben nichts bemerkt.«

»Gut. Dann bedanken wir uns und verabschieden uns von Ihnen. Wir kommen später noch einmal für das Protokoll auf Sie zu.«

Die beiden Männer marschierten zu einer Bank, die nah beim Hoteleingang stand, und unterhielten sich angeregt. Der Große zeigte mit ausgestrecktem Arm zum anderen Ende des Prospekts. Der Kleinere lachte laut auf und hielt sich die Hand vor den Mund. Oleg, der sie verstand, musste ebenfalls grinsen.

»Worüber lacht der denn?«, fragte Trond den Ukrainer.

»Über das Kulturhaus«, erwiderte Oleg sofort.

»Warum das?«

Oleg zuckte mit den Schultern. »Der Dicke meinte, dass es im Augenblick wohl der Renner sei. Alle würden sich dafür interessieren.«

»Ach?«, sagte Trond. »Und wen meint er mit ›alle‹?«

Oleg trat auf die beiden Wachleute zu und sprach sie an. Sie lehnten sich mit hinter dem Kopf verschränkten Armen zurück, blinzelten in die Sonne und schwiegen. Beide trugen altmodische Trainingsanzüge und moderne Sportkappen mit Schild und Aufdruck. Sie wirkten, als hielten sie sich in einer Art Sommerfrische auf.

Schließlich holte Shyudin Luft und sprudelte los. Er unterstrich seine Ausführungen mit zahlreichen Gesten beider Hände. Oleg hörte ihm aufmerksam zu.

Trond ebenfalls, nur dass er kein Wort verstand.

Frida war in der Zwischenzeit mit Tika hinter dem Hotel verschwunden, um die Umgebung genauer zu inspizieren.

In diesem Moment sah Trond, wie der Hubschrauber auf der anderen Seite der Siedlung aufstieg. Oleg legte seine Hand an die Stirn, um seine Augen vor der Sonne abzuschirmen, und verfolgte den Flug der Maschine, die den Billefjord in südliche Richtung überquerte und dann hinter dem pyramidenförmigen Berg aus dem Blickfeld verschwand, der dem Ort einst seinen Namen gegeben hatte.

Trond wandte sich Oleg zu. »Und?«

Der schmunzelte.

»Nun, die beiden berichten, dass Dima, der Ortsvorsteher von Barentsburg, gestern wohl einen norwegischen Journalisten dabeihatte, der, während sich alle anderen um die Leiche kümmerten, im Kulturhaus gewesen sei und sich da herumgetrieben habe, als suche er etwas. Und jetzt hat der einzige Besucher, der außer uns hierherkam, ebenfalls das Kulturhaus fotografiert und ist in die Schwimmhalle daneben geschlüpft. Dabei gebe es da gar nichts zu sehen, außer einem altersschwachen Flügel, einem Akkordeon und einer Balalaika ohne Saiten. Und in der Sporthalle ist nur ein leeres Becken. Das würden die aber offenbar spannend finden.«

Trond strich sich über das Haar. »Und das haben sie beobachtet? Dass vorhin jemand ins Kulturhaus und in die Schwimmhalle gegangen ist? Und gestern auch?«

Oleg fragte noch einmal nach, und das Komiker-Duo aus Pyramiden nickte synchron.

»Gut, dann schau ich mir diese interessanten Gebäude einmal genauer an.«

»Das Kulturhaus steht immer offen, haben sie gesagt«, ergänzte Oleg. »Genau wie die Schwimmhalle. Nur das berühmte etwas abgelegene Flaschenhaus ist immer abgeschlossen.«

Also streifte Trond während der nächsten Stunde durch das einst wohl wichtigste Gebäude der Grubenstadt.

Die imposante Eingangshalle war mit einer geschwungenen Treppe ausgestattet, die jedem Hollywood-Musical der Fünfzigerjahre zur Ehre gereicht hätte. An den Wänden auf der Galerie hingen bunte Sportposter und einige Gemälde, ein riesiger futuristisch anmutender Leuchter schwebte wie ein UFO knapp unter der Decke.

Im Erdgeschoss gab es außerdem eine Sporthalle mit Zuschauerplätzen, die aussah, als hätte dort erst gestern das letzte entscheidende Spiel stattgefunden.

Daneben war ein Kraftraum mit schwerem Gerät, Seitpferd, Ringen und Metallkästen, die eher mittelalterlichen Folterwerkzeugen ähnelten als modernen Fitnessgeräten, die Sport mit Wohlbefinden in Verbindung brachte.

Im zweiten Stock lag ein Kino mit gepolstertem Gestühl, das selbst in einem Vierteljahrhundert von keiner Maus oder Ratte angerührt worden war. Hier gab es keine Ratten. Daran hatte Trond nicht gedacht. Auch keine Polarratten. Das dunkelrote Kunstleder war makellos geblieben.

Im Vorführraum lagen noch die Rollen von Filmen herum, die unter Stalins Zensur von der *Moskwa Film* so detailverliebt wie gigantomanisch produziert worden waren.

Daneben befand sich ein Ballettsaal, an dessen Stangen einst eine unbekannte Kompanie einen arktischen »Nussknacker« geprobt und sich dabei im Spiegel betrachtet haben musste.

Und nicht zuletzt das Theater mit einem richtigen Orchestergraben, Schauplatz zahlloser Dramen und Konzerte, denen man hier, am eiskalten Rand der Welt, jubelnd applaudierte, weil sie einem zumindest die Seele wärmen konnten.

Trond starrte den alten Flügel auf der Bühne an. Niemand hatte ihn 1998 mitgenommen, als die Siedlung verlassen wurde. Und die Katzen auch nicht.

Da hörte er plötzlich das Geräusch eines Helikopters draußen. Er schaute auf seine Uhr. Es war erst kurz vor fünf. Das konnte nicht Frode sein. Wahrscheinlich hatte er sich getäuscht. Doch ein paar Minuten später wurde die Tür zum Kulturhaus aufgerissen und Oleg rannte ins Foyer, der lautstark nach ihm rief.

Trond trat im ersten Stock aus der Tür und sah nach unten.

»Micha aus Barentsburg ist hier und will die beiden Komiker abholen«, rief der Ukrainer. »Die wollen von hier weg. Dima wird das Hotel wohl bis auf Weiteres dichtmachen. Wegen der Leiche. Micha könnte mich mitnehmen und in Longyear absetzen. Wäre das für dich und Frida in Ordnung? Ihr bleibt doch sicher noch eine Weile, oder?«

Trond überlegte. Ihm war es eigentlich recht, wenn er sich hier noch ein wenig ungestört mit Frida umsehen konnte. Schließlich hatten sie Tika und das Großkalibergewehr dabei

»Sicher. Flieg nur. Wir kommen zurecht. Bis später!«

Oleg warf die Tür zu und Trond war wieder allein.

Warum waren die beiden, Myklebust und van Namen, wohl unabhängig voneinander in diesem Kulturhaus gewesen? Hatten sie etwas gesucht? Oder war es einfach nur Neugierde gewesen?

Trond beendete bald darauf seinen Rundgang, ohne dass er auf etwas Ungewöhnliches gestoßen wäre.

Als er aus dem Gebäude trat, sah er am anderen Ende des Prospekts Frida mit ihrem Hund vor dem Hotel stehen. Sie winkte ihm mit beiden Armen zu.

Die Wachleute, die nun nach Barentsburg verschwunden waren, hatten das Hotel hoffentlich nicht abgeschlossen, fuhr es ihm durch den Kopf. Gern würde er die restliche Zeit dafür nutzen, sich auch dort noch einmal gründlicher umzuschauen.

Die Küche, die Vorratsräume ohne Vorräte, die Lobby. Das alles hatte er zuvor nur ganz oberflächlich betrachten können. Irgendwo hinter dem Hotel musste das Flaschenhaus liegen.

Das kuriose kleine Gebäude hatte er ebenfalls in seinem Bildband gesehen. Es war aus Tausenden Wodkaflaschen errichtet worden und sah ziemlich ungewöhnlich aus.

Er würde auch gern mal einen Blick in eines der Hotelzimmer werfen, nur um einen Eindruck zu bekommen. Vielleicht würde er sich im Laufe der kurzen Sommersaison ja doch noch eine Übernachtung in der sowjetischen Geisterstadt gönnen. Ganz privat.

Während Trond an den alten Holzhäusern vorbei den verlassenen Prospekt entlangmarschierte, war es ihm, als hallten seine Schritte auf dem brüchigen Asphalt.

Das konnte nicht sein, dachte er, da musste ihm sein Gehör einen Streich spielen. Wie konnte das Gehirn einem etwas vorgaukeln, was rein physikalisch nicht möglich war? Er befand sich doch draußen im Freien, und nicht in einem leeren Gebäude, das einen Hall hervorbringen konnte. Der Himmel war über ihm, die Erde unter ihm … Und wieder kam ihm die Kinderzeichnung in den Sinn, die man dem verschwundenen Koch aufs Handy geschickt hatte.

Frida war noch etwa fünfzig Meter entfernt, und sie beide waren die einzigen Menschen hier, mit Tika waren sie zu dritt. Drei Lebewesen auf fast 79° nördlicher Breite. Niemand sonst.

Die Seevögel und Katzen nicht mitgerechnet. Abertausende von Seevögeln, die sich unmittelbar nach dem Auszug der Menschen in den Fensternischen der Wohnhäuser hier ein komfortables Zuhause gebaut und es seitdem fast frivol üppig ausgestattet hatten, sie waren die Wachsoldaten von Pyramiden. Die Katzen dagegen glichen geschmeidigen Beamten und lebten geschützt im Kulturhaus, in der alten Kantine, und natürlich in der luxuriösen Schwimmhalle mit dem türkis-weißen Mosaik.

Doch der eigentliche Herrscher, der nach 1998 die Stadt erobert hatte, war der Eisbär. Ihm gebührte die Krone. Pyramiden, so konnte man lesen, war einer seiner Lieblingsplätze hier oben auf Svalbard, zum Tummeln, Spielen, Jagen. Zum Abhängen. Hier konnte er sich verstecken, in Schuppen lauern, in Kellerlöchern ausharren und plötzlich, wie aus dem polaren Nichts, auftauchen und einen gnadenlosen Angriff starten.

»Wartest du schon lange auf mich, Frida?«

Trond hatte seine junge Kollegin, mittlerweile würde er sie sogar als eine gute Freundin bezeichnen, erreicht. Er beugte sich sofort zu Tika hinunter und streichelte ihr Fell, das zwar rau und grob aussah, sich jedoch weich und seidig anfühlte.

»Nein, ich wusste ja, wo du bist. Die Russen haben das Hotel übrigens abgeschlossen«, entgegnete sie. »Oleg wollte sie davon abhalten, aber sie bestanden darauf, da jetzt niemand mehr da sei, der es bewacht.«

Trond war enttäuscht. Er drehte sich um und erblickte die Bank.

»Komm, Frida, wir setzen uns und überlegen gemeinsam, was wir bis zum Rückflug hier noch erkunden könnten. Ich hatte auf das Hotel gehofft, aber dann eben ein anderes Mal.«

Frida zog ihre Thermoskanne aus dem Rucksack und bot ihm etwas Kaffee an.

Dankbar nahm er einen Schluck.

»Weißt du, was mir eben durch den Kopf ging, als ich dich von Weitem sah?«

Frida schaute ihn amüsiert an. »Verrat es mir, Trond.«

»Moment, ich glaube, ich sollte erst einmal Frode Bescheid geben. Der braucht ja mindestens eine halbe Stunde, bis er hier ist.«

Trond nahm das Handy aus der Tasche und drückte die gespeicherte Nummer. Nachdem es länger geklingelt hatte, schaute er überrascht auf sein Display.

»Komisch, da geht niemand ran. Wir hatten doch ausgemacht, dass ich mich bei ihm melde.«

Frida lachte. »Vielleicht kann er gerade nicht, weil er auf dem

Klo ist. Versuche es später noch mal. Frode ist äußerst zuverlässig.«

Trond nickte.

»Also, was wollte ich sagen? Ach ja, ich glaube, ich habe dir noch gar nicht von der Kinderzeichnung erzählt, die unser Koch wohl aufs Handy geschickt bekam. Die hat ihn wohl ziemlich erschreckt.«

»Eine Kinderzeichnung? Was war da zu sehen?« Frida klang interessiert.

Trond erzählte die Geschichte, die Siris Sohn Sverre ihm berichtet hatte. Den Auftritt ihres Vaters bei Siri erwähnte er zunächst nicht.

»Da war genau das gezeichnet, was mir eben durch den Kopf ging, als ich dich dort stehen sah. Komisch.«

»Und was war das?«

Trond zog belustigt die Augenbrauen hoch.

»Himmel, Erde und Menschen. Nichts Weltbewegendes und doch irgendwie alles. In unserem Fall heute sind die Menschen nur du und ich. Genau wie auf dem Bild. Und der Name der Firma, für die dieser Xan Ling arbeitet, mit dem du gestern in dem Wohnschuppen in Nybyen geredet hast, lautet übrigens genauso: *People's Sky World*. So stand es jedenfalls in Mettes Unterlagen.«

Fridas Miene hatte sich auf der Stelle verdüstert.

»Das, sagst du, hat Pat auf sein Handy bekommen?«

»Ja.«

Trond schaute sie aufmerksam an. Ihm gefiel nicht, was er sah. Frida wirkte mehr als verstört.

»Sverre hat es mir gezeigt. Aber Frida, was hast du? Du bist ja ganz bleich geworden.«

Tronds Blick fiel auf Fridas Hände, die sie im Schoß hielt. Sie zitterten leicht.

»Frida?«

Die junge Frau hatte die Augen geschlossen. Nach einer Weile öffnete sie sie wieder, hob den Kopf und drehte ihr Gesicht zu dem Ex-Kommissar. Tatsächlich war alle Farbe aus ihrem Gesicht gewichen.

»Himmel, Erde, Menschen. Das ist ein altes Symbol, Trond. Aus dem späten Mittelalter, soweit ich weiß. Ein Dreieck, das diese Wörter miteinander verbindet. An jedem Eckpunkt steht einer der drei Begriffe. Zusammen symbolisieren sie die ganze Welt.«

Trond schaute sie überrascht an.

»Ach? Ein Symbol aus den Niederlanden? Das gibt es nicht bei uns in Norwegen.«

Die Musherin schüttelte den Kopf.

»Nein, nicht aus den Niederlanden. Nicht aus Europa. Es ist ein altes chinesisches Zeichen. Es ist das Zeichen der Triaden, einer der mächtigsten kriminellen Vereinigungen der Welt.«

18

Micha hatte Oleg Kalinin am kleinen Flughafen von Longyearbyen abgesetzt und war dann in Richtung Barentsburg gestartet. Oleg stieg in sein Taxi, denn er hatte mit Ingvild verabredet, beim Supermarkt vorbeizuschauen, um sie, falls sie schon frei hatte, nach Hause zu fahren.

Während er durch die große Eingangstür des Ladens ging und den Kassenbereich betrat, schaute er sich um, konnte aber Ingvild nicht entdecken. Zwei ihrer Kolleginnen, die er flüchtig kannte, saßen an den beiden Kassen, die noch von Menschen bedient wurden, die anderen funktionierten bereits ohne Angestellte, hier scannten die Kunden ihre Einkäufe selbst ein.

Oleg ging zu einer der Kassen.

»*Hei*, Randi, ist Ingvild hinten? Ich wollte sie abholen.«

Die Kollegin mit den lustigen Zöpfen starrte ihn an, als hätte er gerade etwas Unverständliches von sich gegeben.

»Hast du es noch nicht gehört? Wo warst du denn? Es ging doch die ganze Zeit durch *Svalbard FM*.«

Sie starrte ihn immer noch an, und Oleg Kalinin drehte sich unsicher und gleichzeitig hilfesuchend um. Nach ein paar Sekunden des Zögerns trat er nahe an die Kassiererin und beugte sich zu ihr. Er flüsterte fast.

»*Was* habe ich nicht gehört? Ich war doch die ganze Zeit mit Ingvilds Vater auf Pyramiden.«

Die Frau lief nun rot an, als hätte sie einen Fehler gemacht, der ihr peinlich war.

»Der Sysselmann hat sie vor einer halben Stunde abgeholt.«

Die grünen Augen des Ukrainers weiteten sich voller Erstaunen.

»Der Sysselmann?«

Randi nickte heftig. »Wegen Bjarne.«

»Wegen Bjarne? Was ist mit ihm?«

Randi zuckte mit den Schultern.

»Weg. Er ist weg. Mehr weiß ich nicht. Nur das, was im Radio dauernd lief: Ein Kind wird vermisst.«

In dem Moment hörte Oleg das vertraute Rotorengeräusch des Hubschraubers dicht über ihm. Es war, als hätte man ihn plötzlich in vergangene Winternächte versetzt, als das Städtchen vom Eisbären heimgesucht wurde, den man von oben her einzufangen versuchte.

»Vermisst?«

Randi zuckte mit den Schultern.

Er musste sofort zu Ingvild. Er lief zu seinem Taxi zurück und fünf Minuten später bog er zum Büro der Polizei ab.

Oleg rannte, ohne nach links und rechts zu schauen, ins Gebäude und stieß im Flur fast mit dem hochgewachsenen Hauptmann zusammen, der als Stellvertreter von Mette Møller nun für die kleine Polizeitruppe hier oben zuständig war.

»Ragnar, wo ist Ingvild Lie? Ich muss sofort zu ihr!«

Der Mann begriff sofort, worum es ging.

»Sie sind mit dem Heli unterwegs, Oleg. Mette und sie«, fügte er noch hinzu. Er klang ruhig und unaufgeregt. Dann schaute er verblüfft auf seinen rechten Uniformärmel, an dem Oleg sich in seiner Aufregung festgekrallt hatte.

Oleg merkte es und ließ los.

»Was ist mit dem Jungen?« Er klang entschuldigend. »Ich war doch den ganzen Nachmittag mit Trond Lie auf Pyramiden.«

Ragnar nickte verständnisvoll und erwiderte dann: »Wir wissen auch nichts Genaues. Der Kleine war nicht wie gewohnt vom Großvater oder von seiner Mutter von der Kita abgeholt worden. Er sollte wohl zu einem seiner Freunde, sagte Vigdis, die die Kinder stattdessen abgeholt hat. Sie waren gerade am Auto, als jemand Bjarne zurief, er habe etwas von seinem Großvater für ihn, das er ihm schnell noch geben wolle.«

Olegs Augen weiteten sich vor Entsetzen. »Und dann?«

Der Polizist hob die breiten Schultern. Sein Gesicht verriet Ratlosigkeit.

»Der Junge lief hinüber, da stand wohl ein Auto um die Ecke. Die Mutter seines Freundes konnte nichts erkennen, aber sie hatte den Eindruck, dass Bjarne den Menschen kannte, der da nach ihm rief.«

Oleg hatte es fast die Sprache verschlagen. »Er kannte ihn?«

Der Polizist nickte. »Dann blieb der Kleine verschwunden. Er kehrte einfach nicht zurück, und die Mutter des Freundes, die jetzt unter Schock steht, alarmierte uns umgehend. Jetzt sind alle mit den Fahrzeugen und den zwei Helis unterwegs, um das Gelände durchzukämmen. Hier ist es ja nicht so einfach, sich zu verstecken.«

Oleg runzelte die Stirn. Das sah er ganz anders. Es gab genügend verlassene Gruben und Minen, undefinierte Schächte und halbverschüttete Bergwerkszugänge. Svalbard war in seinen Augen ein Dorado für Verbrecher, ob Kidnapper, Schmuggler oder andere, die es vorzogen, im Verborgenen zu agieren.

Nichts war einfacher, als hier zu verschwinden und jemanden verschwinden zu lassen.

Er merkte, wie Übelkeit in ihm aufstieg.

»Was kann ich tun?«

Der Ukrainer klang hilflos. Der Polizist schüttelte unsicher den Kopf. Oleg musste plötzlich an Trond und Frida denken, die noch in Pyramiden waren und nichts von dem ahnten, was sich hier abspielte. Aber möglicherweise hatte Ingvild ihren Vater längst benachrichtigt.

»Ist Frode, der Pilot, auch unterwegs?«

Der Hauptmann nickte. »Klar, er fliegt den zweiten Heli. Wenn wir Pech haben, die ganze Nacht – die ganze taghelle Nacht.«

Plötzlich kam Oleg eine Idee.

»Bitte informieren Sie Ingvild darüber, dass ich Bescheid

weiß und jetzt zur Taxizentrale fahre. Vielleicht können wir von dort aus mithelfen, Bjarne wiederzufinden.«

Er hob kurz den Arm zum Abschied und drehte sich um. Der Hauptmann schaute ihm hinterher und kehrte dann, nach einem kleinen Zögern, in sein Büro zurück.

Was um Himmels willen war mit dem Jungen passiert? Wer hatte ihn gerufen und in eine Falle gelockt? Und vor allem, warum?

Alle möglichen Gedanken schwirrten Oleg Kalinin durch den Kopf.

Warum entführt jemand auf Svalbard ein kleines Kind? Das ergab keinen rechten Sinn. Wenn er es sich genau überlegte, war er eher geneigt, das Ganze für ein Missverständnis zu halten.

Vielleicht hatte die Mutter von Bjarnes kleinem Freund ja etwas falsch verstanden, und Bjarne war mit einem anderen Kind verabredet gewesen. Es hatte also schon in der Kita eine Verwechslung gegeben.

Oleg hatte sein Großraumtaxi erreicht und stieg ein. Er zog rasch die Tür zu, zögerte aber noch, das Fahrzeug zu starten. Dann fuhr er sich mit der Hand über das Gesicht, wie um einen Schleier wegzuwischen. Er musste sich Klarheit verschaffen und das ging am schnellsten über Ingvild, seine Freundin, die Mutter von Bjarne.

Oleg nahm sein Handy aus der Tasche und drückte Ingvilds Nummer. Er wusste, dass sie im Augenblick im Hubschrauber saß, aber manchmal hatte man da oben trotzdem Empfang. Er wartete, aber Ingvild nahm nicht ab. Schließlich fuhr er mit einem Seufzen los.

Er musste unbedingt in der Zentrale seine Kollegen informieren und sie bitten, die Augen offenzuhalten. Wahrscheinlich taten sie das schon längst, denn sie hatten ja sicher den Notruf über das Lokalradio gehört.

Wo würde man ein Kind in Longyearbyen verstecken?

Wurde Bjarne tatsächlich irgendwo gegen seinen Willen festgehalten?

Wenig später hielt Oleg Kalinin vor der Taxizentrale an, die im selben Gebäude wie das Tourismusbüro untergebracht war.

Hinter der Eingangstür hatte sich eine junge Frau vor dem Infobrett aufgebaut und fotografierte das Angebot an aktuellen Tagesausflügen ab. Sie stand mitten im Gang.

»Entschuldigung, darf ich mal kurz vorbei?«, bat Oleg.

Die Frau mit dem rothaarigen Stachelkopf rührte sich keinen Zentimeter.

»Entschuldigung, aber …«, wiederholte Oleg.

Sie drehte sich zu ihm um. »Warten Sie, bis ich fertig bin.«

Die Frau fotografierte mit ihrem Handy in Seelenruhe weiter und nahm keine weitere Notiz von ihm.

»Hören Sie, ich arbeite hier und muss …«

Sie fiel ihm ins Wort. »Hören Sie auf, sich so wichtig zu nehmen. Das nervt.«

Dann trat sie endlich einen Schritt beiseite und ließ ihn, finster hinter ihm herblickend, vorbei.

Oleg hastete in die Zentrale und wunderte sich über die Unhöflichkeit der Frau. Am Ende des Korridors riss er die Tür auf und drehte sich noch einmal zu ihr um. Sie hatte vorn neben dem Schwarzen Brett gerade das Tourismusbüro betreten und knallte nun lautstark die Tür zu.

Unangenehme Person, dachte er, als er wenig später neben seiner dänischen Kollegin Vigga stand, die meistens die Tagesschicht übernahm.

»Weißt du es schon?«, begrüßte sie ihn.

Oleg nickte müde.

»Alle, die draußen sind, halten die Augen auf, Oleg. Zwei Wagen haben gerade Fahrten am Ende der Piste. Denen fällt sofort auf, wenn irgendwas nicht stimmt.«

Das »Ende der Piste« bedeutete in Longyearbyen einen Radius

von ungefähr fünfzig Kilometern, mehr asphaltierte Straße gab es nicht. Deshalb waren hier auch nicht besonders viele PKW und Transporter zugelassen. Wer nicht weit fahren musste oder sollte, brauchte auch keinen eigenen Wagen. Den grenzenlosen arktischen Rest erreichte man mit Schneemobilen oder gar nicht.

Die Kollegin griff hinter sich und reichte ihm einen Becher Kaffee. Oleg bedankte sich und ließ sich auf einem Stuhl ihr gegenüber nieder.

»Was hast du denn gehört?«, fragte er.

»Das, was alle wissen«, erwiderte die Dänin. »Bjarne sollte mit seinem Freund und dessen Mutter zu ihnen nach Hause, dann hat ihn jemand weggelockt und jetzt ist er verschwunden. Wahrscheinlich gekidnappt, mit einer dicken Lösegeldforderung, die bald eintrudeln wird, wenn du mich fragst.«

Oleg rutschte auf dem Stuhl herum. Nun hatte man Bjarne sogar schon gekidnappt und forderte ein Lösegeld für ihn … Die Geschichte wuchs bereits ins Groteske, wobei er den Ernst der Lage nicht anzweifelte.

»Ingvild ist, wie wir beide wissen, alles andere als wohlhabend, deshalb ist sie ja hier und rackert sich ab. Wer also hätte ein Interesse daran, den kleinen Sohn einer mittellosen jungen Frau zu entführen?«

Die Dänin wirbelte auf dem Drehstuhl herum und lachte laut.

»Was weiß ich? Vielleicht geht es ja gar nicht um den Kleinen.«

Oleg nahm noch einen Schluck und schaute skeptisch.

»Sondern?«

»Guckst du denn keine Krimis? Das ist kriminelle Taktik, Kalinin. Kann doch sein, dass sie über den Jungen an jemanden herankommen wollen, der ihm oder Ingvild nahesteht. An dich zum Beispiel.«

Sie strahlte ihn an, als hätte sie gerade eine grandiose Theorie aus dem Ärmel gezaubert.

»Ich? Was sollen sie denn mit mir?«

Da klopfte es an der Tür, deren obere Hälfte aus altmodisch geriffeltem Glas bestand.

»Herein!«

Kurz darauf stand ein mittelgroßer schwarzhaariger Mann mit fein geschnittenen Gesichtszügen im Eingang. Er trug einen noblen schokobraunen Rollkragenpullover und ein legeres Jackett darüber. Er hätte auch in einem schicken Bistro in Marseille oder einer angesagten Bar in Palermo sitzen können, ohne aufzufallen. Hier oben in Longyearbyen fiel seine elegante Erscheinung jedoch durchaus aus dem polaren Rahmen.

»*Hei,* Oleg, *hei,* Vigga!«

»*Hei,* Hulla«, riefen beide gleichzeitig, ohne große Begeisterung.

Der stellvertretende Chef des Tourismusbüros lächelte bescheiden. »Ich bräuchte schnell ein Taxi für unseren Gast. Ihr habt doch sicher eines, um diese Tageszeit, oder?«

Die Dänin schüttelte blitzschnell den Kopf.

»Tut mir leid, Hulla, aber die sind alle unterwegs. Wir haben ja den Notfall.«

»Oh! Welchen Notfall?«

Vigga überprüfte routinemäßig die Verbindungen auf ihrem Computer. Es waren wirklich alle Fahrer unterwegs.

»Das verschwundene Kind, Hulla. Nichts davon gehört?«

»Ein verschwundenes Kind?«

Der Mann zog nachdenklich die dichten schwarzen Augenbrauen zusammen. Doch nach ein paar Sekunden ergriff er wieder das Wort.

»Und was ist mit dir, Oleg? Machst du eine Pause?«

Das verschwundene Kind schien ihn nicht weiter zu interessieren.

»Ich wollte eigentlich …« Oleg überlegte kurz. Ingvild war nicht zu erreichen, und hier herumzuhocken kam ihm wenig sinnvoll vor. Da wollte er lieber draußen unterwegs sein und die Augen offenhalten. »Nein, ich kann fahren. Der Wagen steht vor der Tür.«

Er stand auf und rief der Kollegin einen Abschiedsgruß zu.

Hulla entfernte einen unsichtbaren Fussel auf seiner Manschette und ging dann mit großen Schritten voraus.

»Wo will dein Gast denn hin?«, fragte Oleg.

»Es ist nicht direkt mein Gast, aber wir kümmern uns gern um ihn.« Jetzt war er an der Tür angelangt und öffnete sie mit Schwung. »Der Gast will alles sehen, was es hier zu sehen gibt. Die große Tour, Oleg. Und hier ist er auch schon!«

Er zeigte mit ausgestrecktem Arm auf die Frau mit den stachligen roten Haaren. Sie stand mit dem Rücken zu ihnen und schien in die entgegengesetzte Richtung zu starren.

Oleg schluckte – ausgerechnet diese unhöfliche Person. Doch gleichzeitig waren seine Gedanken bei Ingvild und ihrem Sohn, und es war ihm egal, wen er da herumfuhr.

19

Die Rothaarige mit dem Stachelkopf hatte auf dem hintersten Sitz Platz genommen und schaute erwartungsvoll zu Oleg, der hinter dem Steuer saß. Er sah in den Rückspiegel und wartete auf ihre Instruktionen. Etwa eine Minute verging und nichts geschah.

Nach einer weiteren Minute des Schweigens gab sich der Ukrainer einen Ruck, schließlich war sie sein Fahrgast und er hatte diese Tour angenommen. Ein Taxifahrer konnte sich seine Kundschaft nicht aussuchen.

Außerdem meinte er registrieren zu können, dass er vom Tourismusbüro aus beobachtet wurde. Oleg glaubte, Hullas Silhouette hinter dem hellen Leinenvorhang zu erkennen, aber er mochte sich täuschen.

»Wohin soll es gehen? Hulla deutete an, dass Sie alles sehen wollen. Was heißt das konkret?«

Die junge Frau verzog keine Miene. Stattdessen blickte sie wie gebannt auf ihr Handy, das sie an die Lehne des Vordersitzes geklemmt hatte.

»Longyearbyen hat meinen Recherchen zufolge ein geteertes Straßennetz von 52 Kilometern. Das fahren wir jetzt ab. Nach Osten, nach Süden, nach Westen. Nach Norden können wir ja nicht, da ist das Meer. Aber am Wasser entlang. Sie schildern mir, woran wir vorbeifahren. Nicht jedes Haus, aber größere und wichtigere Gebäude. Alle Hotelunterkünfte. Ich will mir ein Bild machen von dem, was die Stadt ausmacht. Haben Sie mich verstanden?«

Oleg nickte und fuhr los.

»Wo wollen Sie beginnen?«, murmelte er nach ein paar hundert Metern.

»Das überlasse ich Ihnen. Wofür bezahle ich Sie denn?«

Oleg hatte große Lust, sofort wieder anzuhalten, und die Dame zu bitten, auszusteigen. Aber er schluckte seinen Unmut hinunter und bog nach Nybyen ab.

»Svalbard Galerie!«, erklärte er. »Und auf der anderen Seite liegt das Gästehaus 333, Fremdenzimmer des unteren Preissegments. Eine ehemalige Bergarbeiterunterkunft, deshalb ist es auch so weit vom Zentrum entfernt. Luftlinie zum Carlsberg Pub ungefähr 2,5 Kilometer. Mit steigenden Promille wird sie länger.«

Er kam sich vor wie ein Fremdenführer, nur ohne Regenschirm.

Kurz darauf hatten sie das Ende der Straße in südlicher Richtung erreicht. Hohe Berge, die eine Art Halbkreis bildeten, begrenzten hier das Adventstal nach Süden.

Er drehte sich zu seinem Gast um. Die Frau hatte ihren Kopf zur Seite gewandt und schaute angestrengt nach draußen.

»Hier gibt es nichts mehr zu sehen. Und nun? Nach Osten oder Westen?«

Sie warf einen kurzen Blick auf das Display ihres Handys.

»Nach Westen, erst am *Huset* und dann an der Kirche vorbei«, kommandierte sie.

Oleg ließ den Motor wieder an und wendete.

»Wie viele dieser Unterkünfte des unteren Preissegments gibt es hier?«

Die Frage traf ihn unerwartet.

»Drei, schätze ich. Alles ehemalige Massenunterkünfte der Bergarbeiter. Siris Grubenpension, die eigentlich auch in diese Kategorie fällt, gehört aber eher in die mittlere Liga. Sie hat ziemlich viel Geld in etwas mehr Luxus und Ambiente gesteckt.«

Von hinten kam keine Reaktion.

Als sie am *Huset*, dem ehemaligen Kulturhaus, vorbeifuhren, meldete sich die Stimme von der letzten Bank wieder.

»Wie lange sind Sie schon hier oben?«

»Gut zwei Jahre«, antwortete Oleg. »Ich bin aus dem Donbass vor dem Krieg geflohen.«

»Und da haben Sie hier Asyl beantragt?«

Oleg warf einen abschätzigen Blick in den Rückspiegel.

»Nein, das brauchte ich nicht. Spitzbergen ist der einzige Ort auf dieser Welt, wo jeder das Recht hat, visumfrei zu leben und zu arbeiten. Das garantiert der Spitzbergenvertrag von 1920, er ist genau genommen erst 1925 in Kraft getreten. Der einzige der Versailler Verträge, der heute noch gültig ist.«

»Stimmt.«

Oleg lag eine Bemerkung auf der Zunge, doch er verkniff sie sich.

»Die Kirche hier links wurde 1958 neu erbaut, nachdem die Deutschen während des Zweiten Weltkriegs alles in Schutt und Asche gelegt hatten. Die Kriegsschiffe waren die *Scharnhorst* und die *Tirpitz*.«

»Ich bin Deutsche.«

Das hatte er sich fast gedacht, war sich aber nicht sicher gewesen. Ihr Akzent im Englischen hätte auch aus der Schweiz oder den Niederlanden stammen können. Möglicherweise sogar aus Schweden. Olegs Ohr war nicht hundertprozentig treffsicher, was europäische Sprachen betraf.

»Aber nicht für den Faschismus verantwortlich. Wo liegt eigentlich Fang Lis Hotel oder ihre Pension?«

»Fang Li?«

Wie kam sie denn plötzlich auf die Chinesin? Er konnte wie die meisten seiner Kollegen Fang Li nicht besonders leiden.

Oleg überlegte. Wie gut zum Teufel kannte diese Frau sich hier aus? Er merkte, wie ihn diese unerwartete Tour durch Longyearbyen immer mehr verunsicherte. Irgendetwas ging hier vor, das er nicht erwartet hatte.

Aber was? Die Frau begann ihn zu interessieren.

»Fang Lis Pension liegt im Osten, wo fast nichts mehr ist,

außer dem längsten Abschnitt der ausgebauten Straße. Sie führt bis zum Observatorium.«

Sie biss sich auf die Unterlippe, wie er im Spiegel erkennen konnte.

»Gut, dann fahren wir zuerst dorthin. Es gibt in Longyearbyen ein knappes Dutzend Unterkünfte. Ich habe sie alle aufgelistet. Die meisten von ihnen wurden in den letzten drei Jahren gebaut, oder man hat bestehende Grubenunterkünfte in Hostels umgewandelt. Auch Fang Li hat das gemacht. Sie leben doch auch vom Tourismus, oder? Haben Sie den Eindruck, er nimmt hier immer mehr zu?«

Oleg schaute wieder in den Spiegel. Diesmal hatte sie ihren Blick gespannt auf ihn gerichtet.

Der Ukrainer nickte langsam. »Ja, das stimmt.«

»Und gefällt Ihnen das?«

Was war das denn für eine Frage? Wollte sie ihn in eine Falle locken?

»Es geht nicht darum, ob es mir persönlich gefällt. Ich lebe, wie Sie eben richtig sagten, von den Besuchern, die Taxi fahren. Außer den Shuttlebussen gibt es ja keine öffentliche Busse zwischen dem Flughafen und den Unterkünften.«

Nach einer kurzen Pause fügte er hinzu: »Ich freue mich über die Besucher. Sie verstehen, wenn sie hierherkommen, viel besser, warum wir die Arktis schützen müssen. Wie es bei uns auf 78° tatsächlich aussieht und worauf wir alle achten müssen. Meinen Sie nicht?«

Er erhielt keine Antwort von hinten.

Er war nun nach rechts auf den Weg 400 abgebogen und fuhr weiter ins Adventstal hinein. Links konnte man eine der neuen Husky-Stationen mit den kleinen Hundehütten erkennen und ein paar unlängst errichtete bunte Häuser. Etwas näher am Isdammen, einem kleinen Binnengewässer, stand ein einsam gelegenes zweistöckiges weißes Haus. Dahinter parkte ein Van mit rotem Schriftzug. Oleg fuhr nun langsamer auf der verlassenen Straße.

»Das ist Fang Lis Pension. Sollen wir anhalten? Wollen Sie aussteigen?«

Die Rothaarige zögerte einen Moment und nickte dann.

»Ja, ich möchte fotografieren.«

Oleg schob die Tür für sie auf, blieb aber drinnen sitzen. Heute waren es tagsüber sicher nicht mehr als acht Grad gewesen – von wegen heiße dreizehn Grad, die angekündigt worden waren –, und nun ging es auf sieben Uhr abends zu, und die Sonne wäre schon längst untergegangen, wenn es die Natur ihr hier oben gestattet hätte.

Jetzt gab die Anzeige auf Olegs Armaturenbrett vier Grad draußen an, aber im Auto war es warm und gemütlich.

Die junge Frau mit dem strahlend gelben Anorak war auf die asphaltierte Straße neben seinem Wagen gesprungen und hatte ihr Handy gezückt. Sie machte vielleicht sechs, sieben Fotos von der Pension und hatte sich nicht länger als eine halbe Minute draußen aufgehalten, als eine Frau mit einem großkalibrigen Gewehr aus der Tür gestürmt kam und sofort in die Luft schoss.

Oleg riss die Augen auf.

Es war die Chinesin, die ihm genauso wenig sympathisch war wie sein Fahrgast.

Was sollte das? Er zog den Zündschlüssel ab und trat nun ebenfalls auf die Straße.

»Eh, spinnst du? Hör sofort auf damit!«

»Verschwindet!«, hörte er gerade noch, ehe die aufgebrachte Frau erneut in die Luft schoss.

Die Deutsche zeigte sich unbeeindruckt. Seelenruhig richtete sie ihr Handy nun auf die bewaffnete Pensionswirtin und machte Aufnahmen von der Frau, die mit dem Gewehr drohend auf sie zusteuerte.

Die hat ja Nerven, dachte Oleg.

»Mach keinen Unsinn, Fang Li«, schaltete er sich ein. »Unser Gast wollte doch nur mal dein hübsches Hotel fotografieren, um dafür zu werben. Das kann dir doch nur recht sein«, versuchte er die wütende Chinesin abzulenken und die Situation zu entschärfen. Doch es gelang ihm nicht.

»Halt die Klappe, Russe!«, schrie sie ihn an. »Verschwinde! Und nimm diese Schlampe gleich mit. Zischt ab, alle beide!«

Wieder zielte sie in die Luft und gab drei Schüsse ab.

Oleg zog die Deutsche am Ärmel in sein Taxi zurück. Sie sträubte sich nicht, sondern wirkte eher überrascht.

Er drückte sie auf den Beifahrersitz und sprang selbst in Windeseile zur Fahrerseite zurück, startete den Wagen und fuhr davon, stadtauswärts. Im Rückspiegel sah er Fang Li mitten auf der Straße stehen, das Gewehr in Hüfthöhe. Er hatte sich während der letzten Minuten fast wie in einem Western gewähnt. Einem B-Western der arktischen Art.

Ohne ein einziges Wort zu sagen, fuhr er mit hoher Geschwindigkeit am Isdammen entlang und dann auf der kurvigen Strecke durch die Berge bis zum Kjell Henriksen Observatorium. Dort hielt er endlich an, als wären sie erst hier vor der wütenden Chinesin in Sicherheit.

Er drehte sich zu seinem Fahrgast.

»Was zum Teufel war das? Fang Li ist zwar nicht als zahmes, sanftes Mädchen bekannt, sie gehört eindeutig zu der unangenehmen Sorte gerissener Geschäftsleute. Aber warum stürzt sie sich auf Sie und bedroht Sie mit einer Waffe, nur weil Sie ein paar Fotos von ihrer popligen Pension machen?«

Er sah sie fragend an.

»Und wie heißen Sie überhaupt? Ich heiße Oleg Kalinin und bin aus der Ukraine.«

Er hielt ihr die Hand hin, die sie nach kurzem Zögern ergriff und fest drückte.

»Mein Name ist Lea Kirchner. Svein Vang Myklebust von der *Svalbard Posten* hat mich hierher eingeladen.«

»Was habt ihr miteinander zu tun?«

Er kannte den Journalisten zwar nur flüchtig, fand ihn aber genauso unsympathisch wie diese Deutsche, deren Coolness ihn jedoch von Minute zu Minute immer mehr beeindruckte.

Sie hüstelte.

»Das kann ich Ihnen jetzt nicht ausführlich erzählen. Nur so viel: Svein ist da an was dran. Schon länger. Ich auch, das heißt, die europäische Umweltorganisation, für die ich arbeite. Hier soll ein ganz großes Ding laufen. Eines von etlichen übrigens. Nach dem Motto ›unsanfter Tourismus mit unsanften Mitteln‹. Im Moment sammeln wir noch Informationen für eine große Veröffentlichung, die das Projekt verhindern soll.«

»Verstehe.«

Oleg Kalinin verstand eigentlich nichts, wenn er ehrlich war.

»Und was hat Calamity Li damit zu tun?«

Lea grinste.

»Die hängt irgendwie mit drin, soweit wir wissen. Aber die eigentlichen Drahtzieher sitzen in Europa und China. Eine wichtige Spur, die wir verfolgen, führt hierher nach Spitzbergen. Genauer gesagt, nach Longyearbyen und möglicherweise auch nach Ny Ålesund. Aber …« Sie brach ab und legte vielsagend den Finger auf ihre Lippen.

Da meldete sich Olegs Handy.

20

Trond wollte seine wachsende Unruhe vor Frida verbergen. Er hatte schon mehr als fünfmal versucht Frode, dann Ingvild und schließlich sogar Sysselmann Mette über das Handy zu erreichen.

Niemand meldete sich, und es reagierte auch niemand auf seine Nachrichten, in denen er nachdrücklich bat, ob man sie jetzt abholen könne. Er hatte versucht betont unaufgeregt zu klingen. Doch in Wahrheit war er innerlich in höchstem Maße alarmiert und verunsichert.

Irgendetwas war da drüben nicht in Ordnung, das spürte er instinktiv. Es musste etwas Unerwartetes, ja vielleicht sogar Furchtbares passiert sein.

»Dass ich niemanden erreichen kann, verstehe ich einfach nicht. Die Verbindung von hier ist doch in Ordnung, oder?«

Frida suchte mit ihren Augen das Gelände rund um den zentralen Platz in Pyramiden ab. Sie standen jetzt an der Leninbüste, die von der Zeit und arktischen Stürmen angefressen war. Dieser Lenin – er musste sich um den nördlichsten Lenin der Welt handeln – trotzte seit Jahrzehnten peitschenden eisigen Winden, Schneestürmen und gnadenlosen Temperaturen, die jeden Stein irgendwann zermürben mussten.

Schließlich blieb ihr Blick an einem der Funkmasten hängen. Sie zeigte darauf.

»Ja, die Verbindung müsste gut sein. Da drüben steht der Sender. Oleg hat mal erwähnt, dass sie den erst im letzten Jahr aufgestellt haben, damit die Hotelleute erreichbar sind. Das war vorher wohl ein Problem. Und wenn du Gäste aufnehmen willst, musst du bestimmte Sicherheitsstandards erfüllen. Sogar kurz vor dem Nordpol.«

Frida grinste und rief Tika zurück, die gerade dabei war,

schnüffelnd und schwanzwedelnd hinter dem Kulturhaus in Richtung Schwimmhalle zu verschwinden.

»Der Kulturpalast ist offenbar wirklich der Renner, selbst für Tika«, murmelte sie amüsiert.

»Oleg … Das ist eine gute Idee!«

Trond zog wieder sein Handy aus der Tasche und tippte darauf. Es dauerte fast eine halbe Minute, bis seine Augen hinter den Brillengläsern aufblitzten. Endlich wurde auf der anderen Seite geantwortet.

»Ja, hier Trond … Frida und ich warten auf Frode, der uns hier abholen sollte, können ihn aber nicht erreichen, und auch Ingvild und Mette nicht. Weißt du, ob …?«

Der Ukrainer fiel ihm ins Wort. »Trond, dein Enkel wird gesucht. Ingvild ist mit Mette im Heli unterwegs. Man kann sie im Moment nicht erreichen.«

»Was sagst du?«

»Bjarne ist verschwunden. Bitte, reg dich nicht auf. Ich weiß, es hört sich grauenhaft an, aber es wird bestimmt eine völlig harmlose Erklärung dafür geben.«

Trond spürte sofort, dass sein Herz zu rasen begann, er fröstelte und Schauer krochen seinen Rücken hoch bis in den Nacken. Er zwang sich, ruhig und gefasst zu bleiben, doch es wollte ihm nicht gelingen.

Er blickte kurz auf und merkte, dass Frida ihn fassungslos anstarrte. Offenbar bot ihr sein Anblick Grund zur Sorge.

Trond schluckte langsam.

»Und welche Erklärung gäbe es dafür, deiner Meinung nach? Er sollte doch heute nach der Kita zu seinem Freund gehen. Das war alles abgesprochen.«

»Ich denke, dass es sich um eine Verwechslung handelt, so etwas passiert doch mal.«

»Verwechslung?«

Wer oder was sollte da bitte verwechselt worden sein?

»Oleg, bist du noch dran?«

»Ja, ich weiß es doch auch nicht. Alles, was ich weiß, ist aus zweiter Hand. Ich habe Ingvild selbst ja noch gar nicht sprechen können. Die sucht mit dem Sysselmann im Moment von oben nach irgendwelchen Spuren. Deshalb kannst du auch Frode nicht erreichen. Am besten, du rufst in Mettes Büro an. Haltet durch, ich halte euch auf dem Laufenden, ja?«

Trond dachte nach und schwieg.

»Wie ist er verschwunden?«, fragte er schließlich.

»Wie?«

»Ja. Er wurde doch nicht einfach von der Kita aus entführt. Wie ist er verschwunden, Oleg, weißt du das?«

»Nein, das weiß ich nicht. Es gibt widersprüchliche Berichte. Frag deine Tochter, wenn du sie erreichst. Trond, hör mir zu, ihm wird nichts geschehen, da bin ich sicher.«

Die Verbindung wurde unterbrochen, und Trond war etwas überrascht über das jähe Ende des Gesprächs.

Frida ging zu ihm hin und legte ihre Hand auf seinen Arm.

»Trond, was ist mit Bjarne?«

Ihre Frage holte ihn aus einem weit entfernten Raum zurück.

Trond wischte sich über die Stirn. In diesem Moment fühlte er sich plötzlich uralt. Er spürte, wie Übelkeit in ihm aufstieg.

»Ich weiß es nicht genau, Frida. Oleg sagt, er sei verschwunden. Bitte, lass mich einen Moment in Ruhe. Ich muss nachdenken.«

Frida nickte und ließ ihn los. Sie nahm Tika an die Leine und stand nun unschlüssig neben der Leninbüste.

Der Wind hatte aufgefrischt und pustete wirbelnde Schneisen in das kniehohe arktische Gras, das eher gelbbraun war, als dass man es hätte als grün bezeichnen können. Es säumte den ganzen zugepflasterten Platz. Einzelne Steine waren herausgebrochen und hatten vor dem nördlichsten Gras der Welt nach Jahren des Widerstands kapituliert.

Frida lief mit Tika voran. Dann drehte sie sich zu ihm um.

»Das Gras haben sie damals aus Sibirien importiert. Hier wächst ja nichts. Das hat, wie du sehen kannst, ganz gut geklappt. Das durften nur die Kinder, die Rentiere und die Kühe betreten. Ja, die hatten hier wirklich Kühe.«

Ob ihr Ablenkungsmanöver tatsächlich gelang, war nicht klar.

Trond schwieg und ließ seine Augen über den Platz schweifen. Direkt gegenüber, vor dem Hotel, stand das Pyramidensymbol mit dem Eisbären. Auf der rechten Seite hatte ein Lichtjahre entfernter sowjetischer Bauingenieur einst die einzigen gemütlich anmutenden Gebäude der öden Siedlung hingestellt, die auf dem Reißbrett geplant worden waren: einstöckige altrussische Holzhäuser, zobelfarben, die Farbe inzwischen abgeblättert, mit feinen Holzschnitzereien an den Firsten und um die Fenster und Türen herum.

Holz war kein sinnvoller Baustoff für die Arktis gewesen, das hatten sie wohl bald erkannt und dann den kläglich aussehenden Rest uns Steinen und Platten errichtet.

Trond trottete verloren der Musherin hinterher.

Frida drehte sich zu ihm um.

»Weißt du, welches dieser Gebäude die Kantine ist?«

Er reagierte nicht.

»Trond, wir können nicht hier draußen herumlungern. Wir sollten uns ein Dach über dem Kopf suchen, denn wir wissen nicht, wie lange wir hierbleiben müssen, bis man uns abholen kann. Es sind keine vier Grad mehr und es wird immer kälter. Die Kantine wäre vielleicht eine gute Wahl, jetzt, wo das Hotel zu ist.«

Sie war stehen geblieben und schaute den älteren Mann aufmerksam an.

»Was hast du gesagt?«

Frida wiederholte es, während sie sich suchend umsah.

»Was sind das für hässliche Bauten da drüben? Vielleicht ist die Kantine dort?« Trond zeigte auf drei schmale beige zweistöckige Gebäude, deren Fenster mit dem Kot der Seevögel komplett zugeklebt waren.

»Nein«, erwiderte die Musherin, »das rechte ist das sogenannte ›London‹, das linke ›Paris‹.«

Trond schüttelte ungläubig den Kopf.

Frida lachte laut auf.

»Ja, wirklich, so haben sie damals diese Häuser genannt. In ›London‹ waren die alleinstehenden Männer untergebracht und in ›Paris‹, dem kleineren der beiden, die alleinstehenden Frauen. Zwischen ›London‹ und ›Paris‹ gab es immer regen Verkehr. Und wer nicht aufpasste oder es drauf anlegte und Kinder bekam, zog dann ins dritte Wohnhaus. Das nannte man ›Crazy House‹. Ich mache keine Witze. Schließlich gab es hier ja auch eine Schule und eine Kita.«

Trond nickte gedankenverloren.

»Oder sollen wir ins Kulturhaus? Hast du dort vorhin was gesehen, wo man sich vielleicht hinlegen kann? Eine Bank oder etwas in der Art?«

»Ja. Möglicherweise. Im Kino gab es Stühle, die noch sehr intakt schienen, aber auf denen kann man nur sitzen.«

Plötzlich hob er den Kopf, als hätte er von irgendwo ein Geräusch gehört. Er blieb regungslos stehen.

Beide registrierten im gleichen Moment, dass Tika ebenfalls etwas zu wittern schien. Der Husky hatte seine Ohren aufgestellt, die an den äußersten Spitzen leicht vibrierten.

Trond stapfte mit schnellen Schritten auf die Musherin zu.

»Wir müssen unbedingt nach Longyearbyen zurück. Wir müssen ihnen helfen, Bjarne zu finden, Frida!«

Er klang entschlossen und verzweifelt zugleich.

»Hast du eben etwas gehört, Trond?«

Sie schaute sich um und ihr Blick blieb an der Schwimmhalle

hängen, die direkt neben dem Kulturhaus lag. Dann sah sie wieder zu Tika hinüber, die sich jetzt jedoch ganz anders als noch vor einer Minute verhielt und ihre Nase interessiert in das Gras steckte.

Trond schüttelte den Kopf.

»Nein, ich habe nichts gehört. Was auch? Außer uns ist hier niemand. Ich muss mich getäuscht haben. Ich dachte, da wäre ein vages Klopfen gewesen. Aber das kann nicht sein. Du hast Recht, es wird langsam ziemlich ungemütlich.«

Er schaute in den Himmel, der nun schon länger nicht mehr kobaltblau, sondern hellgrau war, was die Ödnis der Geisterstadt unterstrich.

»Glaubst du, es zieht ein Unwetter auf?« Trond hörte sich unsicher an.

Frida suchte den Himmel ab und nickte schließlich.

»Ja, könnte sein. Es sieht ganz danach aus. Das geht hier oben oft blitzschnell. In einem Moment ist es noch sonnig und klar, und eine halbe Stunde später rennst du schon um dein Leben, damit der Sturm dich nicht ins Eismeer pustet. Wir sollten uns schnell etwas suchen. Ich glaube, in der Schwimmhalle gibt es lange schöne Holzbänke. Da war ich mal. Los!«

Sie stürmte auf das längliche Gebäude neben dem Kulturhaus zu, das über einen hölzernen Eingangsbereich verfügte. Tika rannte an ihrer Seite, und Trond versuchte hinter den beiden Schritt zu halten.

Endlich hatten sie den Eingang erreicht.

»Warum ist das nicht abgeschlossen?«, fragte Trond, als sie drinnen waren und die Tür hinter sich zugezogen hatten.

Frida bückte sich gerade, um ihre Schuhe auszuziehen, hielt dann aber inne.

»Quatsch, warum sollte man hier die Schuhe ausziehen? Besser anlassen, es ist kalt. Was meinst du? Ja, außer dem Hotel sind alle Gebäude offen«, erklärte sie. »Was sollte man da schon stehlen? Früher war auch das Flaschenhaus auf. Kennst du das? Das ist echt eine abgedrehte Hütte. Da haben sie ihre Partys gefeiert. Aber auch das ist leer. Selbst das Wasser haben sie damals mitgenommen. Wirst sehen, das Schwimmbecken ist knochentrocken.« Sie grinste. »Ich erzähl Unsinn, aber ich finde es interessant, dass das große Becken im ersten Stock und nicht im Erdgeschoss liegt.«

»Ach?«

Frida grinste noch breiter. »Das ist wegen dem Permafrost. Wasser friert sonst im Boden und sprengt die Rohre. Die Holzdecke und die Bänke sind echte Kunstwerke. Es ist die schönste verlassene Schwimmhalle der ganzen Welt – nicht nur die nördlichste. Komm!«

Frida wollte durch die zweite Tür ins Treppenhaus, doch die Hündin folgte ihr nicht.

»Tika, was soll das? *Gee!*« Sie benutzte den Anfeuerungsruf der Musher für die Hundemeute.

Die Husky-Leithündin hatte sich lang auf den Holzboden gelegt und bremste sich und Frida vehement ab. Die Musherin ging neben ihr in die Hocke, streichelte sie und redete ihr gut zu.

»Was hat sie?«, fragte Trond schließlich. Er hielt beiden die Tür auf.

»Keine Ahnung. Irgendetwas gefällt ihr nicht. Vielleicht hat sie den uralten Chlorgeruch in der Nase, der sie irritiert. Tika, komm jetzt!«

Widerwillig schlich der Hund hinter seiner Chefin her. In diesem Moment besaß Tika nichts mehr von ihrem würdevollen Stolz und der eleganten Souveränität der Leithündin, mit der sie sich ihren natürlichen Platz im Rudel erworben hatte, den der unangefochtenen Königin.

Sie stiegen in den ersten Stock, die Tür zur Schwimmhalle stand weit offen, und Trond konnte die helltürkisen Fliesen erkennen.

Obwohl im Augenblick keine strahlende Sonne funkelnde Bahnen warf, auf denen der feine Staub in die große Halle tanzen konnte, hatte man trotzdem den Eindruck, dass die länglichen Fliesen auch nach all den Jahren geheimnisvoll glitzerten. Sie spiegelten die türkisfarbenen Gletscher auf der anderen Seite des Billefjords wider, denen Pyramiden genau gegenüberlag.

Trond drehte sich verwundert im Kreis. Wo nahmen die Steine diese Kraft her? Sie waren mit Sicherheit mehr als zwanzig Jahre lang weder poliert noch abgespritzt worden. Solche Fliesen hatte er noch nie gesehen.

Dann legte er den Kopf in den Nacken. Über die Decke erstreckte sich ein Labyrinth aus kunstvoll verschachtelten Holzsprossen.

»Habe ich zu viel versprochen?«

Frida hatte ihre Hände unter dem Kinn zusammengelegt und schien sich darüber zu freuen, dass sie Trond für einen Moment von seinen Sorgen ablenken konnte.

»Schau dir mal die Bank an!«

Es war eine lange Bank aus etwas hellerem Holz als die Dachkonstruktion. Sie besaß eine hohe, ebenfalls hölzerne Rückenlehne, die von Rosetten gekrönt wurde. Über jedem zweiten Sitzplatz prangte eine solche Rose. Der Effekt war atemberaubend. Diese prachtvolle Bank verlieh der Halle trotz ihres gähnend leeren Beckens etwas Behagliches.

»Lass uns hier ein bisschen ausruhen, ja? Und überlegen, was wir als Nächstes machen.«

Trond steuerte auf die Bank zu, holte aus seinem Rucksack eine Jacke und drehte sie zu einer Wurst. Dann legte er sich hin und stopfte sich die Wurst in den Nacken.

Frida setzte sich neben ihn. Tika ruhte zu ihren Füßen, ihr grauweiß melierter Körper zitterte leicht.

Auf einmal hatte Trond eine Idee.

»Könntest du nicht deinen Vater anrufen, Frida? Vielleicht findet der eine Möglichkeit, uns von hier abzuholen. Mit einem Katamaran zum Beispiel. Der könnte in etwa einer Stunde hier sein.«

»Mein Vater?«

Frida klang nicht nur unsicher, sondern eindeutig ablehnend.

»Ich glaube nicht, dass er uns helfen kann. Außerdem kennt er sich hier überhaupt nicht aus.«

Trond zögerte einen Augenblick, ehe er es sagte.

»Das wiederum glaube ich nicht. Ihn kennen hier mehr Leute, als man meinen könnte. Diesen Eindruck hatte ich zumindest. Wie oft war er eigentlich schon auf Svalbard?«

»Wieso fragst du, Trond?«

Frida wirkte auf einmal resigniert, ganz anders als sonst.

Trond richtete sich ein wenig auf und drehte sich zu ihr.

»Frode wusste zum Beispiel genau, wer er war, ohne dass wir ihn vorgestellt haben. Auch wenn er so tat, als hätte er sich vertan und kenne deinen Vater nicht«, sagte er. »Und Ingvild erzählte mir, dass ihr Chef im *Kroa* ihm wohl auch schon begegnet ist. Am merkwürdigsten aber war die Reaktion von Siris Sohn Sverre, als er deinen Vater sah.«

Trond merkte, wie sich Fridas Züge verhärteten.

»Was genau hat Sverre gesagt?«

Nun war ihre Stimme heiser.

Trond schilderte ihr die Szene in Siris Pension.

»Es ist offensichtlich, dass der Junge deinen Vater kennt, immerhin hat er sehr zornig auf sein Erscheinen reagiert«, schloss er seinen Bericht.

Die junge Frau entgegnete nichts und auch Trond verstummte.

Nach einer Weile brach er das Schweigen.

»Frida, ich bin offen und sage, was ich denke. Dein Vater ist nicht hier, um dich zu besuchen, zumindest nicht nur deswegen.

Das hat er ja auch zugegeben. Was hat er hier zu suchen? Was genau will er auf Svalbard?«

Trond hatte sich nun komplett aufgesetzt und sich der Musherin zugewandt. Er war überrascht, als er sah, dass Frida mit den Tränen kämpfte.

»Oh, Entschuldigung. Ich wollte dir nicht zu nahe treten, und dir wehtun, das wollte ich ganz bestimmt nicht.«

Frida schüttelte heftig den Kopf. Ihre blonden halblangen Haare fielen ihr ins Gesicht.

»Das tust du nicht, Trond, wirklich nicht. Es ist nur … Ich weiß nicht, was genau er hier macht. Ich weiß, dass er früher, also bevor ich hierherkam, ab und zu hier oben war und irgendwelche Geschäfte machte.«

»Geschäfte? Welcher Art?«

Sie hob ihre Schultern und ließ sie dann fallen.

»Keine Ahnung. Hotels oder Gastronomie, denke ich. Irgendwas in der Tourismusbranche. Ich habe mich nie für seine Arbeit interessiert. Meine Mutter hat das wie ein Mantra wiederholt: ›Halte dich raus aus allem, was dein Vater macht. Versprich mir das.‹«

Trond hatte seine Brille abgenommen und polierte sie umständlich mit einem Taschentuch, das er aus der Jacke gezogen hatte.

»Hast du deiner Mutter schon gesagt, dass er hier aufgekreuzt ist?«

»Sie ist tot.«

Er hielt mit dem Polieren inne und schaute Frida aufmerksam an.

»Das tut mir leid. Das hast du nie erwähnt. Wann ist sie gestorben?«

»Vor fast fünf Jahren. Deshalb hab ich damals die Niederlande verlassen. Ich war zuerst in Alaska und habe mich zur Musherin ausbilden lassen. Ich wäre gern dortgeblieben, aber sie gaben mir keine Green Card. Danach bin hierhergekommen. Hier habe ich das Recht auf unbegrenzten Aufenthalt ohne Visum und keine Einschränkungen. Wie alle Einwohner der Länder, die den Spitzbergenvertrag unterschrieben haben. Ich konnte mein eigenes kleines Business mit den Huskys aufbauen. Und ich hab mich sofort mit dem Svalbard-Virus infiziert … den Rest kennst du ja.«

Trond nickte. In dem Moment meldete sich sein Handy.

Es war Oleg. Er hatte Ingvild und Mette erreicht, und nein, sie hätten noch keine Spur von Bjarne. Die Helis würden die ganze helle Nacht weiterfliegen, und er habe über Dima einen Katamaran in Barentsburg für sie organisiert. Der lege gerade dort ab.

»Die Russen holen uns? Das ist ja eine gute Neuigkeit, Oleg. Danke. Bis später.«

In diesem Moment fegte eine erste Windböe an das große Fenster neben ihnen. Frida sprang auf und sah nach draußen. Harter Regen peitschte gegen die Scheiben. Sie drehte sich zu Trond um. In ihrem Gesicht konnte er Skepsis lesen.

»Ein Sturm?«

»Hier kann in den nächsten Stunden wohl niemand mehr landen. Weder im Wasser noch aus der Luft«, erklärte sie und ihre Stimme klang schicksalsergeben.

So resigniert hatte Trond die junge Frau noch nie erlebt. Das machte ihm Sorgen. Zusätzlich zu der unaussprechlichen Sorge um seinen kleinen Enkel. Aber von hier aus konnten sie gerade wirklich nichts unternehmen. Nicht eingreifen, niemanden befragen und ihre Kräfte nicht sinnvoll einsetzen. Sie waren gefangen in einer Gespensterstadt, verurteilt zum Ausharren und Nichtstun.

Sein Blick fiel auf das staubige Becken, in dem einst ehrgeizige Schwimmer ihre Bahnen gezogen hatten. Das Wasser war verschwunden, genau wie die Menschen, die einst auf das kleine

Siegerpodest geklettert waren, das in der hinteren Ecke der Halle vor sich hin rottete.

Hier, in Pyramiden, war alles nutzlos geworden. Alles war vollkommen sinnentleert, weil es nicht mehr dem Zweck diente, zu dem es einst unter größten Mühen hertransportiert worden war.

Wo war Bjarne?

Er spürte, wie seine Lippen begonnen hatten zu zittern.

Auf einmal wusste er, in welche Richtung er gehen musste, um Bjarne zu finden. Er war sich absolut sicher. Es gab nur eine einzige Erklärung für Bjarnes Verschwinden …

Da schlug Tika plötzlich an. Von einer Sekunde auf die andere war sie aufgesprungen und stieß ein ohrenbetäubendes Gebell aus, wie er es nur einmal zuvor von ihr gehört hatte. Das war im Januar gewesen, als er mit Frida und den Huskys an der alten Wetterstation in eine lebensbedrohliche Lage geraten war.

Jetzt riss Tika an ihrer Leine, die Frida festhielt, und sprang außer sich vor Angst mit allen vieren gleichzeitig in die Luft.

Fridas Stimme erreichte ihn wie durch einen Vorhang.

»Wir sind nicht allein, Trond, und Tika weiß es.«

21

Während sie ins Dorf zurückfuhren, zog sich bedrohlich ein Unwetter zusammen. Grafitgraue Schichtwolken legten sich in kürzester Zeit wie ein Verdeck über den blauen Himmel und verdunkelten die Atmosphäre.

Die Deutsche entschied, sie habe im Moment genug gesehen, und wollte vor der Redaktion der *Svalbard Posten* abgesetzt werden.

Zum Abschied schenkte sie Oleg ein verhuschtes Lächeln, und auf seine Frage, wie lange sie noch vorhabe zu bleiben, entgegnete sie, dass das von ihrer Arbeit abhänge. Wie schnell Myklebust und sie relevantes Material zusammentragen könnten. Sie seien deswegen sehr in Eile.

Morgen würden sie zu einer Fahrt nach Ny Ålesund aufbrechen. Auch dort sei etwas zu erwarten und natürlich in Pyramiden.

»Pyramiden? Da war ich gerade.«

»Was haben Sie dort gemacht? Etwa Eisbären im Taxi herumkutschiert?«

Oleg musste lachen und fühlte sich zum ersten Mal in Gegenwart der Deutschen entspannt.

»Nein, ich habe übersetzt. Die haben da eine Leiche gefunden, eine Mumie, und die russischen Wachleute mussten eine Aussage machen.«

Die junge Frau wiegte ihren stachligen Kopf.

»Das mit der Leiche habe ich schon von Myklebust gehört. Kuriose Sache. Wer legt schon in einer Geisterstadt eine Leiche in die Kühltruhe? Auch noch eine Mumie in Pyramiden. Hört sich an wie ›Tod auf dem Nil‹. Ist das norwegischer Humor?«

Oleg musste grinsen. »Kann sein. Aber hier sind ja nicht nur Norweger.«

Sie klang auf einmal sehr interessiert.

»Und wer hat die Russen verhört? Der Sysselmann? Ich habe die Zuständigkeiten hier auf Svalbard noch nicht ganz kapiert.«

Oleg musste zugeben, dass er das selbst nach seinen zwei Jahren auf Spitzbergen ähnlich empfand. Svalbard gehörte nicht wirklich zu Norwegen, auch wenn die Norweger das nicht gern hörten. Es wurde lediglich von ihnen verwaltet und besaß seine eigene Gesetzgebung.

Er war sich nicht sicher, was er dieser Frau erzählen sollte und was nicht. Sie war ihm zwar nicht mehr so unsympathisch wie zu Beginn, aber das bedeutete ja nicht, dass er ihr alles auf die Nase binden musste. Wollte sie ihn aushorchen? Er beschloss, nur noch vage zu antworten.

»Wir waren dort zu mehreren«, sagte er. »Trond Lie, der Norweger, dann die Musherin Frida mit ihrem Hund, und außerdem war noch dieser Holländer dabei.«

Lea Kirchner warf ihm einen Blick zu, der sofortige Alarmbereitschaft verriet.

»Welcher Holländer?«

Oleg zog die Schultern hoch.

»Van Namen heißt er, glaube ich.«

Sie trat einen Schritt näher zu ihm.

»Sind Sie sich sicher?« In ihrer Stimme lag etwas fast Bedrohliches.

»Keine Ahnung. Das dachte ich zumindest. Frida ist ja …«

Sein Handy klingelte. Er winkte Lea Kirchner zum Abschied und stieg eiligst in seinen Wagen zurück. Der Anruf ermöglichte ihm einen willkommenen Abgang.

Da fielen die ersten Tropfen und ein starker Wind kam auf. Er zog die Schiebetür des Transporters zu und fuhr mit dem Handy am Ohr los. Im Rückspiegel sah er, wie die Deutsche ihm wütend hinterherstarrte.

Es war Ingvild. Sie waren wegen des aufziehenden Sturms gelandet, und jetzt wartete sie bei Mette auf ihn.

Drei Minuten später hatte er das Taxi vor dem Gebäude des Sysselmanns geparkt und stürmte hinein.

Sie hatten nirgendwo einen Hinweis auf Bjarnes Verbleib finden können. Weder aus der Luft noch mit einer der zahlreichen Autopatrouillen, die von allen möglichen Helfern kreuz und quer im Ort gefahren wurden. Das ganze Dorf stand unter Schock.

»Nach welchen Hinweisen habt ihr denn Ausschau gehalten? Nach einem Schild, wo draufsteht ›Bjarne ist hier‹?«

Oleg wollte nicht zynisch klingen und legte nun beschwichtigend den Arm um Ingvild, der man ansehen konnte, dass sie geweint hatte. Ihre Augen waren verquollen und ihr Gesicht stark gerötet.

»Entschuldigung, das war nicht böse gemeint, aber ich hätte wirklich nicht gewusst, worauf ich achten sollte. Ich bin auch eben herumgefahren und hab die Augen offengehalten. Erzählt mir bitte ganz genau, was passiert ist. Vielleicht hilft uns das weiter. Das war nämlich die Frage, die auch dein Vater gestellt hat. Was habt ihr inzwischen herausgefunden?«

Mette Møller bat die beiden, sich zu setzen, und begann dann mit gefasster Stimme, die Ereignisse zu schildern. Dabei lief sie in ihrem Büro auf und ab.

»Also, um kurz vor vier holte Filips Mutter Vigdis ihren Sohn und Bjarne wie verabredet von der Kita ab. Sie gingen zuerst zum Supermarkt, einkaufen. Das dauerte ungefähr eine Viertelstunde.«

»Ingvild, hast du die Kinder dort gesehen und gesprochen?«, unterbrach Oleg Mettes Bericht.

Seine Freundin schüttelte den Kopf.

»Warst du denn nicht an der Kasse?«

»Doch, aber die Kinder blieben vor der Tür. Sie hatten wohl

keine Lust darauf, mit Vigdis einkaufen zu gehen. Sie wollten lieber draußen mit ihrem Ball kicken. Das machen sie doch öfter. Da ist ja kaum Verkehr.«

»Verstehe.«

Eine heftige Windbö peitschte in diesem Moment gegen die Scheibe.

»Was für ein übler Sturm!«, stellte Oleg fest. »Hoffentlich legt er sich bald. Sonst kann der Katamaran nicht anlegen, den Dima zu deinem Vater und Frida nach Pyramiden geschickt hat. – Und was passierte dann?«

Mette versuchte den Faden wiederaufzunehmen, war nun aber abgelenkt.

»Mein Gott, stimmt, die beiden sind ja noch dort. Ich muss unbedingt mit Trond reden. Aber lasst uns hier erst weiter überlegen. Wo war ich?«

»Beim Supermarkt. Die Kinder spielten draußen …«

Mette rückte sich kurz den Dutt an ihrem Hinterkopf zurecht und fuhr fort: »Vigdis ging dann mit den Kindern, die nach dem Einkauf ein Eis bekommen hatten, nach Hause, zum Weg 215. Sie waren gerade am Weg 217 vorbei, als ein Wagen sie überholte und nach rechts abbog. An der Ecke steht ein Haus, weshalb sie den Wagen nicht mehr sehen konnte, nachdem er abgebogen war,.«

»Was für ein Wagen war das?«, fragte Oleg.

Mette schaute Ingvild an, die bedauernd ihre Hände hob.

»Das konnte Vigdis nicht genau sagen. Es war ein kleiner Van, das war alles, woran sie sich erinnern konnte. Aber hier fahren ja fast nur Vans herum. Das hilft uns also nicht weiter. Sie wusste nicht einmal, welche Farbe er hatte und ob irgendwas draufstand …«

»Und dann?«

»Dann passierte etwas Ungewöhnliches. Sie und die beiden Kinder hörten auf einmal, wie jemand nach Bjarne rief.«

»Ein Mann oder eine Frau?«

»Ein Mann.«

»Auf Englisch?«

»Nein, auf Norwegisch.«

»Und der rief ›Bjarne, komm mal her!‹, oder was?«

Mette schwieg. Stattdessen ergriff Ingvild das Wort.

»Nein. Er rief: ›*Askeladden*! Ich hab was für dich vom *Bestefar*!‹«

An dieser Stelle brach Ingvild wieder in Schluchzen aus.

»*Askeladden*?«

Oleg schaute Mette verwundert an, während er Ingvilds Arm vorsichtig streichelte, um sie zu beruhigen. Ihr ganzer Körper zitterte.

Mette hustete. Sie war an der Tür ihres Büros stehen geblieben.

»Das ist der Kosename, den Trond manchmal für seinen Enkel benutzt«, sagte der Sysselmann und lächelte kurz. »So heißt in einem der norwegischen Märchen der jüngste Sohn, der immer Pech hat, bis er am Schluss die Königstochter bekommt.«

Oleg schaute etwas perplex.

»Es ist eine Art männliches Aschenputtel. Sogar derselbe Name«, fügte sie erklärend hinzu.

Der Ukrainer hörte auf, Ingvilds Arm zu streicheln, und setzte sich aufrecht hin.

»Aber woher wusste der das? Selbst ich kannte diesen Spitznamen nicht – und ich bin immerhin mit Bjarnes Mutter zusammen!«

Ingvild holte ein Taschentuch hervor und schnäuzte sich. Dann wischte sie sich über die Augen.

»Ich habe keine Ahnung, wer darüber Bescheid wusste. Es kann ja nur jemand sein, der die beiden zusammen erlebt hat. Danach müssten wir meinen Vater fragen. Fest steht, dass Bjarne dem Mann deshalb wohl absolut vertraut hat.«

»Und was passierte dann?«

Jetzt übernahm Mette wieder. Sie kam auf die beiden zu und setzte sich zu ihnen.

»Bjarne rannte um die Ecke, und Vigdis hörte kurz darauf, wie ein Auto wegfuhr. Sie rief nach dem Jungen. Als er nicht zurückkam, rannte sie an die Ecke, aber da war von Bjarne und dem Auto nichts mehr zu sehen. In Panik lief sie mit ihrem Kind an der Hand noch ein paar Straßen weiter, rief und suchte nach Bjarne, aber er blieb verschwunden. Dann informierte sie uns.«

Ingvild war schluchzend auf dem Sofa zusammengesunken.

22

Der Wind jaulte herzzerreißend, und ab und zu schrie er regelrecht auf.

Frida wusste, wie sich ein Sturm hier oben in der Arktis anhörte. Ganz anders als im dicht besiedelten Europa. Hier bekam der Wind im wahrsten Sinne des Wortes Luft. Er konnte sich ungehindert ausbreiten, er wurde außer von spitzen oder Tafelbergen kaum aufgehalten, ja er konnte wie über einem Ozean richtig Fahrt aufnehmen.

Die Geisterstadt Pyramiden bot ihm zusätzliche Anreize, da die zerbrochenen Fensterscheiben der meisten Gebäude den Wind geradezu hereinwinkten.

Frida stand mit dem Rücken zu dem großen Fenster der Schwimmhalle, sie hatte nach ihrem Gewehr gegriffen und überprüfte es. Währenddessen starrte sie auf die andere Seite des Raums, wo Trond sich gerade auf der prachtvollen Bank aufrichtete und sie ungläubig musterte.

Tika, die Hündin, hatte sich wieder beruhigt und lag auf den Fliesen, ohne sich zu rühren.

»Was meinst du damit? Wir sind hier nicht allein?«

Trond wirkte immer noch abwesend, als wäre er in dieser Halle nur körperlich vorhanden, innerlich jedoch weit weg. Frida ahnte, dass ihn die Sorge um seinen Enkel quälte, und das war wirklich gut zu verstehen.

Sie zuckte mit den Schultern und ging langsam wieder zu ihm hinüber.

»Das weiß ich nicht. Aber ich vermute es. Tika verhält sich so komisch. Es zieht sie immer wieder hierher, in dieses Kulturhaus und die Schwimmhalle. Und das Hotel, der einzige Ort, der in Pyramiden bewohnt ist und neue Gerüche aussendet, interessiert sie nicht.«

Trond strich sich über den Kopf und erwiderte: »Aber sie hat doch vorhin ziemlich massiven Widerstand geleistet und wollte absolut nicht hier in die Halle hinein. Oder?«

Frida nickte. »Genau. Das hast du richtig gesehen. Das ist der Widerspruch, den ich meine. Sie hat sich vehement geweigert, in die Schwimmhalle zu kommen.«

»Und was bedeutet das?«

Die Stimme des Ex-Kommissars, der ein Stück von Frida entfernt auf der Bank saß, hallte in dem leeren Schwimmbad. Es klang hohl wie in einer Blase.

Wenn sie die Augen schloss, dachte sie fast, Trond sei gar nicht hier, sondern seine Stimme würde von einem merkwürdigen Tonträger abgespielt, während er sich tatsächlich in Longyearbyen oder sogar in Bergen aufhielt.

»Glaubst du, es ist ein Tier?«

Frida nickte, ohne zu zögern. »Was sonst?«

»Nun, in den letzten Tagen sind äußerst ungewöhnliche Dinge in Pyramiden passiert«, stellte Trond fest. »Ein Mensch wurde ermordet und dann in einer Kühltruhe versteckt. Das weist nicht auf die Handschrift von Gottes Hund oder des alten Mannes im Pelzmantel hin.«

Seit Trond von dem Eisbärexperten Terje Johansen diese altertümlichen nordischen Bezeichnungen für den Eisbären erfahren hatte, benutzte er sie auch gelegentlich. Besonders »der alte Mann im Pelzmantel« gefiel ihm.

Frida warf ihm einen kurzen Blick zu.

»Das stimmt. Und du meinst, hier hält sich vielleicht ein Mensch versteckt?«

Trond war nun aufgestanden und an den Rand des leeren Beckenrands getreten. Er schaute in die Tiefe auf den Boden, der ohne das Wasser staubig vor ihm lag. Dann hob er den Kopf.

»Das könnte doch sein.«

Schließlich setzte er sich in Bewegung und kam um das

Becken herum auf Frida zu. Er blieb bei ihr stehen und starrte durch die Scheibe nach draußen.

Von hier aus konnte man jetzt dichte Hagelkörner erkennen, die wie dicke Salzflocken herabstoben und den verlotterten Prospekt gnädig zudeckten.

»Weißt du, was mich wundert, Frida?«

Die Musherin wandte sich ihm zu. »Nein. Sag es mir.«

»Warum kam Myklebust hierher, um sich umzuschauen? Wonach hat er gesucht? Offenbar hatte er Dima aus Barentsburg am Abend zuvor bestürmt, mit ihm hierherzufliegen, was der ja abgelehnt hat. Und dann verschwand er plötzlich für einige Zeit, als niemand groß auf ihn achtete …«

Frida nickte nachdenklich.

»Und danach kam gleich noch einer, der hier auch nichts zu suchen hatte.«

Jetzt drehte sich Frida weg. Sie wollte es nicht hören.

»Mein Vater«, sagte sie schließlich.

»Richtig. Natürlich will jeder, der sich auf Svalbard aufhält, auch mal die Geisterstadt Pyramiden sehen und ihre Atmosphäre hautnah erleben. Aber dein Vater war wohl früher schon einmal hier. Das hat mir Frode bestätigt, als ich ihn in die Mangel nahm. Wusstest du das?«

Frida errötete, als wäre es ihr Fehler. Nein, das hatte sie nicht gewusst.

Sie war als erwachsene junge Frau dem Rat ihrer Mutter gefolgt und hatte sich von ihrem Vater und seinen Geschäften immer ferngehalten.

Nachdem die Familie vom letzten Einsatz des Vaters im diplomatischen Dienst zurückgekehrt war und Roeben van Namen diese Karriere von einem Tag auf den anderen beendet hatte, zog sich Fridas Mutter immer mehr von ihm zurück.

Beide Kinder wurden damals in englische Internate gesteckt, und während eines Weihnachtsurlaubs zu Hause teilte ihnen die Mutter fast beiläufig mit, dass sie sich habe scheiden lassen und dass sie dem Vater künftig an eine neue Adresse schreiben müssten.

Gesehen haben sie den Vater danach nur noch selten. Er übernahm das teure Schulgeld, schickte großzügiges Taschengeld und erfüllte, ohne zu zögern, ihre Wünsche, kleine wie anspruchsvolle.

So bezahlte er Fridas Bruder Gerrit nicht nur seinen Flugschein, sondern schenkte ihm sogar noch ein Leichtflugzeug dazu, und als sie selbst eine Weltreise mit vielen langen Aufenthalten plante, statt eines Studiums nach dem Abitur, sorgte er dafür, dass sie das ohne finanzielle Sorgen genießen konnte.

Einmal, nicht lange nach dem Tod ihrer Mutter, hatte sie ihn im Haus der Großeltern in Maastricht besucht, zwischen ihrem Aufenthalt in Patagonien und ihrer Reise nach Alaska. Diese Begegnung hatte mit einem handfesten Streit geendet, sodass Frida beschloss, möglichst schnell von ihrem Vater unabhängig zu werden. Das war ihr hier auf Svalbard mit der Husky-Truppe, deren Start er noch finanziert hatte, schließlich auch gelungen.

Roeben van Namen hatte ihren Umzug nach Spitzbergen nicht gutgeheißen. Frida und ihr Bruder hatten beide den Eindruck, dass sich der Vater in seiner Rolle als großzügiger Financier des gehobenen Lebensstils seiner Kinder gefiel. Auf diese Weise konnte er den Kontakt zu ihnen mühelos aufrechterhalten und ihre Geschicke lenken, wie es ihm beliebte, indem er weiterhin ihre Finanzen kontrollierte.

»Was genau macht dein Vater eigentlich? Hat er eine Firma? Besitzt er Hotels oder Schiffe? Wie kann ich mir das vorstellen?«

Tronds Frage verunsicherte sie. Er hatte sie schon öfters gestellt. Frida biss sich auf die Lippe. Sie hatte ihr Gewehr neben sich an die Fensterscheibe gelehnt. Tika schien nun zu dösen – oder tat sie nur so?

Die Musherin ging neben der Hündin in die Hocke und streichelte sie behutsam.

»Er ist an einer Firma beteiligt, die exklusive Reisen anbietet, aber Genaues weiß ich nicht, und es interessiert mich auch nicht«, erwiderte sie.

»Und wie heißt die?«

Frida schaute Trond von unten herauf an und zuckte mit den Schultern.

»Wieso fragst du?«

»Aus Neugierde. Ist es eine niederländische Firma?«

Die Musherin richtete sich wieder auf und fuhr sich mit den Händen durchs Haar.

»Das vermute ich. Er hat öfter in Amsterdam zu tun, obwohl die Firma ihren Sitz wohl auf den Kanalinseln hat. Du kannst ihn ja selbst mal fragen.«

»Hmm. Was hältst du davon, wenn wir uns jetzt mal hier umschauen? Ich bin irgendwie unruhig.«

Er deutete mit dem Kinn auf ihr Gewehr.

»Oder glaubst du, hier versteckt sich doch ein Eisbär, dem wir besser nicht in die Quere kommen sollten?«

Frida nahm die Waffe in die Hand und schüttelte den Kopf.

»Wenn es ein Eisbär wäre, hätte der sich schon längst bei uns gemeldet und freundlich nachgefragt, ob er uns anknabbern dürfe. Nein, Trond, das kann ich definitiv ausschließen. Aber es könnte trotzdem ein Tier sein. Vielleicht hat sich ein Polarfuchs irgendwo sein Nest eingerichtet. Das würde Tika bestimmt in die Nase kriegen und Bescheid geben.«

Sie ging ein paar Schritte mit dem Hund, der sofort auf die Pfoten sprang, drehte sich dann aber wieder um und blieb stehen.

»Hast du eigentlich eine Waffe dabei, Trond?«

»Nein, dafür habe ich doch dich.«

»Hast du keine Faustfeuerwaffe mehr?«

Trond grinste. »Du meinst, ob ich meinen Colt noch habe? Nein, den hab ich mit der Polizeimarke abgegeben, wie es sich gehört. Und mit den Großkalibern, die hier üblich sind, konnte ich mich noch nicht anfreunden. Die sind sowieso etwas unpraktisch für mich als Linkshänder. Weißt du, wo die Tür dahinten hinführt?«

»Rechts geht es zum Tischtennisraum. Der ist aber ein halbes Stockwerk höher.«

»Und links?«

»Zu den Umkleidekabinen. Wahrscheinlich sind die interessanter. Sollen wir die mal überprüfen?«

Trond nickte.

»Aber vorsichtig. Ich geh voraus.«

Frida hielt ihn am Ärmel seiner Jacke zurück.

»Ohne Waffe machst du das nicht. Du folgst Tika und mir.«

Die drei schlichen fast geräuschlos durch die Halle und schoben sich dann hintereinander durch die Tür am Ende des hohen Raumes. Frida hielt ihr Gewehr schussbereit auf Hüfthöhe, nachdem sie Trond die Leine mit Tika in die Hand gedrückt hatte.

Statt vieler kleiner Umkleidekabinen, die sie erwartet hatten, gab es nur einen großen Raum mit Bänken und Spinden, von denen fast alle offen standen. Der Raum dahinter schien die Dusche zu sein: weiße Fliesen mit dunklen, breiten Fugen an den Wänden und auf dem Boden.

Frida ging auf Zehenspitzen und wie in Zeitlupe durch den Umkleideraum darauf zu.

Trond ließ sie nicht aus den Augen. Er hielt die Hündin an der Leine, die sich nicht bewegte. Die Musherin hatte den Duschraum nun erreicht und steckte ihren Kopf und den größten Teil des Gewehrs hinein.

Da drehte sich Tika plötzlich um und begann an der Leine zu ziehen. Trond versuchte sie ruhig zu halten. Seine ganze Aufmerksamkeit war auf Frida gerichtet. Die junge Frau musterte den Duschraum genau und ging noch etwas weiter hinein, bis sie Trond hinter sich nicht mehr sehen konnte.

Der Raum war komplett weiß und leer, und Frida kam er etwas gruselig vor. Einige Duschköpfe hingen noch an der Wand.

Frida musste an die Duschräume denken, die sie vor einigen Jahren in einem ehemaligen Lager in Polen gesehen hatte, das man heute als Gedenkstätte besuchen konnte. Die Atmosphäre dort hatte sie zutiefst verstört, und beim Anblick dieses verlassenen arktischen Waschraums, der wie die gesamte einsame Siedlung gespenstische Signale aussandte, erging es ihr ähnlich. Dass ihre Gedanken ständig um ihren Vater kreisten, machte die Sache keineswegs besser.

Frida spürte, dass sie wegwollte. Sie wollte Pyramiden hinter sich lassen, einen Ort, den sie mit jeder Minute, die sie hier verbringen musste, als bedrückender und bedrohlicher empfand.

»Hier ist nichts.«

Trond war inzwischen der immer stärker ziehenden Tika gefolgt, die ihn zu einem winzigen Abstellraum gelenkt hatte, den man leicht hätte übersehen können. Darin stand ein hoher grauer Metallschrank, dessen Türen geschlossen waren. Tika hatte sich davor aufgebaut und bellte nach Leibeskräften.

»Tika! Schscht! Beruhige dich!«

Trond rüttelte an den Türen, doch sie gaben nicht nach.

Kurz darauf trat Frida hinzu.

»Geht mal zur Seite«, forderte sie ihn auf, und er stellte sich mit dem bellenden Hund hinter sie.

Dann schoss Frida mehrmals auf das Schloss. Die Schüsse hallten weit in die Ferne.

Endlich gaben die Türen nach. Die Musherin riss sie auf, und beide starrten ins Innere des Schranks.

»Frida! War das gerade ein Klopfen?«

Trond schaute zweifelnd zur Decke und hielt den Atem an. Dann schüttelte Frida den Kopf.

»Das war der Sturm draußen. Lass uns nachsehen, was hier drin ist.«

Ihr Blick fiel zuerst auf einen olivfarbenen Rucksack, wie ihn auf Svalbard viele Menschen trugen. Er stand ganz unten in der Mitte.

»Nicht zu fassen«, entfuhr es Trond, als sie weiter nach oben schauten. Dort waren Lebensmittel verstaut. Käse, Wurst und Obst in Gläsern, die sich leicht öffnen ließen. Alles war sorgfältig nebeneinander aufgereiht.

»Das sieht nicht aus, als wäre das hier vor Jahrzehnten als Notration für hungrige Schwimmer gebunkert worden«, sagte Frida und schaute Trond verblüfft an.

Er griff nach einer Salami und schnupperte daran. Tika verfolgte schwanzwedelnd ihre Entdeckung.

»Könnte man sofort reinbeißen.« Er schaute auf das Etikett. »Aus der Toskana, abgepackt vor drei Monaten. Noch acht Wochen haltbar. Hol bitte mal den Rucksack heraus. Bin gespannt, was für Leckereien darin aufbewahrt sind.«

Frida folgte seiner Aufforderung.

»Der ist nicht schwer«, stellte sie fest.

Sie hatten nicht die Geduld, ihn erst nach nebenan zu schleppen, um ihn dort auf eine der Bänke zu stellen.

Frida bückte sich und öffnete den Verschluss. Sie zog den Rucksack oben auseinander und griff hinein. Was sie fühlte, überraschte sie noch viel mehr als alles andere.

»Was ist?«

Trond starrte sie fragend an. Die junge Frau zog langsam ihre Hand aus dem Gepäckstück und streckte sie ihm hin. Es waren Reisepässe.

»Der ganz oben ist aus Indonesien«, sagte sie tonlos. »Die kenne ich von früher.«

23

Während der nächsten Viertelstunde betrachteten sie die Pässe, die sie in dem Rucksack gefunden hatten. Sie stammten aus verschiedenen asiatischen Ländern, vor allem aus Indonesien, Thailand, den Philippinen und Vietnam. Sie zählten fünfundzwanzig Dokumente.

Frida sagte fast nichts, Trond schüttelte immer wieder ungläubig den Kopf.

Es waren ausschließlich Reisepässe von Männern.

»Wo sind die Menschen, denen diese Pässe gehören?«, fragte Trond, während Frida sie nach Herkunftsländern sortierte und fein säuberlich auf dem gefliesten Boden übereinanderlegte. Es sah für Trond so aus, als wollte sich die junge Musherin an irgendetwas festhalten und hatte in ihrer Not diese Pässe gewählt.

»Was glaubst du, Frida? Du kennst dich hier doch viel besser aus als ich …«

Frida schwieg. Schließlich fuhr sie sich mit dem Ärmel über ihr Gesicht.

»Ich weiß es nicht. Woher soll ich das wissen?« Die Musherin hörte sich abweisend an.

Trond streckte sich und rieb sich den Rücken.

»Gut. Und was vermutest du?«

»Menschenhandel?« Frida ließ ihre Stimme oben schweben.

Trond nickte bedächtig.

»Diese Pässe könnten darauf hindeuten, das stimmt. Aber wir sind hier nicht in Thessaloniki, Gibraltar, Marseille oder gar Oslo. Dort kommen Menschen an, die auf der Suche nach einem neuen Leben sind. Wir aber sind kurz unter dem Nordpol.«

Er kratzte sich am rechten Ohr.

»Vielleicht gerade deshalb?«, warf Frida ein. Sie hatte begonnen, die Pässe wieder in den Rucksack zurückzustecken.

»Du meinst, wegen des Svalbardvertrags?«

»Nein – weil er missbraucht wird«, fügte sie leise hinzu.

Trond baute sich vor Frida auf. Tika beobachtete ihn interessiert.

»Frida, was geht in diesen Unterkünften, die wir gesehen haben, vor sich? Du kennst doch ein paar von denen? Was genau weißt du?«

Die junge Frau verschloss den Rucksack sorgfältig und stand nun ebenfalls auf.

»Ich weiß nicht viel. Nur was ich gelegentlich rein zufällig aufgeschnappt habe. Ich vermute, dass immer wieder Menschen hierhergebracht werden, mit dem Versprechen auf guten Lohn, die dann unter unwürdigen Bedingungen arbeiten und wohnen müssen. In Unterkünften, wie wir sie in Nybyen gesehen haben. Und irgendwann sind sie dann wieder verschwunden. Die Behörden schauen weg oder tun so, als gäbe es dieses Problem gar nicht.«

»Willst du damit sagen, dass der Sysselmann Bescheid weiß und dieses Unrecht duldet?«

Die Musherin zuckte hilflos die Schultern.

»Frida?«

»Ich weiß es nicht. Wirklich nicht. Mir ist nur immer mal wieder etwas aufgefallen.«

»Was ist dir aufgefallen?«

Trond ließ nicht locker. Frida bedeutete ihm, den kleinen Raum mit ihr und dem Hund zu verlassen. Den Rucksack nahmen sie mit.

Als sie wieder in der großen Halle mit dem leeren Becken standen und nach draußen schauten, bemerkten sie, dass der Sturm sich gelegt hatte. Es war ganz hell und die Sonne schickte sich an, den strahlenden Faden von vor dem Unwetter wiederaufzunehmen.

»Das vergrößert unsere Chance immens, bald von hier fortzukommen.«

»Was ist dir aufgefallen, Frida?«, wiederholte der ehemalige Kommissar seine Frage.

»Lass uns rausgehen«, forderte sie Trond auf, statt zu antworten. »Ich möchte dir das Flaschenhaus zeigen. Wenigstens von außen. Das ist der Hammer.«

Trond stellte sich ihr in den Weg und hielt sie an den Schultern fest, nicht unsanft, aber so, dass sie reagieren musste.

»Frida, bitte sag mir, was du bemerkt hast. Es könnte wichtig sein.«

Die Musherin schüttelte den Kopf.

»Das kann ich mir nicht vorstellen. Aber wenn du es unbedingt wissen willst ...«, lenkte sie schließlich ein. »Letztes Jahr zum Sommeranfang, ungefähr um diese Zeit, lag mal ein Boot am Ende des Adventfjords vor Anker. Ich hab es gesehen, als ich mit den Huskys eine Runde mit dem Sommerwagen drehte, damit die Tiere bewegt würden. An diesem Ort kommt sonst niemand vorbei.«

Trond runzelte die Stirn.

»Und was war daran auffällig?«

»Dass es dort lag und nicht an der Stelle, wo alle anlegen, nämlich in Longyearbyen am Hafen. Das war wirklich auffällig. Dann bin ich weitergefahren, und als wir zwei Stunden später wieder auf dem Rückweg waren, war es weg, als hätte es sich in Luft aufgelöst. Wie der Fliegende Holländer!«

Um Fridas Mund zuckte es und schließlich brach ein Lachen aus ihr heraus.

»Ausgerechnet ich komme auf den Fliegenden Holländer ...«

Trond hatte sie nun losgelassen und sie schlenderten langsam auf den Ausgang der Schwimmhalle zu.

»Noch etwas?«, fragte er.

»Ma-Prangs Schwiegersohn.«

»Was ist mit ihm?«

»Der verschwindet immer für ein paar Wochen und ist dann plötzlich wieder da.«

»Ja und?«

Frida nahm Tika an die Leine und ging zur Treppe. Trond folgte ihr.

»Das hat mir Ma-Prang einmal anvertraut, als ich sie weinend in ihrem Laden antraf«, sagte sie. »Auf meine Frage, was er denn mache, antwortete sie: ›Böses.‹ Ich wusste nicht, wie ich das verstehen sollte. Aber sie wollte es mir nicht erklären, und als ich sie später noch einmal darauf ansprach, hat sie geleugnet, so etwas jemals gesagt zu haben. Aber auch das mag nichts zu bedeuten haben. Thais können im Gegensatz zu Vietnamesen manchmal sehr theatralisch sein.«

Sie hatten inzwischen den Eingangsbereich der Schwimmhalle erreicht und traten nach draußen. Der Sturm hatte sich tatsächlich gelegt und die Sonne strahlte von einem blauen Himmel.

»Kennst du das Flaschenhaus? Es liegt hinter dem Kulturhaus. Komm, ich zeig es dir, es ist das bunte Juwel von Pyramiden.«

Wenig später hatten sie den Prospekt verlassen und verschwanden hinter dem großen Gebäude.

»Kann man von hier aus sehen, wenn der Katamaran ankommt?«, fragte Trond.

»Nein, aber es ist nach dem ganzen Sturm jetzt so still, dass wir es hören müssten. Außerdem wird Tika anschlagen.«

Sie hielten ein paar Sekunden lang inne und lauschten konzentriert.

Die Stille war unbeschreiblich und gleichzeitig unfassbar, nicht zu begreifen. Auch die zahllosen Seevögel, die hier überall nisteten, schwiegen. Trond machte Frida darauf aufmerksam.

Die Musherin lächelte. »Klar, es ist Abend für sie. Zwar ein tagheller Abend, aber eindeutig Schlafenszeit. Die Vögel haben ihre eigene Uhr. Für uns ist es bald Mitternacht.«

Plötzlich vernahmen sie ein zirpendes Geräusch, das zunächst kaum wahrnehmbar war. Während sie weitergingen – Frida hatte einen kaum erkennbaren Pfad hinter dem Kulturhaus eingeschlagen –, wurde das Zirpen lauter und verwandelte sich allmählich in ein pfeifendes Singen.

Trond blieb abrupt stehen, als der Gesang, der sich sphärisch anhörte, immer mehr anschwoll.

»Was zum Teufel ist das? Das erinnert mich an die Glasmusik, die wir als Kinder mit halbvollen Wassergläsern erzeugt haben. Wir sind mit nassen Fingern über die Ränder gefahren. Wo kommt das auf einmal her?«

Er schaute sich suchend in alle Richtungen um, und Frida lächelte vielsagend.

»Wart's ab.«

Trond stapfte hinter ihr her. Als sie das Hotel hinter sich gelassen hatten und um die nächste Kurve bogen, sah man es: Ein Stück weit entfernt stand, leicht erhöht, ein rechteckiges Häuschen, das im Sonnenlicht glitzerte und funkelte.

Trond schaute ungläubig auf das kleine Gebäude.

Die Wände bestanden aus weißem und grünem Glas, doch nicht aus großflächigen Glasscheiben. Stattdessen waren Tausende von Flaschen darin verbaut worden. Die Flaschenböden strahlten ein flimmerndes buntes Licht aus, und an der Längsseite des Hauses waren aus rotem Glas zwei Sterne geformt worden – als Gruß aus der Arktis an den roten Stern, der auf dem Platz vor dem Kreml damals geleuchtet hatte.

»Unglaublich! Das sind ja alles Flaschen!«

Trond musste sich offenbar zusammenreißen, um nicht allzu enthusiastisch zu klingen. Der Anblick des ungewöhnlichen Gebäudes schien ihn komplett gefangen zu halten.

Frida drehte sich zu ihm um und nickte.

»5308 Stück. In Weiß, Grün und Rot. Erbaut im Jahr 1983.«

»Sind das alles Wodkaflaschen?«

Wieder nickte Frida. »Von selbstlosen Bewohnern von Pyramiden im Dienst der guten Sache geleert. Sie haben hier eine Party Location erbaut. Psychedelisch, könnte man sagen.«

Die beiden hatten nun das Flaschenhaus fast erreicht.

»Hier haben sie ihre kleineren, intimeren Feiern abgehalten. Große Feste wurden im Hotel und im Kulturhaus veranstaltet, habe ich mal gelesen.«

»Wo ist denn die Tür?«, fragte Trond.

»Auf der anderen Seite. Ist aber abgeschlossen.«

Da schlug Tika wieder an und bellte so laut, dass es wohl in ganz Pyramiden zu hören war. Frida und Trond tauschten unsichere Blicke aus.

Als sie um die Ecke bogen und die Stirnseite des kleinen Hauses erblickten, blieben sie wie angewurzelt stehen.

Die türkisfarbene Holztür stand sperrangelweit offen.

Frida nahm ihr Gewehr von der Schulter, entsicherte es und legte es an.

»Ist da jemand?«, schrie sie, während sie sich langsam auf die Tür zubewegte.

Trond folgte ihr auf den Fersen. Nichts passierte.

Die Musherin schob sich langsam immer näher auf die offene Tür zu. Tika bellte, Trond gab ihr von hinten Deckung.

Als Frida den Eingang erreicht hatte, schaute sie durch die Tür ins Innere.

»Niemand.«

Trond spähte über ihre Schultern in den nördlichsten Partykeller der Welt.

Innen war alles in Türkis gehalten. Auf der linken Seite stand eine lange türkis gestrichene Holzbank, rechts eine etwas schmalere Bank in derselben Farbe, dazu ein langer Tisch in Türkis.

»Schau mal, da!«

Erst auf den zweiten Blick entdeckten sie ganz hinten auf dem Boden eine Isomatte mit einem Schlafsack.

»Da hat jemand im Partyraum der Geisterstadt allein gefeiert und dann gleich hier übernachtet.«

Frida seufzte und versuchte ihre Hündin zu beruhigen, die nun aufgehört hatte zu bellen. Trond untersuchte in der Zwischenzeit das provisorische Lager. Er war neben der Matte in die Hocke gegangen und sah die wenigen Sachen durch, die daneben lagen. Er zog sogar einen leeren Pappteller unter dem Schlafsack hervor.

»Da hat er wohl ein Abendessen eingenommen, vermutlich von den Sachen, die wir im Spind der Schwimmhalle gefunden haben.«

»Wenn es überhaupt ein Er war«, gab Frida zu bedenken.

Trond nickte, erhob sich und rieb seine schmerzenden Oberschenkel.

»Möglicherweise nachdem er oder sie die Mumie in die Kühltruhe verfrachtet hatte ... Obwohl – das schafft keine Frau, es war selbst für einen Kerl schon nicht leicht.«

»Du glaubst, dass er diese Matte dafür verwendet hat?«

Trond nickte heftig.

»Daran kann meines Erachtens kein Zweifel bestehen.«

Trond zog sein Handy aus der Tasche.

»Die Mumie war eher zierlich«, sagte er. »Ein Asiate, wie sich herausstellte. Wir wissen immer noch nicht, um wen es sich handelt. Vielleicht hast du ihn schon mal gesehen? Der Sysselmann jedenfalls kannte ihn nicht. Hätte ich längst mal drauf kommen können, dir das Bild von der Leiche zu zeigen ...«

Trond durchsuchte die Fotogalerie auf dem Gerät. Endlich hatte er das Bild der ausgewickelten Leiche gefunden und hielt es ihr hin.

Frida trat aus dem dämmrigen Licht des Flaschenhauses, um

sich das Foto im hellen Sonnenschein genauer anzusehen. Es dauerte keine fünf Sekunden, bis sie nickte.

»Sicher kenne ich den. Das ist Ma-Prangs Schwiegersohn!«

Tronds Augenbrauen rutschten nach oben.

»Der immer wieder verschwindet, um laut seiner Schwiegermutter Böses zu tun?«

Frida reichte ihm das Handy zurück und sah ihm in die Augen.

»Genau der.«

24

Es war weit nach Mitternacht, und die Sonne stand schief am Himmel und hatte dennoch eine Strahlkraft, die jedem Arktis-Neuling problemlos hätte vorgaukeln können, es sei zwölf Uhr mittags.

Nur die müden Gesichter im Büro des Sysselmanns verrieten, dass man zu dieser Stunde besser längst das wärmende Bett hätte aufsuchen sollen, um in einen wohltuenden Schlaf hinabzutauchen.

Mette Møller hatte eine Decke über die erschöpfte Ingvild gebreitet, die auf dem Sofa eingenickt war. Dann hatte sie sich an den Schreibtisch gesetzt und zwei Aktenordner herausgesucht, die sie jetzt gründlich studierte.

Oleg Kalinin war hinunter zum Hafen gefahren, um Trond und Frida in Empfang zu nehmen.

Der Konsul-Dichter aus Barentsburg, Dima Assomow, hatte ihn angerufen und ihm Bescheid gegeben, dass der Katamaran nach dem Sturm endlich in Pyramiden gelandet war und demnächst mit den beiden an Bord in Longyearbyen anlegen würde.

Außerdem hatte der Pfarrer, Morten Hagebak, bei Mette angerufen und sich erkundigt, ob er trotz der fortgeschrittenen Stunde ins Büro des Sysselmanns kommen könne, es sei dringend.

Jetzt war es ganz still im Zimmer. Mette Møller hatte ein Papier aus dem Ordner genommen und tippte etwas in den Computer.

Von Zeit zu Zeit warf sie einen Blick auf die schlafende Ingvild, deren Verzweiflung und Anspannung irgendwann gekippt waren und sie in einen koma-ähnlichen Schlaf katapultiert hatten, aus dem sie nicht so schnell wiederauftauchen würde. Zumindest hätte Mette das sehr gut verstanden und es ihr auch gewünscht.

Die Sorge um das eigene Kind, das verschwunden war, drückte einem die Luft weg und sog einen in einen Schlund beklemmender Ängste, aus denen es keinen Ausweg zu geben schien.

Wer vergreift sich an einem wehrlosen Kind?

Was sie, je länger sie darüber nachdachte, zunehmend nervös machte, war, dass sie Longyearbyen bisher für eine halb verschlafene, halb feiersüchtige Siedlung sympathisch eigenwilliger, aber harmloser Einwohner gehalten hatte, die sich vorübergehend in dieser eher menschenfeindlichen Umgebung angesiedelt hatten.

Stimmte dieser Eindruck wirklich oder war die Realität weniger pittoresk und romantisch – vielleicht trug sie sogar gemeine und hässliche Züge, die Mette seit ihrer Ankunft im letzten Herbst nie wahrgenommen hatte?

Die Menschen hatten aus allen Ecken dieses Erdballs genau hierher gefunden, um friedlich und in Harmonie unter dem Nordpol ihre Zelte aufzuschlagen. Sie alle waren von dem berühmten Svalbard-Virus infiziert, wie sie es liebevoll und auch ein bisschen stolz nannten, der sie in Eis und Schnee alle gleichmachte. Spitzbergen war ein sicherer Ort, der keine nennenswerte Kriminalität kannte. Sechzehn Anzeigen hatte es im letzten Jahr gegeben, davon drei Ladendiebstähle, während Kreuzfahrtschiffe vor Anker lagen, eine glimpfliche Körperverletzung im Zuge einer feuchtfröhlichen Party im *Carlsberg Pub* und zwei Verstöße gegen das Betäubungsmittelgesetz – plus das Verschwinden von zehn Paar sorgfältig abgestellten Stiefeln, die aus öffentlichen Räumen stibitzt worden waren.

Zwar hatten die Morde im Januar diese schöne Statistik, die einmalig auf der Welt sein musste, in Schieflage gebracht, aber Mette wusste, wer dafür verantwortlich gewesen war, und mochte diese Mordfälle offiziell nicht dazuzählen.

Das gefährlichste Tier in diesem Dorf war bisher nicht wie sonst der Mensch gewesen, sondern der Eisbär, wenn er gelegentlich auftauchte und, vom Hunger getrieben, die Müllcontainer des Dorfes durchsuchte.

Und nun das. Eine nicht identifizierte Leiche, ein verschwundener Koch und ein kleines Kind, das man offenbar entführt hatte.

Mette hörte ein Auto und kurz darauf die Tür. Sie stand auf und ging ihren Besuchern entgegen, die sich im Flur schon die Schuhe auszogen und die Jacken an die Garderobe gehängt hatten.

Sie begrüßte Trond und Frida mit ihrer Husky-Hündin und führte sie in ihr Büro.

Ingvild sprang sofort auf und fiel ihrem Vater in die Arme. Trond drückte sie liebevoll und strich ihr beruhigend übers Haar. Er flüsterte ihr etwas ins Ohr. Oleg Kalinin hatte sich an den Türrahmen gelehnt und wartete. Mette bedeutete ihm, sich zu ihnen zu setzen.

Dann eröffnete der Sysselmann die Runde. Mette Møller hatte sich Notizen gemacht, um nichts zu vergessen oder zu übersehen. Sie wollte jeden einzelnen Punkt besprechen.

Ragnar, ihr Stellvertreter, hatte vor ein paar Minuten belegte Brote und frischen Kaffee in der Küche zubereitet und als Mitternachtssnack hereingebracht.

»Was der Pfarrer wohl will? Ist er denn schon angekommen?«, fragte sie ihren Kollegen. Der schüttelte den Kopf und stellte die Brote auf den Tisch.

Mette bat alle, sich zu bedienen, was dankbar angenommen wurde.

Sie wollte gerade Trond und Frida über die Umstände des Verschwindens von Bjarne informieren, als der Ex-Kommissar sie mit der Identifizierung des Toten aus Pyramiden überraschte.

»Frida hat ihn sofort erkannt«, sagte er.

Und die Musherin fuhr fort: »Ja, es ist der Schwiegersohn von Ma-Prang. Wie er heißt, weiß ich leider nicht, aber ich habe ihn öfters bei ihr im Laden gesehen, und sie hat mir gesagt, wer er ist.«

Mette drehte sich um und rief nach ihrem Kollegen. Der war in der kleinen Küche direkt neben dem Büro mit dem Abspülen beschäftigt und erschien auf der Stelle.

»Ragnar, wärst du so nett und würdest Ma-Prangs Familie benachrichtigen? Sie sollen sich bereithalten und einer von euch könnte sie abholen. Das wäre vielleicht am besten.«

Der große Mann in der Polizeiuniform stand verlegen im Raum.

»Jetzt?«

Mette schaute ihn verblüfft an.

»Sicher. Warum nicht?«

»Es ist gleich halb zwei. Nachts, meine ich.«

Mette schlug sich mit der Hand an die Stirn.

»Natürlich. Das hatte ich glatt vergessen. Kein Wunder, das ist ja mein erster Sommer hier oben und mir kommen allmählich die Koordinaten abhanden. Gut, dann warten wir besser bis zum Morgen, auch wenn der keinen Deut anders aussieht als die Nacht.«

Trond mischte sich ein. »Kann ich jetzt bitte genau wissen, was sich mit Bjarne zugetragen hat?«

Mette erzählte es ihm, während Ingvild wieder begonnen hatte zu schluchzen. Oleg hielt ihre Hand fest.

»Und die Mutter von Bjarnes Freund ist sich sicher, dass dieser Mann *Askeladden* gerufen hat?«

Seine Tochter nickte vehement.

»Wer weiß von diesem Spitznamen, Papa?«, fragte sie ihn.

Trond hatte seine Brille abgenommen und drehte sie in den Händen.

»Ich muss darüber nachdenken. Eigentlich war ich der Meinung, nur wir aus der Familie. Ich bin mir noch nicht einmal sicher, Oleg, dass du diesen Namen kennst.«

Der Ukrainer schüttelte den Kopf.

Trond überlegte.

»Aber vielleicht habe ich ihn in der Kita mal so gerufen?«

»Beim Abholen?«, fragte Mette nach.

Trond zuckte die Schultern. »Möglicherweise. Ich kann es nicht hundertprozentig ausschließen.«

Ingvild putzte sich die Nase und setzte sich auf.

»Du warst doch beim Ausflug der Kinder im Frühjahr als zusätzliche Aufsichtsperson dabei ... Weißt du noch, der mit den Huskys, den Hulla organisiert hat. Da könntest du Bjarne so gerufen haben. Wer könnte das mitbekommen haben?«

»Und wer würde ein Kind auf diese perfide Weise zu sich locken – und vor allem zu welchem Zweck?«

Mettes klare Stimme übertönte die anderen. Alle schauten auf den Sysselmann. Nach ein paar Sekunden räusperte sich Trond und ergriff wieder das Wort.

»Das habe ich mich auch die ganze Zeit gefragt, seit ich von seinem Verschwinden erfahren habe. Wer entführt einen kleinen Jungen hier am Nordpol? Es könnte höchstens ein Ablenkungsmanöver gewesen sein.«

»Wovon denn?« Frida hatte diese Frage gestellt, und sie formulierte noch eine zweite: »Und wer soll abgelenkt werden?«

Doch die Antwort gab sie sich gleich selbst: »Das Ziel bist eindeutig du, Trond.«

Der Ex-Kommissar schien nachzudenken. Dann drehte er sich wieder zu seiner Tochter.

»Ingvild, du sagtest eben, die Kinder waren während des Einkaufs nicht mit Filips Mutter im Supermarkt, sondern haben draußen gespielt.«

Ingvild nickte.

»Dabei müssen sie beobachtet worden sein«, fuhr er fort. »Der Mann hat die beiden Jungen beim Ballspiel gesehen, und dann ist ihm die Idee gekommen. Es war ein spontaner Entschluss, meinen Enkel zu entführen. Oder hat dieser Van die drei schon von der Kita aus verfolgt?«

Mette antwortete: »Nicht, dass wir wüssten. Und es wäre wirklich schwer, ein Auto, das einem folgt, auf unseren wenigen leeren Straßen zu übersehen. Das würde ich ausschließen.«

Trond wandte sich nun etwas ungeduldig an Mette.

»Dann solltet ihr morgen früh ganz schnell abklären, wer in den Läden rund um den Supermarkt während der Zeit von Vigdis' Einkauf von wem Besuch hatte. Wer etwas angeliefert bekam, was auch immer. Oder Kundschaft. Wir brauchen eine Liste dieser Leute und aller neuen Besucher, die in den letzten Tagen hier aufgetaucht sind. Sie alle könnten etwas damit zu tun haben.«

Da meldete sich Oleg zu Wort.

»Ich hatte heute einen neuen und ungewöhnlichen Gast.«

Er erzählte kurz von seiner Longyearbyen-Tour mit der merkwürdigen Deutschen, die er bei Hulla kennengelernt hatte.

»Das muss dieselbe sein, die wir vom *Huset* aus mitgenommen haben und die so unfreundlich war«, warf Trond ein.

Mette nickte. »Die mit der leuchtenden Weste und den roten Stacheln auf dem Kopf.« Sie erinnerte sich genau.

»Stimmt«, erwiderte Oleg. »Unsere harmlose Tour durchs Städtchen, die sie bei mir gebucht hatte, nahm eine unerwartete Wendung, als wir bei Fang Lis Pension anhielten und mein Fahrgast ein paar Fotos vom Haus geschossen hat. Dabei wurde dann auf uns geschossen. Man wollte uns offenbar schnell loswerden.«

Oleg beschrieb, wie die Chinesin sie bedroht hatte und wie sie umgehend das Weite gesucht hatten.

»Jetzt sehe ich diese Aktion in einem ganz anderen Licht«, schloss er. »Vielleicht hatte Fang Li etwas zu verbergen, oder was meint ihr?«

Mette machte sich eine Notiz.

In dem Moment hörten alle ein Auto, das vor dem Büro des Sysselmanns hielt.

Trond schaute überrascht auf. »Bekommen wir in den frühen Morgenstunden etwa noch Besuch?«

Auch Mette schien überrascht.

Wenig später flog die Tür auf und Pfarrer Hagebak stand im Raum.

»Ach, Morten! Dich hatte ich fast vergessen. Entschuldigung.«

Mette streckte ihm eine Hand entgegen.

Der Pfarrer, der Trond bei ihrer letzten Begegnung noch an einen freundlichen Troll erinnert hatte, wirkte nun alles andere als freundlich.

Panik stand in seinen Augen. Er schaute wortlos von einem zum anderen, wühlte mit seinen Fingern in den wirren Locken, und alles Blut war aus seinem sonst so lebhaften Gesicht gewichen. Schließlich suchte er nach Worten.

»Ich wollte vorhin noch etwas in meinen Papieren überprüfen, was uns vielleicht weiterhelfen könnte …« Er brach ab.

Mette ging zu ihm und fasste ihn an der Schulter.

»Morten, hast du etwas gefunden?«

Der Pfarrer schüttelte fassungslos den Kopf.

»Ich hatte ewig nicht mehr in diese Unterlagen geschaut, und jetzt …«

»Was – und jetzt?« Trond war nun ebenfalls aufgestanden und auf ihn zugegangen.

»Ist es nicht mehr da.«

Morten Hagebak starrte erst ihn an, dann fiel sein Blick auf Mette.

»Es ist ein Foto. Das Foto ist weg. Das Foto, das wir vor etwa fünf Jahren von einer Schlepperbande in Zentralasien gemacht haben, nachdem wir eine Gruppe Flüchtlinge vor dem sicheren Tod gerettet hatten. Bevor man die Verbrecher abgeführt hatte, die sicher bald wieder freigelassen wurden, nachdem Geld geflossen war – was ja leider oft der Fall war. Das Foto war zu Dokumentationszwecken für unsere UN-Mission gedacht. Seit dem Verschwinden von Pat ging es mir nicht mehr aus dem Kopf. Ich war sicher, dass mir jemand auf dem Bild irgendwie bekannt vorgekommen war, dass ich das aber ausgeblendet habe. Und ich wollte nachsehen. Aber das ist noch nicht alles …«

Jetzt standen auch Frida und Oleg auf und traten neugierig an den Pfarrer heran. Sie bildeten einen kleinen Kreis um ihn. Nur Ingvild blieb erschöpft sitzen.

»Was noch?«

»Ich hatte unten in der Schublade in unserem Waffenschrank eine Faustfeuerwaffe, meine Pistole. Das wusste außer mir aber niemand. Ich habe mich schon vorgestern gewundert, dass am Schrank irgendwas anders war, hab es dann aber vergessen. Nun habe ich noch einmal genau nachgeschaut, auch nach der Pistole. Sie ist nicht mehr da.«

25

Trond hatte Mette Møller um ein Gespräch unter vier Augen gebeten. Etliche Dinge, die ihm aufgefallen waren, ließen ihm einfach keine Ruhe. Unterdessen brachte Oleg Ingvild nach Hause und blieb bei ihr, damit sie sich ausruhen konnte, während er wachte. Der immer noch verstört wirkende Pfarrer Hagebak zog sich ebenfalls nach Hause zurück.

Ragnar, Stellvertreter des Sysselmanns, war mit einem Kollegen zu Fang Li aufgebrochen, um sich dort umzuschauen. Natürlich hatten sie keinen Durchsuchungsbefehl. Hatte es auf Spitzbergen jemals Durchsuchungsbefehle gegeben? Ragnar, der seit fast zehn Jahren auf Svalbard tätig war, konnte sich nicht daran erinnern, sagte er. Auf Svalbard gab es nichts zu durchsuchen, und wenn doch, dann klärte man das freundlich und nachbarschaftlich, mit »polarer Etikette«, wenn es so etwas gab. Wer wollte hier etwas verbergen?

Sollte es Probleme geben, hatte Mette Møller ihrem Kollegen eingeschärft, dann möge er sich umgehend bei ihr melden und sie würde auf der Stelle zu ihm hinausfahren.

Frida hatte sich mit Tika ebenfalls verabschiedet. Es ging nun auf drei Uhr morgens zu und sie brauchte dringend Schlaf.

Sie hob die Hand. »Bis morgen!« Dann grinste sie müde. »Quatsch, morgen ist ja heute und schlafen tun wir zwischendurch – also bis später!«

Trond lächelte sein leicht spöttisches Lächeln.

»Ja, die Zeit scheint sich um uns herum allmählich aufzulösen.«

Wenig später saßen Trond und der Sysselmann allein im Büro. Mette wirkte etwas ungeduldig. Sie rutschte auf dem Sessel herum.

»Worum geht es?«

Trond wollte keine Zeit verlieren. Er setzte sich aufrecht hin.

»Das frage ich mich schon die ganze Zeit, Mette, und versuche eine Antwort darauf zu finden. Worum geht es hier?«

Sie biss sich auf die Unterlippe, und dann stellte sie endlich ihre Frage.

»Was habt ihr in Pyramiden gefunden? Ihr habt etwas gefunden, da bin ich mir sicher.«

Trond überlegte, wie er es am besten formulieren sollte.

»Es hält sich jemand dort auf, der in der Geisterstadt nichts zu suchen hat«, antwortete er schließlich. »Wahrscheinlich versteckt er sich dort.«

»Wie meinst du das?«

Trond erzählte ihr von den frischen Lebensmittelvorräten, die sie in der Schwimmhalle entdeckt hatten.

»Ausgerechnet in der Schwimmhalle? Salami, Käse und Gürkchen?«

Mette klang eher ungläubig als alarmiert.

Trond strich sich, wie es seine Gewohnheit war, über seine graumelierten kurzen Haare. Den Rucksack mit den Pässen sparte er sich noch auf.

»Er oder sie scheint im Flaschenhaus zu schlafen.«

Der ehemalige Kommissar berichtete ausführlich von der verlassenen Schlafstätte, die sie dort gefunden hatten.

»Ich habe das Flaschenhaus noch nie gesehen. Kann man da einfach so reinspazieren? Ich dachte, das wäre abgeschlossen?«, fragte Mette, sie klang neugierig.

Trond zuckte mit den Schultern.

»Das sollten wir Dima fragen, der müsste es wissen. Ich würde vermuten, nein. Aber ich konnte das Schloss nicht mehr untersuchen. Als wir den Katamaran hörten, sind wir schnell zum Kai hinunter gerannt, damit er nicht ohne uns abfährt. Die Tür zum Flaschenhaus stand offen, als wir dort ankamen, aber gesehen haben wir niemanden. Allerdings hat Tika mehrfach angeschlagen, und Frida ist sich sicher, dass dort etwas ist, was nicht dort hingehört. Gesehen haben wir allerdings nichts.«

Mette hatte die Arme verschränkt und sich zurückgelehnt, als könnte sie sich so besser konzentrieren.

»Das ist in der Tat merkwürdig. Warum sollte sich jemand ausgerechnet in dieser Geisterstadt verbergen wollen?«

»Warum sollte jemand in einer Geisterstadt eine Leiche in eine Kühltruhe legen?«, fragte Trond zurück. Er schaute Mette Møller aufmerksam an, als suchte er in ihrem Gesicht eine Antwort darauf.

Der Ex-Kommissar war sich seit dem Fund der Pässe nicht mehr sicher, was bei ihr wirklich echt und was gespielt war. Über solche Machenschaften, die der Fund der Pässe suggerierte, wusste man doch als Sysselmann Bescheid, oder nicht?

Nach einem kurzen Moment fuhr er fort: »Ich meine, warum hat er sich diese Mühe gemacht? Schließlich gäbe es hier in der Umgebung sicher genügend Ort, wo man eine Leiche deponieren könnte, auf die man nicht so schnell käme. Stillgelegte Gruben, zum Beispiel. Warum sich erst mit einem Leichnam im Rucksack nach Pyramiden begeben? Das ist unverhältnismäßig aufwendig.«

Mette wiegte ihren Kopf nachdenklich.

»Es sei denn, man würde erst dort zu einer Leiche. Das wäre eine Erklärung. Und der Schlafsack mit der Verpflegung gehörte Ma-Prangs Schwiegersohn, der sich dort verbarg und dann getötet wurde.«

Trond stimmte ihr zu.

»Ja, das wäre eine mögliche Erklärung.«

An dieser Stelle erzählte er dem Sysselmann, was Frida ihm über diesen Mann und seine geheimnisvollen Aktivitäten berichtet hatte.

»Ma-Prang selbst hat ihr erzählt, er tue Böses. Was auch immer sie darunter versteht. Wir sollten wirklich schnell mit Ma-Prang reden, Mette. Das wollte ich schon, bevor ich nach Pyramiden aufgebrochen bin. Da habe ich sie aber nicht angetroffen. Stattdessen bin ich auf diesen zwielichtigen Chinesen gestoßen, der mir wenig überzeugend mitteilte, sie sei plötzlich erkrankt.«

»Xan Ling?«

Trond nickte.

»Zu dem habe ich übrigens noch etwas Interessantes gefunden. Es hat mir keine Ruhe gelassen, nachdem du mich nach ihm gefragt hast.«

Mette Møller stand auf und ging zu ihrem Schreibtisch. Sie zog unter den Papieren, die dort lagen, ein paar kopierte Blätter hervor. Die reichte sie Trond, der sie sofort überflog.

»Das ist eine Kopie von seinem Reisepass. Es ist ein amerikanischer Pass. Aber Xan Ling wurde in China geboren. Wir kopieren alle Pässe von Leuten, die länger hierbleiben. Besonders wenn sie nicht aus Norwegen stammen. Seite eins und zwei mit seinen Daten sind unauffällig. Interessant wird es ab Seite vier, wo die Stempel von Ein- und Ausreisen zu sehen sind.«

Auf Seite vier erkannte Trond bunte Schriftzeichen, die er nicht lesen konnte. Das Kleingedruckte auf Englisch war zum Teil verschmiert und schwer zu entziffern.

»Um welche Länder handelt es sich?«

Er tippte mit dem Zeigefinger auf ein paar Stempel.

»Das eine ist Tadschikistan. Dann haben wir noch Afghanistan, Malaysia, Russland, den Irak und, warte mal, ich glaube, Indonesien.«

Mette warf ihm einen triumphierenden Blick zu.

»Ach?«

»Geh mal auf die letzte Seite. Da ist der interessanteste Stempel. Kurz bevor er hierherkam.«

Trond beugte sich über die letzte Seite. »Ach! Ich wusste gar nicht, wie die aussehen.«

»Ein Stempel aus den Niederlanden«, sagte Mette. »Amsterdam. Nüchterner Stempel. Mit einem stilisierten Flugzeug.«

Er legte die Kopien auf den kleinen Tisch vor sich und schaute sie an.

»Wo wir von Pässen reden … Wir sind an dem Ort, wo wir die frischen Lebensmittel gefunden haben, auch auf einen Rucksack gestoßen. Der enthielt keine Dauerwurst, sondern fünfundzwanzig Pässe. Und zwar aus asiatischen Ländern. Was sagst du dazu?«

Mette starrte ihn ungläubig an. Alle Farbe war aus ihrem Gesicht gewichen.

Trond atmete tief ein, dann wieder aus und wartete auf eine Antwort auf seine Frage. Aber es kam nichts.

Schließlich ergriff er wieder das Wort. »Mette. Wir haben einen Toten, ein Kind, das verschwunden ist, und einen weiteren Menschen, der vermisst wird. Und dann finden wir Pässe von hoffentlich noch lebenden Menschen, die aus weit entfernten Ländern stammen. Das hängt für mich alles zusammen. Das muss zusammenhängen!«

Seine Stimme, die er so gut wie nie erhob, wurde mit einem Mal laut. Es lag auch die Verzweiflung darin, die von den Sorgen um seinen Enkel Bjarne genährt wurde.

Mette Møller stand auf und begann wieder im Raum auf und ab zu laufen.

»Entschuldige, Trond, aber ich bin geschockt. Das, was du mir über die Pässe erzählt hast, erschüttert mich zutiefst. Das deutet meines Erachtens auf ein massives Verbrechen hin.«

Sie blieb keine Sekunde stehen, als würde sie von etwas angetrieben, das komplett Besitz von ihr ergriffen hatte.

»Es sieht für mich nach organisiertem Verbrechen aus«, sagte Trond. »Ich habe durch die furchtbare Sache mit meinem Enkel völlig vergessen zu erwähnen, was Frida mir in Pyramiden erklärt hat.«

Er griff nach seinem Handy, suchte die Fotografie der Kinderzeichnung und hielt sie ihr hin.

Nun war Mette stehen geblieben und schaute ihn verblüfft an.

»Was ist das für eine Zeichnung?«

Sie hatte die Stirn gerunzelt.

Er stand auf und zeigte sie ihr von Nahem.

»Unser Koch Pat hat sie laut Aussage von Siris Sohn Sverre auf sein Handy geschickt bekommen. Ich hab dir schon davon erzählt«, sagte er zu ihr und tippte mit dem Finger auf die krude Zeichnung. »Himmel, Erde, Menschen. Das Dreieck, das seit dem späten Mittelalter für die chinesischen Triaden steht. Wusstest du das?«

Der Sysselmann verneinte.

»Ich dachte immer, das Zeichen für die wäre der Drache.«

Trond zuckte mit den Schultern und steckte sein Handy wieder ein.

»Das dachte ich auch. Aber sie verwenden wohl auch das Dreieck, das die Welt symbolisiert. Das Böse lauert überall. Auch auf Svalbard.«

Der Ex-Kommissar ließ sich mit einem kleinen Seufzen auf seinen Stuhl sinken.

»Wo sind die Pässe jetzt?«, fragte Mette.

»Ich habe den Rucksack draußen im Flur zu den Schuhen gestellt. Wir können sie uns jederzeit anschauen. Mette, bitte setz dich zu mir. Das Herumlaufen macht mich nervös. Ich möchte dir eine wichtige Frage stellen.«

Mette Møller zögerte einen Moment, ehe sie seinem Wunsch entsprach. Vorher strich sie ihren Rock glatt.

»Wie werden die Menschen registriert, die hierherkommen, um für eine begrenzte Zeit auf Svalbard zu arbeiten? Wisst ihr, wer genau auf der Insel ist?«

Mette dachte einen Moment lang nach, bevor sie antwortete.

»Sicher. Das wissen wir. Die Kontrollen sind sehr streng, schon beim Abflug von Oslo oder Tromsø. Auf die Kollegen dort ist Verlass. Es darf ja fast jeder hierherkommen, aber sie müssen vorher natürlich gültige Reisepapiere vorweisen. Danach werden alle Menschen, die hier leben und arbeiten wollen, nochmals überprüft und registriert, und sie bekommen einen Einwohnerausweis, der regelmäßig von uns abgestempelt werden muss. So haben wir genau im Blick, wer sich auf 78° aufhält.«

»Es ist eher unwahrscheinlich, dass die Menschen, deren Pässe wir jetzt gefunden haben, ganz offiziell mit einem Linienflugzeug eingereist sind«, erwiderte Trond. »Die werden auf Schiffen gekommen sein. Auf Booten, die auch nicht offiziell unten im Hafen von Longyearbyen angelegt haben.«

Wieder berichtete er von dem, was Frida gesehen hatte, dem Boot, das an einem unbeobachteten Ort geankert hatte und dann plötzlich verschwunden war, als hätte es sich über den türkisfarbenen Gletschern einfach in arktische Luft aufgelöst.

Der Gesichtsausdruck des Sysselmanns verriet eine große Anspannung und auch, wie Trond zu entdecken glaubte, unterdrückte Wut.

Schließlich räusperte sich Mette Møller und reagierte auf das, was sie eben von Trond erfahren hatte.

»Darüber bin ich nicht informiert. Das musst du mir glauben. Du weißt ja, dass ich gerade mal drei Monate, bevor du hierherkamst, meinen Dienst angetreten habe. Ich wurde genau gebrieft, was mögliche Geheimdienstaktivitäten betrifft, aber kriminelle Machenschaften wie Menschenhandel oder illegale Arbeitsverhältnisse, darüber weiß ich nichts.«

Trond war sich nicht sicher, ob er weiter nachhaken sollte.

Versuchte Mette, die er eigentlich mochte und der er, nach ihrer Zusammenarbeit bei den Mordfällen im Januar, durchaus vertraute, versuchte sie etwa, ihn hinters Licht zu führen und Dinge zu verheimlichen? Oder ahnte sie tatsächlich nichts von diesen Verbrechen direkt vor ihrer Nase im überschaubaren Longyearbyen?

Aber er hatte sehr wohl gespürt, wie ehrlich entsetzt sie über das Verschwinden von Bjarne war. Er konnte sich nicht vorstellen, dass sie etwas verbarg, nur weil es ihre Kompetenz oder ihre Integrität in Zweifel zog. Dafür hielt er sie für zu aufrichtig.

Er mochte jedoch nicht ausschließen, dass sie unter Umständen dazu neigte, vor eher unangenehmen Dingen die Augen zu verschließen, bis sie sich möglicherweise von selbst erledigt hatten.

Neigten Samen etwa zu diesem Verhalten? Er wusste es nicht, denn er hatte nie jemanden aus dieser ethnischen Gruppe näher kennengelernt.

Wie prägte das uralte Nomadenleben der Vorfahren einen Menschen heute, der nicht mehr als Rentierzüchter durch die Tundra zog, sondern stattdessen den höheren Polizeidienst in einem Staat gewählt hatte, der das eigene Volk bis vor gar nicht langer Zeit unterdrückt hatte? Wie steckte man offene Diskriminierung weg, die in Mettes Kindheit in Nordnorwegen noch an der Tagesordnung war? Indem man die Augen schloss und so tat, als wäre nichts gewesen? Einfach um zu überleben und nicht vor die Hunde zu gehen?

»Was sind das für Unterkünfte, in die ich da mit Frida geraten bin? Wer lebt dort und wer arbeitet fast unsichtbar überall in den Hotels und Kneipen von Longyearbyen?«, fragte Trond.

»Das sind Menschen aus der ganzen Welt. Sie haben aufgrund des Spitzbergenvertrags jedes Recht, sich hier aufzuhalten, solange sie keine Sozialleistungen in Anspruch nehmen müssen und sich selbst versorgen können.«

Er schaute sie skeptisch an.

»Und sie haben frei gewählt, unter diesen menschenunwürdigen Bedingungen hier zu leben?«

Mette strich sich eine Haarsträhne, die sich aus ihrem Dutt

gelöst hatte, aus dem Gesicht. Sie wirkte auf einmal müde, und das war kein Wunder, denn es war nach drei Uhr morgens und die Sonne draußen strahlte hochmütig hoch und gnadenlos vom Himmel.

»Ich weiß es nicht, Trond«, entgegnete sie sehr leise.

»Damit sie möglichst viel Geld zusammenraffen können, um es an ihre hoffnungsvoll wartende hungernde Familie nach Hause zu schicken? Eine einmalige Chance für alle, die nicht das Glück hatten, wie du und ich nur ein Stück südlich von hier geboren worden zu sein und aufzuwachsen.«

Trond hatte das Letzte mehr zu sich selbst gesprochen.

Dann setzte er sich plötzlich auf und und schlug mit beiden Händen leicht auf die Tischkante, als hätte er sich entschlossen, sie nun beide aufzuwecken.

»Aber darum geht es hier nicht. Hier gibt es offenbar Leute, die von genau dieser Not solcher Menschen profitieren. Die absahnen, die abkassieren, die das Leid für sich auszunutzen wissen und die Angst mit Kronen aufwiegen, sodass sie ihnen selbst genug Geld in die Taschen spült. Die das Elend fortschreiben und es für eine normale menschliche Grundausstattung verkaufen. Sie verlangen Schweiß und Selbstverleugnung und sind lediglich bereit, sie mit kleiner Münze abzugelten.«

Trond und Mette sahen sich an. Mette nickte. Plötzlich war sie hellwach und setzte Tronds Monolog fort.

»Das sind Menschen, die nicht einmal vor dem Urvertrauen und der Unschuld von Kindern zurückschrecken, sondern sie für ihre Zwecke missbrauchen. Menschen, die morden.«

»Und die nicht zögern werden, wieder zu morden.«

Trond merkte, dass Übelkeit in ihm hochkroch. Er dachte an Bjarne, der in diesem Moment irgendwo allein und verlassen gefangen gehalten wurde.

26

Ragnar und sein Kollege fuhren am Adventfjord entlang in Richtung Observatorium. An dieser Straße lag die Pension von Fang Li, ungefähr drei Kilometer vom Zentrum des Ortes entfernt.

Das zweistöckige weiße Gebäude war ursprünglich für einen anderen Zweck gebaut worden. Heute diente es als Unterkunft für die Touristen, die immer zahlreicher nach Svalbard kamen, um die Arktis hautnah zu erleben. Ragnar wusste, dass man in diesem Haus eine Werkstatt für Grubenfahrzeuge untergebracht hatte, ehe es mitsamt den Nebengebäuden im Jahr 2016 den Besitzer wechselte. Das Geschäft mit der Kohle rentierte sich nicht mehr und die Gruben wurden nach und nach stillgelegt. Die staatliche Kohlenkompanie *Store Norske*, der in diesen Zeiten fast alles hier gehörte, stieß auch diese Immobilie ab. Irgendeine Hotelgruppe aus Europa habe das Gebäude übernommen, hieß es damals, Genaues wusste niemand und es kümmerte auch niemanden.

Hier wechselte vieles über Nacht den Besitzer.

Die Zehnerjahre waren auf Svalbard ein bisschen wie einst der Wilde Westen, nur dass es hier der »Wilde Norden« war.

Kurz darauf erschien eine Truppe Bauarbeiter internationaler Herkunft und verwandelte die ehemalige Garage für schwere Grubengerätschaften in eine moderne Unterkunft für an der Arktis Interessierte.

Zahlreiche Häuser in Longyearbyen erfuhren in diesen Jahren ein ähnliches Schicksal. Doch es hätte schlimmer sein können – dafür musste man sich nur die Geisterstadt Pyramiden anschauen, das halb verrottete arktische Loch mit den zugeschissenen Fenstern.

Auch Barentsburg konnte eine solche Zukunft noch bevorstehen, wenn dort über kurz oder lang die Grubenlampen erloschen, weil die Minen nicht mehr genug förderten und die Klimakrise diese Entscheidung beschleunigte. Dima Assomow hatte jedoch von Longyearbyen gelernt und arbeitete schon heute daran, auch die russische Siedlung für Besucher attraktiv zu machen. Es gab dort für die Touristen Wodka-Verkostungen, Samowar-Romantik und Troikas, die zu Melodien aus Doktor Schiwago durch die Schneewüste glitten und mit Glöckchen an den Pferdehälsen vorsowjetische Freuden heraufbeschworen.

Nach der Sanierung und Neueröffnung hatte die Chinesin Fang Li die Leitung des Hotels übernommen. Sie trat als Geschäftsführerin auf, auch wenn sie nicht die Eigentümerin war. Sie bot ihren Gästen Husky-Fahrten und andere Ausflüge an, und im Sommer stand auch Pyramiden auf der Tourenliste. Dabei gelang es ihr recht schnell, sich im Ort unbeliebt zu machen.

Anfangs hatte der damalige Sysselmann wohl sehr viel von ihr gehalten. Er unterstrich das »internationale Flair«, das die Chinesin mitzubringen schien und das so wunderbar zu Longyearbyen passe. Sie habe in den Jahren zuvor schon etliche Hotels auf dem europäischen Kontinent erfolgreich geführt und zu Goldgruben gemacht. Da sei sie hier in dem Städtchen mit seiner Grubentradition doch bestens aufgehoben.

Nur hielt sie sich nicht an Absprachen und an die allgemeinen Übereinkünfte unter den Tour-Anbietern, was Preise und Service betraf. Stattdessen forderte sie von den Behörden Sonderregelungen und unterbot ihre Konkurrenten, ohne das Versprochene im vereinbarten Rahmen zu liefern.

Kurz, es gab immer wieder Streit und Beschwerden von allen Seiten, was sie jedoch nicht dazu bewegte, ihr Verhalten in irgendeiner Form zu ändern.

Im Winter hatte sie großen Unfrieden verbreitet, als man ihren Antrag auf Erweiterung ihrer Pension abgelehnt hatte. Sie hatte Mette Møller damals sogar gedroht.

Mette hatte ihr daraufhin knapp und kühl beschieden, dass sie auf diese Weise nichts erreichen, sondern sich eher in Schwierigkeiten bringen würde.

Ragnar hatte nicht die geringste Lust auf eine Auseinandersetzung mit Fang Li. Schon gar nicht nachts um drei.

Sie hielten mit dem Polizeiwagen vor dem Haus und stiegen aus. Ragnar war auch nach skandinavischen Kriterien ein großer Mann und maß um die zwei Meter, die ihm häufig dabei halfen, sich einen Überblick zu verschaffen.

Es sah aus, als würden alle schlafen, was durchaus möglich war.

Die Tür zur Pension war unverschlossen. Das war bei allen Unterkünften in Longyearbyen so üblich, damit die Gäste zu jeder Tag- und Nachtzeit ohne Probleme ihre Zimmer aufsuchen konnten.

Zwar gab es vor dem Eingang ein elektronisches Schloss, in das man einen Zahlencode eintippen konnte, doch war es augenscheinlich außer Betrieb.

Ragnar und sein Kollege betraten die winzige Lobby, die menschenleer war.

Neben einem Tisch, der als Rezeption diente und auf dem ein einsamer Laptop lag, stand ein Schild, das auf Englisch und Chinesisch den Weg zum Frühstücksraum wies. Die norwegische Sprache wurde hier nicht benutzt.

Die beiden Polizisten waren unschlüssig, was sie als Nächstes tun sollten. Sie konnten ja schlecht mitten in der hellen Nacht im Gästetrakt an alle Türen klopfen. Und wo sich Fang Lis Privaträume befanden, war ihnen nicht bekannt.

An der Wand hinter der Rezeption hing eine große gerahmte Fotografie, die einen strahlend blauen Himmel zeigte. Darunter stand auf einer dicken Schneedecke das weiße Gebäude des Hotels, und davor hatten sich drei Menschen aufgestellt, die sich an den Händen hielten und in die Kamera schauten. Sie hatten alle verdammt ernste Mienen.

Eine der drei war Fang Li, die beiden Männer links und rechts von ihr kannte Ragnar nicht, doch es waren ebenfalls Asiaten.

Der Polizist hatte schon Hunderte von solchen Aufnahmen gesehen. Hier oben wurden Selfies ohne Ende aufgenommen, und Ragnar und seine Kollegen wurden häufig von irgendwelchen Touristen gebeten, sie zu fotografieren.

Dennoch mutete ihn dieses Bild auf eine merkwürdige Weise unangenehm an.

Lag das daran, dass niemand auf dem Bild lächelte oder auch nur freundlich guckte, wie es sonst auf Fotos üblich war?

Ragnar kratzte sich ratlos hinter dem rechten Ohr. Sollten sie sich die Nebengebäude anschauen?

Sein Kollege hatte sich inzwischen hinter die Rezeption begeben und fummelte am Computer herum. Er fluchte leise vor sich hin.

In dem Moment öffnete sich die Tür zu einem Raum, an der »Privat« stand.

»Guten Abend, die Herren. Oder sagt man schon Guten Morgen?«

Es war eine Männerstimme und Ragnar wie sein Kollege drehten sich auf der Stelle zu der Stimme um.

Xan Ling, den beide kannten, stand vor ihnen und lächelte. Er hatte seine halblangen Haare diesmal streng nach hinten gekämmt und wirkte dadurch fremd.

Ragnar brauchte einen Moment, um ihn richtig einordnen zu können. Für jemanden, den man mitten in der Nacht höchstwahrscheinlich aus dem Bett geholt hatte, wirkte der Chinese erstaunlich frisch und angezogen.

Er sah aus wie an einem späten Vormittag, und damit glich er als interessante Parallele den Wetterverhältnissen draußen, die morgens, mittags, abends und nachts immer gleich waren.

Vielleicht, durchfuhr Ragnar kurz der Gedanke, war Xan Ling eine Art Zombie. Nicht wirklich lebendig, aber auch nicht richtig tot. Irgendetwas dazwischen. Vielleicht sah er aber auch zu viele Horrorfilme, dachte er.

»Wie kann ich Ihnen helfen?«

Ragnar trat näher an den Chinesen heran, den er um fast zwei Köpfe überragte, und schnüffelte leicht. Der Mann hatte einen ganz besonderen, medizinisch anmutenden Geruch mit in die Lobby getragen, den Ragnar nicht identifizieren konnte, obwohl er eine sensible Nase besaß.

»Wir wollten eigentlich Fang Li sprechen, die Direktorin des Hotels.«

Xan Ling zögerte kurz und befeuchtete sich dann mit der Zunge die Lippen.

»Sie ist im Moment nicht hier. Ich vertrete sie. Worum geht es?«

Nun zögerte Ragnar. Er hatte kein Interesse, diesem Mann, der – soweit er wusste – mit dieser Gästeunterkunft nichts zu tun hatte, irgendetwas zu offenbaren. Dafür hielt er ihn für nicht vertrauenswürdig genug, auch wenn man dem Chinesen in der Vergangenheit nichts hatte nachweisen können.

»Wir möchten ausschließlich mit Fang Li reden. Wissen Sie, wo wir sie finden können?«

»Nein.«

Xan Ling verschränkte die Arme vor der Brust.

Ragnar nestelte an seiner Uniformtasche und zog schließlich sein Handy hervor.

Er suchte nach dem Foto von Bjarne, das Ingvild ihnen zur Verfügung gestellt hatte.

»Sagen Sie bitte Ihrem Kollegen, dass er kein Recht hat, sich den Computer anzuschauen. Das ist Privatbesitz, und Privatbesitz muss respektiert werden«, bemerkte Xan Ling.

Der zweite Polizist schaute überrascht auf, wich dann aber wortlos von dem Tisch zurück.

Ragnar hatte inzwischen das Bild gefunden und hielt es dem Chinesen entgegen.

»Haben Sie dieses Kind schon einmal gesehen?«

Xan Ling beugte sich leicht zum Handy, verengte die Augen ein wenig, wie es Kurzsichtige machen, um besser sehen zu können, und schüttelte dann den Kopf.

»Nein, ich kenne das Kind nicht. Ich habe nichts mit Kindern zu tun.«

Er machte einen Schritt zur Seite und schaute nun leicht gelangweilt auf die Fotografie an der Wand.

Ragnar war unschlüssig, ob er unverrichteter Dinge wieder fahren sollte.

Er wusste, dass der andere viel zu abgebrüht war, um ihm und seinem Kollegen Zugang zu den Räumen im Haus oder zu irgendeinem der Nebengebäude zu gewähren.

Kellerräume gab es nicht auf Spitzbergen, wegen des Permafrosts. Der gefrorene Boden verhinderte, dass man Fundamente ausheben konnte. Deshalb wurden sämtliche Versorgungsrohre für Wasser und Heizung oberirdisch verlegt.

Falls der Junge tatsächlich hier versteckt gehalten wurde, dann musste es in einem der Gästezimmer oder in den Privaträumen der Geschäftsführerin sein, die sich mit Sicherheit ir gendwo hier verbarg und Xan Ling vorgeschickt hatte. Oder in einem der kleineren Nebengebäude.

»Gut, dann fordere ich Sie im Namen des Sysselmanns auf, sich morgen früh, Entschuldigung, ich meine natürlich heute, um neun Uhr im Büro des Sysselmanns einzufinden. Das Gleiche gilt für Fang Li, falls Sie sie noch sehen sollten.«

Damit drehte sich der Zweimetermann um und steuerte mit seinem Kollegen auf den Ausgang zu.

Ragnar zählte im Kopf mit – eins, zwei, drei, vier, fünf …

Dann kam es.

»Und aus welchem Grund? Den müssen Sie mir nennen!«

Der Polizist feixte innerlich, ehe er sich umdrehte.

»Nein, muss ich nicht. Pünktlich um neun.«

27

Am nächsten Morgen weckte Oleg Trond kurz vor sieben auf dem Sofa. Der Ex-Kommissar hatte wegen Bjarne wach bleiben wollen, damit Ingvild sich etwas ausruhen konnte. Doch irgendwann hatte ihn die Erschöpfung übermannt, und er sank auf dem geblümten Sofa im Wohnzimmer, auf dem er es sich bequem gemacht hatte, auf die Seite.

Oleg hatte auf dem Bett neben Ingvild gelegen, als ihn der Anruf aus der Zentrale erreichte.

Jemand habe ihn dringend angefordert, um im *Munken Hotel* in Zimmer 34 eine kleine Reisetasche abzuholen, die dort fertig gepackt auf dem Bett stände, und sie hinunter zum Hafen zu bringen.

Wer denn ausgerechnet ihn dafür brauche?, platzte es sofort aus ihm heraus.

Das sei die stachlige Deutsche von gestern. Offenbar habe er ja wohl Eindruck auf sie gemacht, lachte die dänische Kollegin in der Zentrale und legte feixend auf.

Oleg war der Meinung gewesen, dass es besser wäre, Trond zu diesem Auftrag mitzunehmen. Sie mussten danach ja sowieso wegen Bjarne weiter die Augen offenhalten und mit einigen Leuten sprechen. Mit Ma-Prang zum Beispiel und auch mit den Geschäftsleuten, die ihre Läden in unmittelbarer Nähe des Supermarkts hatten. Sie würden sie nach Kunden befragen, die zum gleichen Zeitpunkt anwesend waren, als die Kinder draußen Ball spielten.

Trond hatte zwar einen pelzigen Geschmack im Mund, als Oleg ihn geschüttelt und schließlich geweckt hatte, aber nach einer knappen Katzenwäsche mit einer kurzen Zahnputzaktion fühlte er sich bereit, diesem schwierigen Tag – und es würde ein schwieriger Tag werden – entgegenzutreten.

Jetzt wartete der Kommissar vor dem *Munken Hotel* im Wagen.

Trotz der frühen Tageszeit war schon einiges an der Rezeption los, wie er beobachten konnte. Immer wieder erschienen Gäste in zentraleuropäischer Polarkluft, wie er es gern ironisch nannte, und bauten sich mit einem Tagesrucksack auf dem Rücken und der Nase gen Himmel vor der Tür auf, offenbar in Erwartung eines Minibusses, der sie bald für eine Tour einsammeln würde.

Komisch, dass die Deutsche und Fridas Vater im selben Hotel abgestiegen waren, ging es ihm durch den Kopf.

Bei Fridas Vater war es weniger überraschend. Das *Munken* war das beste Hotel am Platz, und Meneer van Namen war augenscheinlich nur das Beste gewohnt.

Bei der mürrischen Umweltaktivistin wunderte es ihn schon mehr. Die hätte besser in Siris Grubenpension gepasst oder in die zünftige Unterkunft im Zentrum, deren Rezeption aus rohen Holzbalken gezimmert war.

Oleg kehrte mit der Tasche in der Hand zurück und warf sie auf die Rückbank. Dann fuhren sie los.

»Hast du eine Ahnung, warum sie gerade dich gebeten hat, ihr die Tasche zu bringen?«, fragte Trond.

Oleg zuckte hinter dem Steuer mit den Schultern, während er den Wagen die Straße in Richtung Hafen hinunterrollen ließ.

»Ich weiß es nicht. Mir war sie, ehrlich gesagt, nicht sehr sympathisch, obwohl sie sich später etwas zusammennahm und versucht hat freundlicher zu sein. Aber sag mal, ich glaube, ich habe eben Fridas Vater gesehen. Zumindest bin ich der Meinung, dass er es war. Er stand am anderen Ende des Flurs und wartete am Aufzug fürs Personal. Wohnt der etwa auch im *Munken?*«

Trond drehte sich zu ihm. Dieser van Namen tauchte wirklich überall auf, wo man nicht mit ihm rechnete. Vor dem Personalaufzug …

»Stimmt, van Namen ist dort abgestiegen. Warum hat er wohl vor diesem Aufzug gewartet? Wollte er in die Küche?«

Oleg trat auf die Bremse.

»Er hat auf jemanden gewartet, der damit hochkam. Die an der Rezeption waren gerade zu beschäftigt, da war der Teufel los, und weil die Deutsche sie darüber informiert hatte, dass ich die Tasche abholen darf, gaben sie mir ihre Zimmerkarte, damit ich das selbst erledige. Außerdem kennen sie mich dort. Und Fridas Vater war just in dem Moment am anderen Ende des Korridors.«

»Ach?«

Trond musste über sein »Ach« selbst schmunzeln. Es war wirklich überflüssig gewesen, aber das erste an diesem Tag.

»Und dann?«

»Dann bin ich ins Zimmer, habe mir die Tasche geschnappt und bin wieder raus. In dem Moment geht die Tür vom Lift auf, und ich denke, mich trifft der Schlag – da kommt Hulla vom Tourismusbüro raus und beide verschwinden sofort in van Namens Zimmer gegenüber dem Aufzug.«

»Haben sie dich gesehen?«

Oleg trat aufs Gas und beschleunigte. Er setzte den Blinker und bog nach rechts in Richtung Wasser ab.

»Das kann ich mir nicht vorstellen. Als der Lift gerade ankam und die Türen aufgingen, bin ich instinktiv zurückgewichen und hab um die Ecke gespäht. Wie als Kind beim Versteckspiel: Ich sehe euch, ihr mich aber nicht. Es war alles in wenigen Sekunden vorbei. Was zum Teufel wollte Hulla von Fridas Vater?«

»Oder Fridas Vater von Hulla? Beide arbeiten ja in der Tourismusbranche«, erwiderte Trond.

Hatte van Namen bei ihrer ersten Begegnung in der Hotellobby vor ein paar Tagen nicht selbst Hulla erwähnt? Da kam Trond auch die weinende Frau wieder in den Sinn, die er mit Bjarne von der Straße aus gehört hatte.

Bjarne. Trond musste schlucken. Eine Freundin von Ingvild

war nun bei ihr, solange weder Oleg noch er zu Hause waren. Er wollte nicht, dass seine Tochter allein blieb mit der quälenden Sorge um ihr Kind.

Er durfte sich gar nicht vorstellen, wie der kleine Junge die letzten Stunden verbracht hatte. Er hatte sicher geweint, sich möglicherweise in den Schlaf geweint. Hatte er genug zu trinken bekommen? Hatte man ihn gefesselt?

Trond merkte, dass ihm übel wurde. Er stöhnte.

Oleg fuhr rechts ran und wandte sich an ihn.

»Du denkst an Bjarne. Das spüre ich. Ich auch. Ununterbrochen. Ich habe in meinem Leben schon sehr viel Leid sehen müssen, Qualen, die sich Menschen gegenseitig angetan haben. Und weshalb? Aber dir als ehemaligem Polizisten muss ich das nicht sagen.«

Der Ukrainer strich sich eine braune Locke aus dem Gesicht. Obwohl er Ende dreißig sein musste, wirkte er auf Trond plötzlich wie ein Junge, ein sympathischer Junge.

Trond mochte ihn. Er hatte sich über Ingvilds neuen Partner bisher keine Gedanken gemacht. Das hatte er sich schon vor Bjarnes Vater abgewöhnt, weil es ihm seiner Meinung nach nicht zustand, die Wahl seiner Tochter zu kommentieren. Seine Frau Hilde, Ingvilds Mutter, hatte das ähnlich gesehen. In diesem Punkt waren sie beide norwegisch zurückhaltend gewesen.

Nach Ingvilds Trennung hatte sie sich bei ihnen darüber beschwert. Wenn man verliebt sei, hatte sie den Eltern an den Kopf geworfen, sei man nicht blind, wie es heißt, sondern völlig unzurechnungsfähig. Für eine nüchterne, objektive Einschätzung, was den Charakter ihres Mannes betraf, wäre sie, wenn schon nicht offen, so durchaus dankbar gewesen. Aber vielleicht hätte es dann Bjarne nicht gegeben.

Trond dachte mit Zärtlichkeit an seinen Enkel und er merkte, wie er einen Kloß im Hals bekam.

»Kennst du das Boot von Myklebust?«, fragte er Oleg, um sich abzulenken.

»Ich weiß, welches er manchmal benutzt, wenn er rausfährt. Es ist eine *Pelagic Australis*, ein Bootstyp, der vor zwanzig Jahren für Polarexpeditionen entwickelt wurde. Eine kleinere Segelyacht, die sehr robust ist und sich vor einem bisschen Eis nicht wegduckt. Sie müsste links am Hafen unten liegen.«

Kurz darauf erreichten sie das Wasser und sahen den schneeweißen Segler. Svein Vang Myklebust turnte an Deck herum und hielt inne, als sie am Ufer anhielten und ausstiegen. Von Lea Kirchner war nichts zu sehen.

»Oho, ihr kommt im Doppelpack! Was verschafft mir die Ehre?«

Der Journalist grinste breit und wollte auf die schmale Landungsbrücke klettern, blieb dann aber in abwartender Haltung an Deck stehen.

Oleg hielt die Reisetasche hoch.

»Darauf wartet deine Begleitung! Wo ist sie denn?«

Myklebust drehte sich um und brüllte: »Lea! Für dich!«

Trond war neben Oleg getreten und schaute Myklebust abschätzend an.

Die Augen des Journalisten verengten sich.

»Ich habe das von Ihrem Enkel gehört, Trond. Es tut mir aufrichtig leid, aber ich bin sicher, dass man den Jungen in den nächsten Stunden gesund auffinden wird.«

Trond nickte verlegen. Diese freundliche Aussage hatte er von dem sonst so überheblichen Mann nicht erwartet. Schon als er im Zusammenhang mit dem ersten Fall, bei dem Trond im Januar ermittelt hatte, auf den Journalisten getroffen war, hatte ihm seine herablassende Art missfallen.

Aber ein von sich selbst eingenommener Mann, der nicht mit offenen Karten spielte, blieb er trotzdem in seinen Augen.

»Was haben Sie vor, Svein?«, fragte Trond. »Sie planen offenbar einen Ausflug.«

Myklebust schlenderte langsam den Steg hinunter, sprang an Land und blieb vor ihnen stehen. Er verschränkte die Arme.

»Wir machen einen kleinen Trip nach Ny Ålesund«, antwortete er. »Mein Gast aus Deutschland kennt das nicht und wollte da mal hin. Wir haben vor, dort die Forschungsstation zu besuchen.«

»Dann fahren Sie sicher vorher auch in Pyramiden vorbei?«, fragte Trond, geradezu beiläufig. »Das liegt ja fast auf dem Weg.«

Der Journalist schaute ihn prüfend an.

»Ich denke, nicht. Das wäre ja sogar ein Umweg. Ich weiß, Sie kennen sich hier nicht besonders gut aus. Nach Ny Ålesund fährt man links raus aus dem Isfjord, an Barentsburg vorbei, und für Pyramiden muss man rechts hoch in den Billefjord.«

Myklebust klang ruhig und überlegt.

»Ich dachte, weil Sie so interessiert an Pyramiden sind«, erwiderte der Ex-Kommissar und grinste dabei. »Zumindest hat Dima das gesagt. Sie haben doch auch im Kulturhaus herumgestöbert, hörte ich. Gab es dort etwas Interessantes?«

Es schien wie ein Abtasten, ein gegenseitiges Kräftemessen. Zumindest kam es Trond so vor.

Myklebust drehte sich kurz um und suchte mit den Augen das Deck ab, vermutlich nach seinem Gast aus Deutschland. Dann wandte er sich wieder Trond und Oleg zu.

»Nein. Außer den sowjetischen Souvenirs, die es dort noch zu bestaunen gibt und die allen, wie ich denke, zur Genüge bekannt sind.«

»Und die Schwimmhalle? Die Spinde dort, zum Beispiel.«

»Ich weiß nicht, worauf Sie hinauswollen. Aber das wissen ältere Menschen ja häufig nicht, wie ich mittlerweile gemerkt habe. Nichts für ungut. Ich wollte Ihnen nicht zu nahetreten.«

Myklebust lachte ein künstliches Lachen.

Er blieb gemein und herablassend, dachte Trond.

Wieder drehte sich der Journalist um. Er wirkte nun ungeduldig. Oleg Kalinin schien es zwischenzeitlich die Sprache verschlagen zu haben.

»Da ist sie ja!«, rief er plötzlich. »Ich habe die Tasche!«

Oleg winkte der Deutschen, die eben aus der Kajüte aufgetaucht war, und wedelte mit der Tasche hoch über seinem Kopf herum.

»Super!«

Die junge Frau rannte den Steg hinunter auf die drei zu. Ihren stachligen Haarschnitt hatte sie unter einer Kapuze versteckt. Als sie die Männer erreicht hatte, blieb sie stehen und grinste.

»Ganz herzlichen Dank! Ohne Ihre Hilfe hätte alles noch länger gedauert. Ich kann es gar nicht erwarten, loszukommen. Wir haben einiges vor.«

Trond lächelte und stellte sich noch einmal kurz vor.

»Wir kennen uns ja schon. Ich weiß nicht, ob Sie sich an mich erinnern? Wir haben Sie vorgestern mit dem Auto mitgenommen.«

Lea Kirchner nickte. Sie war offenbar bester Laune und ihre frühere Muffigkeit schien komplett verschwunden.

»Ich erinnere mich. Sie sind der Ex-Bulle aus Bergen, richtig?«

Sie drehte sich erst zu Myklebust, zwinkerte ihm zu, nahm Oleg die Tasche ab und sprang dann wieder auf den Steg hoch zum Boot.

Trond hob zum Abschied den Arm. Das mit dem Ex-Bullen musste ihr Myklebust gesteckt haben.

»Viel Spaß und Erfolg! Wo geht's denn hin?«, rief er ihr noch hinterher.

Sie winkte zurück.

»Nach Pyramiden!«

Myklebust, der hinter ihr gestanden hatte, drehte sich weg.

28 Kurz darauf erhielt Trond vom Büro des Sysselmanns die Nachricht, dass die Befragung der Ladeninhaber neben dem Supermarkt einiges ergeben hätte, dem man jetzt nachgehen wolle. Mette werde ihn auf dem Laufenden halten, sie wolle ihn später am Morgen bei ihr im Büro sehen. Vorher erwarte sie Xan Ling, danach Fang Li, hatte sie noch hinzugefügt.

»Hat sich der Pfarrer noch mal bei dir gemeldet?«, fragte Trond.

»Nein, aber den habe ich auch noch auf meiner Liste«, erwiderte Mette. »Das mit dem verschwundenen Foto aus seiner UN-Vergangenheit könnte etwas mit unserem Fall zu tun haben.«

»Gut, dann bis später.«

Trond ließ sich von Oleg bei Ma-Prang absetzen, bei ihrer Privatadresse, nicht im Laden, der immer noch geschlossen war, wie sie im Vorbeifahren gesehen hatten. Aber es war ja auch noch früh am Morgen.

Jetzt stand Trond vor dem grünen Haus, in dem die Thai-Frau wohnte, unweit ihres Ladens. Die bunten Häuser dieser Stadt in Gelb, Rot, Grün und Blau waren das Ergebnis eines Architekturwettbewerbs gewesen, wie man Trond gleich nach seiner Ankunft stolz erklärt hatte. So wollte man den tristen Look der Grubensiedlung auffrischen und dem Polarnacht-Blues seiner Dauerbewohner entgegenwirken.

Trond hatte den positiven Effekt stark angezweifelt. Die Kernpolarnacht zwischen November und Februar, in der vierundzwanzig Stunden lang stockfinstere Dunkelheit herrschte, hatte ihn bald in den gefürchteten Polarkoller rutschen lassen. Da hatten auch keine bunten Häuser mehr geholfen, denn im pechschwarzen Dunkel waren bunte Häuser nichts anderes als pechschwarz dunkle Häuser, was sonst?

Trond hatte mehrfach geklingelt und keine Reaktion bekommen.

Das Haus sah bewohnt aus. Er zählte an den Schildern neben der Haustür insgesamt vier Parteien, drei asiatisch anmutende Namen, ein »Hansen«.

Neben dem Müllcontainer war ein Kinderrad abgestellt. Davor lag ein Ball. Trond musste schlucken und sofort wieder an Bjarne denken. Als sich nichts regte, ging er um das Haus aus Wellblech herum und drückte auf die Türklinke am Hintereingang. Die war, wie er vermutet hatte, unverschlossen.

Kurz darauf betrat er den schmalen Hausflur. Es roch schwach nach Weihnachten, nach Kokos, Zimt und einem dritten Gewürz, das er kannte, aber nicht hätte benennen können. Vielleicht nach Curry?

Ma-Prangs Wohnung musste, wenn er das Türschild richtig deutete, im Erdgeschoss liegen. Es gab zwei gegenüberliegende Wohnungstüren, die rechte war nur angelehnt.

Davor waren zwei Paar Schuhe ordentlich abgestellt. Leichte Frauenschuhe, die recht zierlich ausfielen, und wie Trond vermutete, sicher Ma-Prang gehörten. Daneben stand ein Paar kleine Kinderturnschuhe, wie Bjarne sie trug.

Waren das etwa seine Schuhe?

Trond brach der Schweiß aus, während er auf die schmutzig weißen Turnschuhe starrte. Alles, was auf die Anwesenheit eines Kindes hindeutete, riss bei ihm auf der Stelle die Wunde auf, die Bjarnes Verschwinden verursacht hatte.

Die Wunde in seinem Herzen und in seiner Seele, die sich mit jeder Stunde tiefer eingrub und ihn, wie er deutlich spürte, verletzlich und dünnhäutig machte.

Er berührte die offenstehende Tür zur Wohnung und stieß sie auf.

Der winzige Flur war vollgestopft mit Jacken, Mänteln, Mützen, Schals, abgestellten Stiefeln, Schirmen und anderen Verteidigungsmitteln gegen die Kälte.

Trond war sich nicht sicher, wie er vorgehen sollte. Auf der einen Seite hatte man ihn nicht eingelassen und er hatte nichts in dieser Wohnung zu suchen. Auf der anderen Seite musste er unbedingt mit Ma-Prang sprechen, möglicherweise brauchte sie sogar seine Hilfe und die der Polizei.

»Ma-Prang!«

Er hielt die Luft an, vernahm aber nichts.

Langsam tastete er sich vorwärts. Der Korridor lag fast im Dunkeln, doch er hatte kein Licht anknipsen wollen.

Gegenüber der Haustür befand sich offenbar ein Zimmer, das hatte er beim Betreten der Wohnung registriert. Er steuerte es an.

»Ma-Prang!«, wiederholte er.

Trond spürte, dass er die Tür auf der anderen Seite nun erreicht hatte. Behutsam drückte er die Klinke hinunter. Dann schob er langsam die Tür auf, und sofort blendete ihn die Helligkeit, die durch die Fenster drang und das ganze Zimmer flutete.

Es war ein Wohnzimmer mit niedrigem Tisch und gepolsterten Sitzgelegenheiten auf dem Fußboden. An den Wänden hingen glitzernde gestickte Wandbilder mit Landschaftsmotiven aus Thailand, wie Trond vermutete. Ein Wasserfall, der sich aus tiefgrünem Dschungel in einen See ergoss, ein langer Sandstrand, der einen türkisfarbenen Ozean säumte, üppige Palmen vor einem wogenden Blütenmeer. Alles, was es auf Spitzbergen nicht gab und nach dem man sich sehnen mochte. Was weit entfernt in einer anderen Welt zu wachsen schien.

Vom Wohnzimmer ging eine weitere Tür ab, die Trond nun ebenfalls lautlos öffnete.

Es war das Schlafzimmer, und sein Blick fiel gleich auf Ma-

Prang, die unter einer Wolldecke auf einem Doppelbett schlief. Neben ihr schlummerte ein Kind.

Sofort näherte sich Trond auf Zehenspitzen und schlug behutsam die dicke Daunendecke ein Stück zurück, sodass er einen Blick auf das Kind werfen konnte.

Es war ein kleines Mädchen, wie er sofort erkannte, ein thailändisches Kind, das sich nun unruhig im Schlaf wälzte. Er deckte es auf der Stelle wieder vollständig zu und fuhr sich mit der Hand über das Gesicht.

Was hatte er erwartet?

Dann trat er seitlich an Ma-Prang heran und berührte die Schlafende vorsichtig an der Schulter.

»Ma-Prang«, flüsterte er. »Bitte erschrecken Sie nicht.«

Die alte Frau öffnete schlaftrunken ihre Augen und fuhr sofort von Panik erfasst in die Höhe.

»Ich bin es. Trond. Wir kennen uns aus Ihrem Laden.«

Er war einen Schritt zurückgetreten, um ihr nicht das Gefühl zu geben, dass sie bedrängt wurde.

»Ich habe mehrfach geklingelt und muss Sie dringend sprechen. Der Sysselmann schickt mich.«

Wer der Sysselmann war und welche Funktion er innehatte, wusste hier jeder. Trond wollte die Thai-Dame mit dieser Bemerkung beruhigen und ihren Schrecken über sein Eindringen zumindest ein wenig mildern.

Sie setzte sich aufrecht hin und fuhr sich durch das Haar, nachdem sie sich vergewissert hatte, dass es dem Kind neben ihr gut ging und dass es weiterschlief.

Dann stand sie auf und bedeutete ihm wortlos, ihr in den Raum nebenan zu folgen.

Sie schloss die Tür zum Schlafzimmer und schaute Trond abwartend an. Ihm fiel auf, dass sie komplett angekleidet war und eine Art Sarong trug.

In Tronds Augen wirkte sie erschöpft und abgekämpft. Möglicherweise hatte sie kaum Schlaf gefunden und vielleicht sogar geweint.

Ihm fiel auf, dass er über die Mimik von Asiaten wenig wusste und dazu neigte, sie so einzuordnen, wie er es von europäischen Mitmenschen her gewohnt war. Aber vielleicht war das ja falsch und sie enthielt Hinweise, die er nicht zu deuten vermochte. Es war so einfach, etwas fehlzuinterpretieren oder glatt zu übersehen.

Darüber musste er unbedingt mit Frida reden, denn die kannte sich aus, war sie doch in Asien aufgewachsen.

»Ma-Prang, ich muss Ihnen leider etwas zeigen, das Sie wahrscheinlich treffen wird. Aber es muss sein.«

Er hatte sein Handy herausgezogen und rief das Foto der Leiche aus Pyramiden auf. Dann zeigte er es ihr.

»Kennen Sie diesen Mann?«

Die Thailänderin hielt das Handy so, dass sie das Foto besser sehen konnte. Ihr Gesicht verriet keinerlei Regung. Sie schaute den Toten lange und aufmerksam an und gab Trond schließlich sein Handy zurück.

»Das ist Pana. Pana Saeli. Mein Schwiegersohn. Er sieht nicht gut aus. Was ist mit ihm passiert?«

Die Thailänderin hörte sich an, als glaubte sie, man würde von ihr erwarten, dass sie diese Frage stellte. Es lag keinerlei Mitgefühl darin.

»Man hat ihn ermordet.«

Ma-Prang schlug sich, ohne große Gefühlsregung zu zeigen, die Hand vor den Mund.

»Ist das Kind, das neben Ihnen lag, seine Tochter?«

Ma-Prang nickte.

»Das ist Dao, meine Enkelin. Sie ist ein gutes Kind.«

Sie sprach den Satz so aus, als ob ein zweiter Teil folgen müsste. Der lautete in Tronds Ohren: »Im Gegensatz zu ihrem Vater.«

»Bitte, können wir uns setzen, ich habe noch ein paar Fragen.«

Er hatte sich kurz im Wohnzimmer umgeschaut. Die Polster auf dem Fußboden luden nicht unbedingt dazu ein, sich darauf zu setzen. Wie würde er ohne Hilfe wieder hochkommen? Trond mochte es sich gar nicht vorstellen.

Glücklicherweise führte ihn Ma-Prang weiter in ihre kleine Küche und zeigte auf einen Schemel.

Erleichtert ließ Trond sich darauf nieder.

»Wann haben Sie Ihren Schwiegersohn das letzte Mal gesehen?«

Die thailändische Köchin hob die Schultern und ließ sie dann fallen, als wären sie bleischwer.

»Das weiß ich nicht mehr. Vielleicht vor einer Woche. Pana war oft unterwegs.«

»Was hat er denn gemacht? Beruflich, meine ich?«

Sie schwieg, ihre Lippen waren fest aufeinandergepresst.

»Ma-Prang, Sie müssen doch wissen, was Ihr Schwiegersohn auf Spitzbergen gemacht hat? Womit hat er sein Geld verdient? Wovon hat Ihre Tochter mit den Kindern gelebt?«

Die Augen der Thailänderin waren müde und ohne Glanz.

»Das weiß ich nicht genau. Irgendetwas mit Business. Was so anfiel. Mir alter Frau hat man doch nichts erzählt.«

Das wiederum glaubte Trond ihr nicht. Vielleicht hatte man ihr tatsächlich nichts gesagt, aber Ma-Prang war nicht dumm und konnte sehr wohl zwei und zwei zusammenzählen und ihre Schlüsse ziehen.

»Mögen Sie einen Tee?«, fragte sie ihn plötzlich.

Trond nickte. Eigentlich trank er nie Tee, aber warum nicht?

»Ja, danke, gern.«

Ma-Prang stand auf, ging zwei Schritte zur Spüle und drehte mit dem Wasserkocher in der Hand den Hahn auf. Sie hatte ihm jetzt den Rücken zugekehrt, war aber nur einen Schritt von ihm entfernt.

Da sah er es. Ihr leichter Sarong, den sie auch im Laden trug und den sie sich um den ganzen Körper wickelte, klaffte hinten an Schulter und Hals ein Stück auseinander. Möglicherweise war er im Schlaf verrutscht. Trond konnte Blutergüsse entdecken und blutige Striemen.

Er stand auf und trat näher. Sie merkte es und erstarrte.

»Sie sind verletzt worden. Wer war das?«

Langsam drehte sie sich herum und sah ihn an, ohne zu antworten.

»Ma-Prang. Wer war das? Und sagen Sie nicht, Sie hätten sich irgendwo gestoßen. Am Hals stößt man sich nicht. Das geht gar nicht. Wer war das?«

Trond merkte, wie sich ihre dunklen Augen mit Tränen füllten, aber sie schwieg beharrlich. Schließlich schaute sie mit der Wasserkanne in der Hand auf den Boden.

Trond kam nicht weiter. Er hatte es hier mit Angst zu tun, mit nackter Angst. Er erkannte sie, wenn er ihr begegnete. Bei seiner Arbeit als Polizist war er ihr so oft begegnet, dass er wusste, wann er eine Chance hatte, sie zu besiegen und dem anderen zu Hilfe zu kommen.

Fieberhaft überlegte er, wie er zu Ma-Prang eine Brücke bauen konnte, um sie aus der Not zu befreien, in der sie offenbar steckte. Es musste ihm gelingen, sie zu erreichen und ihr die Hand entgegenzustrecken, um sie auf die sichere Seite zu ziehen. Nicht nur um Ma-Prangs willen. Dieser Mord an ihrem Schwiegersohn, das Verschwinden des Kochs und die Entführung seines kleinen Enkels gehörten zu ein und derselben Geschichte. Da war er sich absolut sicher. Ihm lief ein Schauer über den Rücken.

In einer größeren Gemeinde wie zum Beispiel Bergen, wo er herkam, hätte er sich dessen nicht sicher sein können. Hier auf 78° jedoch hing alles mit allem zusammen. Hier war alles so klein und konzentriert, dass es wie mit einer Lupe vergrößert wurde und viel rascher ins Auge fiel.

In Longyearbyen gab es kein Entrinnen, kein Entkommen.

Trotzdem lief offenbar einiges unter der glatten Oberfläche ab, das man erfolgreich hatte verbergen können und das Eis und Schnee gnädig zudeckten.

Aber irgendjemand hatte daran gekratzt. Vielleicht zunächst unabsichtlich, zufällig. Hatte etwas bloßgelegt, das ihm gefährlich werden konnte und Pläne störte.

Todsichere Pläne.

Nur welche konnten das sein?

Trond nahm einen Anlauf, um Ma-Prang zu Hilfe zu kommen.

»Wie alt ist Dao, Ihre Enkelin?«

»Fast fünf.«

»Genau wie Bjarne, mein Enkel.«

»Ach, der kleine *Askeladden*.«

Sie hatte sich von der Spüle weggedreht und schaute ihn zum ersten Mal heute ohne Angst im Blick an.

»Sie kennen seinen Spitznamen?«

Ma-Prang nickte und lachte, während sie den Wasserkocher einschaltete.

»So haben Sie ihn bei mir im Laden mal genannt. Und ich habe Sie gefragt, was das heißt, und Sie haben es mir erklärt. Das mit dem Märchen. Schon vergessen?«

Trond starrte sie an. Dann schluckte er. Das hatte er tatsächlich vergessen.

Hier gab es endlich eine Verbindung, auch wenn er die alte Dame nicht für das Verbrechen verantwortlich hielt, keine Sekunde lang.

»Bjarne ist verschwunden, Ma-Prang.«

In ihrem Gesicht stand auf der Stelle blankes Entsetzen, und sie hielt mitten in ihrer Bewegung inne. »Verschwunden?«

»Seit gestern, nach der Kita. Böse Menschen haben ihn entführt, gekidnappt. Seine Mutter, meine Tochter, und ich sind verzweifelt.«

Die zierliche Thai-Dame stand regungslos mitten in der kleinen Küche. Sie hielt die Augen geschlossen. Dann öffnete sie sie wieder und richtete ihren Blick zu Trond nach oben. Jeglicher Schmerz, alle Müdigkeit darin war mit einem Mal verschwunden. Der Ex-Kommissar hörte, wie sie etwas flüsterte.

Er verstand die Worte nicht. Sie waren in ihrer Muttersprache. Immer wieder wiederholte sie sie.

»Was sagen Sie da? Was heißt das?«

Die kleine Frau vor ihm schien mit jeder Sekunde zu wachsen.

»Das verstehe ich nicht!«, insistierte Trond.

»Das werden sie bereuen ...«

Ihre Augen blitzten.

29

Frida hatte an diesem Morgen bis neun Uhr schon viermal vergeblich versucht, ihren Vater auf dem Handy zu erreichen. Dann schickte sie ihm eine Nachricht und rief das Hotel an.

Meneer van Namen sei bereits ausgegangen, sagte ihr der Angestellte an der Rezeption. Nein, er habe keine Nachricht für sie hinterlassen.

Frida war irritiert. Auch wenn sie keinen engen Kontakt zu ihrem Vater hatte, gingen sie, wenn sie sich einmal sahen, durchaus respektvoll und freundlich miteinander um. Dass er sich gar nicht meldete beziehungsweise nicht zurückrief, war zumindest ungewöhnlich, wie sie fand. Wie sollte sie dieses Schweigen deuten?

Sie hatte nicht viel geschlafen, vielleicht vier Stunden, aber sie merkte auch, dass sie viel zu nervös war, um sich wirklich auszuruhen.

Das musste warten.

Sie mussten zuerst den kleinen Bjarne finden. Das hatte vor allem anderen Vorrang – vor der Leiche und vor allem vor dem verschwundenen Koch, fand Frida.

Was hatte das plötzliche Verschwinden des Kindes nur zu bedeuten?

Wenn sie ehrlich war, verstörte sie die Entführung des Jungen sehr. Nicht nur, weil sie Trond und seine Tochter mittlerweile etwas besser kannte und beide sehr mochte, sondern weil diese Tat für sie eine Dimension besaß, die sie als abgrundtief böse empfand. Ein wehrloses kleines Kind von seinen Eltern und seiner geschützten Umgebung zu trennen und es allein dadurch schon seelisch zu misshandeln, war mit nichts zu begründen oder zu entschuldigen. Nicht einmal ein Krimineller durfte in Fridas Augen so grausam und skrupellos sein. Wer würde so tief sinken, sich an einem Kind zu vergreifen?

Die Geschichte, die Oleg erzählt hatte, wie die Chinesin ihn und seine deutsche Begleiterin mit dem Großkaliber bedroht hatte, ging ihr nicht aus dem Sinn. Warum hatte Fang Li das getan? Sollte sie einmal bei ihr vorbeischauen? Mit Tika als Spürhund? Schließlich hatte sie ja ein Kleidungsstück von Bjarne, das sie dabei einsetzen könnte.

Vielleicht war das keine schlechte Idee.

Und was hatte es mit den vielen Pässen auf sich?

Diese Pässe wurden im Augenblick, soweit sie wusste, im Büro des Sysselmanns überprüft. Mehr hatte man ihr nicht gesagt.

Und was hatte der Pfarrer heute in der Nacht erzählt? Von welchem Foto hatte er da gesprochen? Und wer hatte die Waffe gestohlen, die er in seinem Schrank aufbewahrte?

Frida dachte nach. In solchen Situationen half ihr oft, wenn es möglich war, der Griff zu einem leicht verschrumpelten Apfel. Nicht, um kräftig in ihn hineinzubeißen, sondern nur, um an ihm zu schnuppern.

In einer Schale auf ihrem Küchentisch lagen drei rot-gelbliche Exemplare älteren Datums, und sie nahm eines davon. Sie hielt sich den Apfel vor die Nase.

Irgendwo hatte sie mal gelesen, dass ein berühmter Dichter von früher genau die gleiche Angewohnheit gehabt hatte und ihn der Geruch von leicht verrotteten Äpfeln zu seinen Werken inspirierte.

Das mit dem alten Apfel hatte ihr sofort eingeleuchtet.

Mittlerweile hatte sie schon einiges von Trond Lie gelernt, wie sie meinte. Das könnte ihr bei ihren eigenen Überlegungen behilflich sein. Wie er noch einmal nachhakte, auch bei scheinbar nebensächlichen Dingen. Wie er sich für Sachlagen, Dinge wie Menschen, interessierte, die auf den ersten Blick nichts mit dem, um das es vordergründig ging, zu tun hatten. Bei denen es sich aber später herausstellte, dass sie genau das eine wichtige Puzzlestück im Rätsel waren, das es zu finden galt. Und ein Verbrechen war häufig ein Rätsel, hatte Frida feststellen müssen.

Das war ihr früher, vor dem ersten Fall mit Trond Lie im Januar, noch nicht klar gewesen. Verbrechen fielen für sie bis dahin ausschließlich in die Kategorie »böse«. Das Etikett »rätselhaft«, das manchmal ebenfalls daran klebte, war ihr nicht dazu eingefallen.

Frida schnupperte an dem Apfel.

Wenn sie ganz ehrlich war, wenn sie tief in sich hineinhörte, musste sie zugeben, dass ihr das unerwartet plötzliche Auftauchen ihres Vaters unheimlich war. Er war quasi über Nacht hier erschienen.

Was genau wollte er auf Spitzbergen? Was waren seine Absichten?

Sie zu besuchen, war bestenfalls eine Begleiterscheinung, daran gab es nichts zu beschönigen und es entsprach den Gepflogenheiten der Familie van Namen.

Familie ... Wie lächerlich. Sie hatte nie eine Familie besessen. Wenn überhaupt, dann hatten ihre Familienmomente nur aus mageren Ferienzeiten mit der Mutter und dem Bruder im Haus der Großeltern in Maastricht bestanden. Oder am Strand von Scheveningen, wo man eine kleine Villa am Meer besaß. Die meiste Zeit, bis auf die frühen Kindertage in Indonesien, hatte sie im Internat verbracht. Ihre Eltern hatten ihr lediglich materielle Dinge zuteilwerden lassen, die ihr nie wichtig gewesen waren, sie hatten ihr kein Gefühl der Geborgenheit vermittelt.

Frida überlegte, ob sie sich zuerst auf den Weg zu Fang Li oder zu Pfarrer Hagebak machen sollte. Den Pfarrer wollte sie nach dem Foto fragen.

Sie schaute auf ihre Uhr. Es war kurz nach neun Uhr morgens. Das bedeutete, dass Fang Li nun mit Xan Ling beim Sysselmann sein musste.

Das war ihre Chance, sich einmal unbehelligt in der Pension der Chinesin umzuschauen.

Kurz darauf nahm die Musherin Tika an die Leine und stieg auf ihr buntes Fahrrad, eines der wenigen auf Svalbard. Die Husky-Dame schaute sie zunächst mit schiefem Kopf an, nach dem Motto, was sollte das denn jetzt? Doch dann rannte sie vergnügt neben dem Fahrrad her.

Als Frida in der Nähe des Hafens angelangt war und den Blick über den Adventsfjord gleiten ließ, fiel ihr die weiße Segelyacht auf, die ein Stück entfernt, in Richtung Norden über das Wasser glitt.

Dann bogen Frida und Tika rechts ab und schlugen die längste asphaltierte Straße Svalbards ein, die ein Stück am Fjord, dann am Isdammen entlang ins Landesinnere führte und nach einigen Kilometern mitten in den Bergen am Observatorium endete. So wie alle Straßen hier ziemlich schnell irgendwo endeten und niemand sich bemüßigt fühlte, Straßenbau zu betreiben.

Wozu auch?

Es dauerte nicht lang, bis Frida schon von Weitem das weiße Gebäude sah, in dem Fang Lis Pension untergebracht war und von dem aus sie gleichzeitig ihr Tourismus-Unternehmen leitete. Kein Fahrzeug war in der Nähe geparkt, was die Musherin als gutes Zeichen deutete.

»Wir machen gleich eine Pause, mein Mädchen«, rief sie ihrer Leithündin zu. »Und dann musst du schnüffeln, was das Zeug hält.«

Ingvild hatte in der Nacht zuvor im Büro des Sysselmanns erwähnt, dass sie vorsichtshalber ein paar Kleidungsstücke von Bjarne eingesteckt habe, damit sie den Jungen, sobald sie ihn fänden, sofort wärmen könnten. Frida hatte sich eins davon von ihr ausgeborgt, eine Wollmütze, die sie jetzt aus der Tasche zog.

Sie stellte ihr Rad ab und verbarg es hinter einem Schuppen, ehe sie die Mütze Tika hinhielt, damit sie ausgiebig daran schnüffeln konnte.

Tika war zwar kein Polizeihund, aber sie war sehr klug, hellwach und besaß ein ausgezeichnetes Gespür sowie eine überdurchschnittlich ausgeprägte Sensibilität für Spuren von Mensch und Tier.

Die Husky-Hündin schnupperte nun an der Mütze, und dann schlichen sie sich beide von hinten an das Gebäude heran.

Als sie kurz vor der Hintertür angelangt waren, hielt die Musherin erschrocken inne.

Was zum Teufel hatte sie denn da geritten? Es war halb zehn Uhr am Vormittag, und das hier war eine Pension! Selbstverständlich würden überall Gäste und Angestellte herumlaufen, frühstücken, Gepäck schleppen und an der Rezeption auschecken wollen. Wie wollte sich sich da heimlich und ungesehen hineinstehlen?

Frida zögerte nun, während Tika sich artig hingesetzt hatte und sie mit aufmerksamem Blick beobachtete.

Da ging plötzlich die Eingangstür auf und ein älterer Chinese kam heraus, der sie sofort misstrauisch musterte. Sein Blick wanderte zu dem Hund, dann wieder zurück zu ihr.

Ihm hatte es offenbar die Sprache verschlagen.

Frida war ungefähr einen Kopf größer als er, und noch bevor er sie ansprechen konnte, ergriff sie entschlossen die Initiative, wie jemand, der es gewohnt war, Befehle zu erteilen.

»Ich komme von der Behörde für Gebäudesicherheit und habe Anweisung, die Hotelzimmer routinemäßig zu überprüfen. Sind Sie hier der Verantwortliche?«

Die Augen des Mannes hatten sich vor Verblüffung und Fassungslosigkeit geweitet.

Frida hatte ihn mit fester Stimme und selbstverständlich in

feinstem Mandarin mit einem leichten Shanghai-Akzent angesprochen.

Eingeschüchtert hielt er ihr und dem Hund die Tür weit auf und ging einen Schritt beiseite. Frida war über sich selbst überrascht, ließ sich jedoch nichts anmerken und betrat mit Tika die unteren Räume der Pension, die auf halbhohen Stelzen noch unter dem Erdgeschoss lagen.

Vor der ersten Tür drehte sie sich zu dem Mann um und machte die typische Handbewegung, die sie schon von frühester Kindheit an kannte: ein leichtes Wedeln aus dem Handgelenk, das so viel bedeutete wie, dass er nun gehen könne.

Auf der Stelle zog er sich mit einer Verbeugung zurück, ohne auch nur einen weiteren Blick auf sie zu werfen. Scheinbar war alles gesagt.

Vorsichtig näherte sich Frida dem ersten Raum. Sie öffnete die Tür und war überrascht, dort drei kompakte zweisitzige Schneemobile zu entdecken. Normalerweise wurden diese Fahrzeuge immer draußen geparkt oder in dafür ausgewiesenen Schuppen. Warum waren sie hier hochgeschleppt worden?

Tika drehte an der Leine eine kleine Runde durch den Raum und beschnupperte alles.

Im nächsten Raum standen Gerätschaften zum Schneeräumen und warteten auf ihren nächsten Einsatz, vermutlich in ein paar Wochen, wenn der kurze arktische Sommer vorbeigerauscht war und die Insel sich auf den jährlichen Schneefall vorbereitete.

Frida schaute sich um, während ihre Hündin nur einmal kurz die kalte Nase in die Luft streckte und sich ansonsten zurückhielt.

So durchkämmten sie drei weitere Räume, die weder Tikas Interesse hervorriefen, noch Frida in irgendeiner Form misstrauisch machten. Es waren Abstell- und Lagerräume, wie man sie in einer Pension hätte erwarten können.

Die Musherin warf einen Blick auf ihre Uhr. Sie war schon fast eine halbe Stunde hier, sie sollte sich beeilen. Möglicherweise würde Fang Li jeden Moment auftauchen, und ein Zusammentreffen wollte sie lieber vermeiden.

In dem letzten und kleinsten der Räume, die sie durchsuchte, bellte die Hündin zwar kurz und heftig, doch Frida hätte nicht sagen können, warum.

Der Raum war komplett leer, nur in einer der Ecken lag zusammengerollt wie eine schwarze Schlange ein geriffelter Plastikschlauch, der in einer spitz zulaufenden Düse endete. Als hätte man dieses Teil beim Zusammenräumen vergessen.

Frida interessierte es nicht. Sie war auf der Suche nach Bjarne oder zumindest einem Hinweis darauf, und sei er auch noch so winzig, dass der kleine Junge sich hier aufgehalten haben könnte.

Enttäuscht setzte sie sich auf die Treppe, die nach oben zur Rezeption führte, und war unschlüssig, was sie als Nächstes tun könnte. Tika hatte sich neben sie gelegt und hechelte, während Frida den Hund am Hals kraulte und nachdachte.

Vielleicht würde sie ja im oberen Stockwerk, in einem der Gästezimmer etwas finden, was auf Bjarnes Verbleib hinwies, ging es ihr durch den Kopf. Obwohl es ihr äußerst unwahrscheinlich vorkam, dass die Verbrecher es riskieren würden, einen entführten, verängstigten kleinen Jungen neben internationalen Gästen einfach in einem Hotelzimmer unterzubringen.

Es sei denn, er wäre bewusstlos. Wieder durchzuckte sie Wut und das Gefühl von Hilflosigkeit.

Aber sie hatte sich durch ihr forsches Auftreten Zugang zu diesem Gebäude verschafft, und das sollte sie weiter nutzen, fand sie.

Frida stand auf und Tika sprang ebenfalls auf die Pfoten. In dem Moment wurde die Tür von außen aufgerissen und ein Mann trat ein. Er schien außer Atem zu sein, offenbar hatte er sich beeilt hierherzukommen. Der Mann starrte Frida an, ehe er seinen Mund zu einem breiten, hässlichen Grinsen verzog.

»Oh, wir haben Besuch von der Husky-Schnepfe. Das ist ja interessant.«

Tika hatte sofort begonnen laut zu knurren.

Es war Xan Ling. Er warf dem Hund einen zornigen Blick zu.

30

Trond war wieder in das Büro des Sysselmanns gekommen, wo er von Mette erwartet wurde. Schon bei seinem Eintreten merkte er ihr an, dass sie Neuigkeiten hatte, die sie ihm sofort mitteilen wollte. Sie wirkte ausgeschlafen und voller Tatendrang, als hätte sie eine ganz normale Nacht hinter sich – im Gegensatz zu ihm.

»Unsere Befragung in den Geschäften in der Umgegend hat ergeben, dass unter anderen auch Xan Ling mit seinem Van dort unterwegs war. Er hat an dem Gebäude, das genau neben dem Supermarkt liegt, in der fraglichen Zeit mit seinen Leuten ein Gerüst abgeliefert und wohl auch aufgestellt.«

Der Sysselmann schaute Trond abwartend an.

»Wie lange waren die damit beschäftigt, weiß man das?«, erwiderte der Ex-Kommissar.

Mette Møller bedeutete Trond, sich am Kaffee auf dem Besuchertisch zu bedienen, und schaute dann in die Notizen, die sie sich auf ihrem Tablet gemacht hatte.

»Die Frau, die das Büro im Erdgeschoss leitet und die das Ganze abzeichnen musste, sagte aus, dass sie bis weit nach sechs Uhr abends bei ihr waren.«

»Da war Bjarne schon verschwunden«, fügte Trond mit heiserer Stimme hinzu.

Mette nickte zustimmend.

Trond trat einen Schritt näher, nachdem er sich die Tasse gefüllt und einen Schluck getrunken hatte.

»Aber bedeutet das, dass sich Xan Ling wirklich die ganze Zeit dort aufgehalten hat? Habt ihr das überprüft? Wenn er mit, sagen wir drei, vier Mann dort aufgetaucht ist, wäre es doch durchaus möglich, dass sich der Chef mal für eine Stunde mit dem Wagen verdrückt hat, oder?«

Mette stimmte ihm zu.

»Er fährt einen weißen Van mit roten Schriftzeichen, soweit wir wissen.«

Trond kratzte sich mit seiner linken Hand am Nacken. Er setzte sich mit dem Kaffee auf einen der Sessel in der Besucherecke und schlug die Beine übereinander.

»Ich könnte mir das so vorstellen: Er geht zunächst ohne jeglichen Hintergedanken mit seinen Leuten dorthin und baut das bestellte Gerüst auf. Irgendwann fallen ihm die beiden Kinder auf, die direkt daneben Fußball spielen. Den einen Jungen kennt er flüchtig. Er kennt sogar seinen Spitznamen. Er weiß genau, zu welcher Familie er gehört. Es beginnt, in seinem Kopf zu arbeiten. Und dann fasst er einen Plan, den er sofort und ohne mit irgendjemandem Rücksprache zu nehmen umsetzen muss, wenn er erfolgreich sein will.«

Trond wirkte absolut überzeugt.

Mette räusperte sich.

»Und von wem sollte er Bjarnes Spitznamen kennen?«

Der Ex-Kommissar wiegte den Kopf.

»Da bin ich mir nicht ganz sicher. Entweder von Ma-Prang oder von Hulla. Vor beiden habe ich diesen Namen, glaube ich, völlig bedenkenlos benutzt.«

Er hatte wieder den Kopf gehoben und schaute Mette aufmerksam an. Sie stand nun auf und verschränkte nachdenklich die Arme. Trond fuhr fort.

»Ob Xan Ling allerdings eine engere Verbindung zu Hulla hat, weiß ich nicht. Zu Ma-Prang sicher. Dabei glaube ich nicht, dass sie ihm absichtlich mit dem Namen geholfen hat.«

Nun kam der Sysselmann einen Schritt näher zu ihm.

»Aber warum? Warum entführt Xan Ling, wenn er es tatsächlich war, was wir jetzt mal unterstellen – warum entführt er ein kleines, unschuldiges Kind? Warum belastet er sich mit einer solchen Entführung und mit allem, was damit zusammenhängt: Wo verstecke ich das Kind, wie versorge ich das Kind und so weiter. Zu welchem Zweck, Trond, das frage ich mich?«

Trond schwieg. Beide schwiegen.

Nach einer schier endlosen Zeit ergriff er schließlich das Wort. Er wirkte auf einmal erschöpft. Seine Stimme klang brüchig, ja, wenn man eine Stimme als ausgelaugt oder sogar als strohig bezeichnen konnte, dann war es seine jetzt.

»Ich habe die ganze Nacht darüber gegrübelt, ich habe kaum geschlafen, wie du dir denken kannst. Es gibt meines Erachtens nur eine einzige Erklärung dafür ...«

Mette war ganz still. Ihre klaren blauen Augen strahlten nicht nur Ruhe, sondern auch Teilnahme und Mitgefühl aus. Sie brauchte nicht weiter zu fragen. Er würde es ihr gleich sagen.

»Es ist tatsächlich eine Ablenkung. Man will mich, aber auch dich und deine Leute beschäftigen. Und zwar Tag und Nacht. Psychisch wie physisch. Diese Art von Ablenkung ist grausam, menschenverachtend und skrupellos. Aber wir haben es mit Verbrechern zu tun, die genau das sind. Wir haben es mit Menschenschleusern zu tun, da bin ich mir sicher, und mit Mördern.«

Dann erzählte er ihr ausführlich, was Xan Ling bei seiner zweiten Begegnung mit ihm in Ma-Prangs Laden schon über ihn gewusst hatte: wo er herstammte, was ihn nach Svalbard gebracht hatte – womit er seine Tage verbrachte.

»Was?« Mettes weiche Stimme klang plötzlich schrill.

»Das war mir vor zwei Tagen schon unheimlich gewesen und ich vermutete nichts Gutes. Dass er aber ...«

Trond versagte die Stimme und er wandte sich ab.

Mette legte ihm eine Hand auf den Arm.

»Meinst du, dass man uns ablenken will, damit sie ungestört weitermachen können, weil irgendetwas Wichtiges kurz bevorsteht?«

Trond drehte sich wieder zu ihr um. Dann stand er auf und

trat ans Fenster. Sein Blick fiel auf einen der alten Grubentürme. Longyearbyen war hässlich.

»Das könnte durchaus sein«, sagte er. »Ich könnte mir aber auch vorstellen, dass hier vor Kurzem etwas schiefgelaufen ist. Etwas gänzlich Unerwartetes ist eingetreten. Das könnte zu dem Mord an Ma-Prangs Schwiegersohn geführt haben. Er ist schließlich die einzige Leiche, die wir bisher haben. Und das …«

»… hat jemanden auf den Plan gerufen, der irgendwo an einflussreicher Stelle sitzt. Für den oder dessen kriminelle Organisation wurde es ganz plötzlich hochgefährlich und er oder sie muss nun blitzschnell eingreifen, um Schlimmeres zu verhindern. Mit allen Konsequenzen.«

Mette ließ sich müde auf den Sessel in ihrer Sitzecke fallen, beugte sich dann vor und schenkte sich ebenfalls einen Kaffee ein.

»Und wer könnte das sein? Wer ist hier vor Kurzem aufgetaucht?«

Trond musste nicht lange überlegen.

»Das ist sehr übersichtlich, finde ich. Da gibt es meines Erachtens nur zwei Menschen, die eindeutig infrage kommen.«

Mette nickte und übernahm das Wort.

»Die Deutsche. Lea Kirchner. Die angeblich im Umweltschutz aktiv ist. Das sollten wir spätestens jetzt überprüfen.«

»Und?«

Jetzt musste Mette seufzen. Trond ahnte sofort, warum.

»Und Roeben van Namen. Der in der Tourismusbranche tätig und gleichzeitig der Vater einer unserer engsten Verbündeten und Freundinnen hier im Dorf ist – Frida.«

»Hm.«

Wieder sagte keiner der beiden etwas. Schließlich ergriff Trond das Wort. Vorher räusperte er sich mehrmals, als fiele es ihm wirklich schwer, das Folgende auszusprechen.

»Und wer war vorher schon da?«

Mette schlug die Beine übereinander und lehnte sich zurück.

»Wie meinst du das?«

»Hier. Welche Kontaktpersonen haben die beiden? Man braucht Kontaktpersonen, die vor Ort für einen arbeiten. Ohne die geht es nicht.«

»Myklebust!«, platzte es aus Mette heraus.

Trond wusste, dass sie den Journalisten, genau wie er selbst, nicht mochte. Schon beim ersten Fall hatten sie ihn beide im Verdacht gehabt. Vielleicht hatten sie ja diesmal Recht.

»Und?«

»Hulla – den kannte die Deutsche auch«, ergänzte Trond. Einen Moment später fuhr er fort: »Und was ist mit Hagebak? Der ist doch überall auf der Welt herumgekommen. Der hatte mit Menschenschmugglern zu tun, wenn er auch auf der Seite der Vereinten Nationen stand. Kannte Lea Kirchner den Pfarrer nicht auch schon von früher?«

»Ein Pfarrer?«, warf Mette ein und verzog skeptisch ihre Miene.

»Warum nicht? Alles schon dagewesen«, brummte Trond. »Möglicherweise ist er sogar für das Verschwinden seines engen Freundes Pat Cruz verantwortlich.«

Dieser Gedanke war ihm zuvor noch gar nicht gekommen, wirkte aber durchaus plausibel.

Mette schien ebenfalls nachzudenken.

»Und van Namen? Wer war schon hier, den der kennt?« Mette hatte das einfach so hingeworfen.

Trond schaute sie aufmerksam an.

»Siri Hummel zum Beispiel. Darauf bin ich rein zufällig gestoßen. Ihr Sohn Sverre hasst ihn. Es wäre höchst interessant, herauszufinden, aus welchem Grund.«

»Siri? Für die lege ich jederzeit meine Hand ins Feuer.«

»Vorsicht, man verbrennt sich leicht. Wer könnte sonst noch eine Kontaktperson für van Namen sein?«

Der Sysselmann zuckte ratlos die Schultern.
»Bitte, Mette, sag du es.«
Es war so still im Raum, dass sie nun sogar das unaufdringliche Brummen des Computers vernehmen konnten.
»Nein.«
»Doch. Wir müssen versuchen objektiv zu bleiben.«
Seine Stimme klang tonlos, als er es aussprach:
»Dann muss eben ich es sagen – Frida.«

31

Trond hatte Ragnar gebeten, ihn zur Kirche zu fahren, denn er wollte keine Zeit verlieren. Ein Taxi zu rufen, würde eine Weile dauern. Von unterwegs aus versuchte er mehrmals, Frida zu erreichen, doch sie ging nicht an ihr Handy. Vielleicht war sie ja mit den Huskys unterwegs und konnte deshalb nicht reagieren.

Trond glaubte eigentlich nicht, dass Frida in die Verbrechen verwickelt war, sie war ihm wie eine zweite Tochter ans Herz gewachsen. Aber er wusste als erfahrener Kriminalist, dass er nichts und niemanden von vornherein ausschließen durfte. Hätte er, wenn es einen Grund für einen Verdacht gegeben hätte, etwa auch seine Tochter Ingvild kategorisch ausgeschlossen? Eine wirklich schwierige Frage.

Das alles ging ihm durch den Kopf, während der Polizeiwagen den Hügel zu der kleinen Kirche mit dem weithin sichtbaren spitzen Turm hochkroch.

Hier gab es wie fast überall auf Spitzbergen eine Geschwindigkeitsbegrenzung von dreißig Stundenkilometern, die das gemächliche Tempo unterstrich, das auf der Insel Svalbard das Leben aller Bewohner bestimmte.

Niemand war wirklich in Eile. Man arbeitete und schlief, erledigte Dinge und ging seinem Alltag ohne Hektik nach, manchmal ohne festen Stundenplan, mit einem Eifer, der auf dem Festland möglicherweise schon als mildes Desinteresse gewertet würde.

Doch das traf keinesfalls zu. Die Spitzbergener agierten tiefenentspannt in Eis und Schnee und in dieser verwirrenden Dauerhelligkeit.

Mittlerweile hatte Trond begonnen, das zu schätzen und auch an sich selbst zu kultivieren.

»Was hast du heute noch vor?«, fragte er den Polizisten, als sie an der Kirche hielten und er sich abschnallte.

Ragnar verdrehte die Augen

»Ich fahre jetzt noch mal zu Fang Lis Pension. Die Kollegen sind schon da und haben endlich einen Durchsuchungsbefehl. Der kam vorhin aus Tromsø.«

Der Mann schaute Trond an, als wollte er ihm sein Mitgefühl ausdrücken.

»Wir werden deinen Enkel sicher bald finden. Gesund und munter«, fügte er noch hinzu und gab ihm zum Abschied einen Klaps auf die Schulter.

Trond schluckte und stieg dann aus.

»Haltet mich auf dem Laufenden, ja?«

Der Polizist nickte und fuhr los. Trond hob die Hand zum Gruß und ging dann auf die Kirche zu.

Morten Hagebak, ging es ihm durch den Kopf … Der freundliche Seelsorger war der Nächste auf seiner Liste. Hagebak kannte sich im internationalen Milieu der Flüchtlingshilfe und im Asylbereich bestens aus. Der Geistliche war mit Schleppern und Schleusern und deren Tricks und Verbrechen hautnah in Berührung gekommen. Er hatte ihnen in der Vergangenheit das Handwerk gelegt, was er wohl auch dokumentiert hatte, und er war, laut eigenen Aussagen, nun bestohlen worden.

Aber war das alles wirklich so, wie er es berichtete?

Trond betrat den Vorraum der Kirche, wo man Mantel und Stiefel verstauen konnte. Sein Blick fiel auf den Waffenschrank auf der einen Seite. Die Tür war nur angelehnt.

Trond zog seinen leichten Anorak und die festen Schuhe aus und legte sie auf beziehungsweise unter die kleine Holzbank.

Er fand Morten Hagebak in der winzigen Küche hinter dem Tresen seines »Kirchencafés«, auf das er so stolz war.

Trond beobachtete den Mann ein paar Sekunden lang, bevor er ihn auf sich aufmerksam machte.

»*Hei*, Morten!«

Der Pfarrer schaute von seinem Tablett auf. Er verzog seinen Mund zu einem breiten Lächeln.

»Oh, Trond! Gut, dass Sie da sind. Darf ich Ihnen einen Kaffee anbieten?«

Trond zögerte einen Moment, dann winkte er ab.

»Nein danke, aber kommen Sie doch bitte einmal mit und zeigen Sie mir, was genau mit Ihrem Waffenschrank passiert ist.«

Der Pfarrer folgte seiner Bitte, ging mit ihm in den Vorraum und öffnete die Tür des Schranks.

»Schauen Sie, man kann es gut erkennen.« Er zeigte mit dem Finger genau auf die Stelle, an der das Holz gesplittert war. »Da hat jemand das Schloss aufgehebelt, war wohl keine große Aktion. Das war kein Sicherheitsschloss.«

Trond untersuchte die Tür.

»Und wann ist das Ihrer Meinung nach passiert?«

Hagebak zuckte die Schultern.

»Keine Ahnung. Das könnte schon vor Tagen passiert sein, ich habe es nicht sofort bemerkt. Die Kirche steht ja rund um die Uhr offen. Damit jeder Zugang zum Gebetsraum hat und jederzeit beten oder meditieren kann. Im Augenblick haben wir Hochsaison, könnte man sagen. Während der vierundzwanzigstündigen Helligkeit schauen zwischen zehn Uhr abends und acht Uhr morgens jeden Tag ein, zwei Menschen vorbei, um hier abzuschalten. Manchmal sind es sogar mehr.«

»Tatsächlich?«

Der Ex-Kommissar schaute sich den Waffenschrank genauer an und bückte sich dafür.

»Ja, die Helligkeit hält sie wach. Da reparieren sie nicht nur um drei Uhr morgens den Abfluss zu Hause, sondern haben auch das Bedürfnis, zu beten und Stille um sich zu haben. Sie reparieren gewissermaßen ihre Seele.« Morten lächelte.

Trond nickte, richtete sich wieder auf und schaute den Pfarrer aufmunternd an. »Und wann haben Sie den Einbruch registriert?«

Hagebak warf ihm einen unsicheren Blick zu.

»Letzte Nacht, kurz bevor ich zum Sysselmann kam, wo ihr alle versammelt wart.«

Trond hatte den Schrank weit geöffnet und suchte ihn mit den Augen ab.

»Erzählen Sie ruhig weiter, ich sehe mir nur alles noch mal sorgfältig an. Wann genau war das?«

»So gegen Mitternacht? Ich mache oft noch eine letzte Runde, bevor ich mich hinlege. Ich überprüfe die Heizungsanlage und alle Lichter, gucke, ob im Café alles weggeräumt ist, so was.«

Trond drehte sich zu ihm um.

»War denn noch jemand da?«

Er hatte die Frage beiläufig hingeworfen, aber Hagebak riss sofort überrascht die Augen auf.

»Wer denn?«

Jetzt reagierte der Bergenser überrascht.

»Na, was weiß ich, einer der Einkehr suchte? Sie haben doch eben erzählt, dass nachts hier gerade jede Menge Betrieb herrscht.«

»Ach so. Nein, es war außer mir niemand hier. Ich war letzte Nacht alleine.«

»Hmm, was für eine Faustfeuerwaffe fehlt Ihnen denn? Und gab es noch andere? Ich sehe hier nur noch großkalibrige Waffen, und wenn ich richtig gezählt habe, sind es genau zehn.«

Trond hatte eine Hand an eine der Flinten gelegt und drehte sich zu Hagebak um.

»Die Waffen liegen in der Schublade ganz unten«, erwiderte der Geistliche. »Es fehlt eine 454 Casull, wie sie die Piloten und die Leute des Sysselmanns hier auch tragen, wegen der Eisbärgefahr. Soweit ich weiß, ist es die einzige Faustfeuerwaffe, die einem Großkaliber von der Schlagkraft nahekommt. Ursprünglich hatte ich zwei davon. Aber eine habe ich vor ein paar Tagen zu mir genommen und vergessen, sie wieder in den Schrank zurückzulegen.«

Hagebak schien diese Tatsache unangenehm zu sein, er druckste ein wenig herum.

»Aus irgendeinem bestimmten Grund?«

Der Pfarrer starrte ihn an, als hätte er ihn nicht verstanden.

»Was genau meinen Sie?«

»Ob Sie die Pistole aus einem bestimmten Grund zu sich genommen haben?«

Trond schaute ihn abwartend an.

»Nein.«

»Nein?«

»Nein.«

»Dann verstehe ich nicht, warum Sie sie aus dem Schrank entfernt haben. Wollten Sie sie als Deko für die Kirche, oder war sie als Dankeschön für eine liebe Mitarbeiterin gedacht?«

Nun wusste Morten Hagebak gar nichts mehr zu sagen. Die Situation schien ihm peinlich zu sein.

Trond seufzte und ging zwei Schritte auf ihn zu. Er blieb vor ihm stehen und legte den Kopf in den Nacken. Morten war ein ganzes Stück größer, genau wie Polizist Ragnar ging er sicher auf die zwei Meter zu.

»Hier wurde eine höchst effiziente Faustfeuerwaffe entwendet, mit der man einen Menschen ohne größere Probleme töten kann«, stellte Trond fest. »Sie war vermutlich geladen, oder?«

Hagebak nickte stumm.

»Der Schrank wurde aufgebrochen. Und Sie weisen darauf hin, dass Sie kurz zuvor ohne jeglichen erklärbaren Grund eine zweite Waffe dieser Art an sich genommen haben. Das finde ich bedenkens- und bemerkenswert. Mehr wollte ich gar nicht sagen.«

Da schüttelte der Pfarrer vehement seinen Wuschelkopf, als wollte er den Anschein der Unzurechnungsfähigkeit von sich abschütteln, von dem er vermutete, dass er plötzlich an ihm haftete.

»Ich hatte die Casull herausgenommen, um sie jemandem zu zeigen«, erwiderte er rasch.

»Ach? Und wem?«

Jetzt zögerte Hagebak.

Trond trat einen Schritt zurück und lächelte ihn an.

»Soll ich Ihnen auf die Sprünge helfen?«

Der andere reagierte nicht.

»Sie wollten sie Pat Cruz zeigen, habe ich Recht?«

Morten Hagebak nickte kaum merklich, wie ein ertapptes Kind.

»Und aus welchem Grund?«

Der Pfarrer biss sich auf die Unterlippe. Das Kinn, das unter seinem dichten Bart versteckt war, zuckte leicht.

»Das weiß ich nicht mehr so genau. Vielleicht hatte ich die Waffe ihm gegenüber erwähnt, und er war neugierig geworden und wollte sie sich mal anschauen. Ja, so war es. Er hatte noch nie eine Pistole von Nahem gesehen und wollte sie einmal anfassen.«

Trond schloss die Tür des Waffenschranks und drehte sich dann zu dem Geistlichen um. Er verschränkte die Arme vor der Brust.

»Morten, kommen Sie! Jetzt setzen wir uns hier in Ihre Café-Ecke und dann erzählen Sie mir alles ganz genau. Jemand wie Sie, der im Namen der Vereinten Nationen schon auf der ganzen Welt Flüchtlinge gerettet hat, vergisst bestimmt nichts so schnell.«

Trond ließ sich auf den eisblauen Sessel fallen und Hagebak

nahm ihm gegenüber Platz. Er wich Tronds Blick aus und schaute konzentriert auf den blauen Teppichboden.

Trond hatte sich auf dem Weg ins Kirchencafé überlegt, ob er dem Pfarrer seinen Fund in Pyramiden offenbaren sollte. Falls Morten Hagebak in das Verbrechen involviert war, würde es ihn natürlich warnen, wenn er ihm diese internen Ermittlungsergebnisse preisgab. Falls nicht, würde es ihr Vertrauensverhältnis nur stärken. Und das Vertrauen eines Geistlichen war durchaus einiges wert.

Trond entschied sich für die zweite Möglichkeit.

»Wir haben in Pyramiden eine Leiche gefunden, die wir mittlerweile als den Schwiegersohn von Ma-Prang identifizieren konnten. Außerdem waren dort fünfundzwanzig Pässe gelagert.«

Hagebak hatte auf der Stelle den Kopf gehoben und starrte ihn entsetzt an.

»Was für Pässe?«

Trond schilderte es ihm. Der Mann fuhr sich mit der einen Hand fast verzweifelt durch die wilden grauen Locken. Dann bedeckte er mit der anderen flüchtig seine Augen. Als er den Kommissar wieder anschaute, lag eine Spur Resignation in seinem Gesicht.

»Das kann ich kaum glauben, Trond. Obwohl ich das, was Sie mir gerade erzählt haben, natürlich in keiner Weise anzweifle. Aber hier? Auf Svalbard? Hier kann doch jeder herkommen! Auch ohne Visum und Reisepass. Nach all dem Elend, das ich auf der ganzen Welt mitansehen musste, habe ich hier endlich einen Ort gefunden, in dem es gerechter zugeht. Ein wenig nur, aber immerhin.«

Trond runzelte skeptisch die Augenbrauen, dann räusperte er sich.

»Das, was Sie sagen, trifft nur bedingt zu, Morten. Zwar kann jeder hierherkommen, er muss aber aus einem der Staaten stammen, die den Spitzbergenvertrag unterzeichnet haben. Nur dann kann er ungehindert hier Handel treiben und kommt tatsächlich in den uneingeschränkten Genuss aller Rechte. Wer dagegen aus einem anderen Land stammt und vielleicht sogar mittellos ist, muss sich möglicherweise unter unzumutbaren Bedingungen hier verdingen, um nicht abgeschoben zu werden. Wer nicht für sich selbst sorgen kann, bekommt keinerlei Sozialleistungen, wie sie in europäischen Staaten üblich sind, das wissen Sie doch.«

Hagebak nickte stumm, schien aber mit seinen Gedanken woanders zu sein.

»Außerdem kommt kein Einwanderer so ohne Weiteres hierher. Das ist ein Mythos. Die Kontrollen an den Häfen und im Flugverkehr sind massiv und streng. Andererseits braucht Svalbard mit seinem expandierenden Tourismussektor händeringend Arbeitskräfte. Am besten superbillige Hilfsarbeiter. Selbstverständlich suchen die nicht alle. Dabei nehmen es die Arbeitgeber mit den Bestimmungen manchmal nicht besonders genau. Die Hotels und Gastronomiebetriebe durchschauen oft gar nicht, wen sie da unter welchen Bedingungen ins Land holen. Und es gibt immer undurchsichtige Mittelsmänner. Ich habe das mit dem Sysselmann heute Morgen erst ausführlich diskutiert und Mette Møller gab mir Recht.«

Das traf zwar nicht ganz zu, aber Trond hatte mittlerweile einen Verdacht, den er dringend abklopfen wollte. Und dafür brauchte er die Hilfe des freundlichen Trolls Hagebak.

»Ich möchte Sie jetzt ein paar Dinge fragen und bitte Sie, genau nachzudenken und sich möglichst präzise zu erinnern, um uns hier weiterzuhelfen. Bitte seien Sie offen und ehrlich, auch wenn es wehtut. Es geht um Menschenleben, Morten. Wir haben es mit skrupellosen Verbrechern zu tun. Die operieren nicht nur in Asien oder Afrika, nein, sie sitzen auch hier auf Spitzbergen. Vor unseren Augen. Und die dürfen wir nicht verschließen.«

Der Pfarrer atmete tief ein, hielt die Luft einen Moment an und atmete dann hörbar aus.

»Sind Sie bereit?«

Morten Hagebak nickte.

»Seit wann sind Sie hier oben auf Ihrem Posten als Pfarrer?«

»Seit fast zweieinhalb Jahren. Ich habe vorher für kurze Zeit die evangelische Seemannsgemeinde auf Bali betreut. Und davor war ich in Armenien, in Bergkarabach. In dieser Zeit habe ich auch an den Sondereinsätzen für die UN teilgenommen.«

»Haben Sie dort unten jemanden kennengelernt, der Ihnen hier auf Svalbard wieder über den Weg gelaufen ist?«

Hagebak schüttelte vehement den Wuschelkopf.

»Denken Sie bitte genau nach und nehmen Sie sich Zeit.«

Beide Männer schwiegen eine Weile. Schließlich ergriff der Pfarrer das Wort.

»Nein, niemanden. Aus meiner Zeit da unten ist mir niemand hierher gefolgt, das wollten Sie doch damit andeuten, oder? Dass mir jemand gefolgt ist, mit oder ohne mein Wissen.«

Ja, das war tatsächlich sein Gedanke gewesen, musste Trond zugeben, doch er bestätigte es nicht.

»Haben Sie hier auf Svalbard irgendjemandem gegenüber mal etwas über Ihre Arbeit in der Flüchtlingshilfe in Asien erwähnt?«, fragte er stattdessen.

Der Pfarrer dachte wieder ein paar Augenblicke nach.

»Sicher dem Sysselmann gegenüber und auch den beiden früheren Gouverneuren, die ich vor Mette kennengelernt habe. Vermutlich habe ich auch mit anderen Leuten, mit denen ich zu tun habe, also mit Mitarbeitern, darüber gesprochen. Aber ich habe keine Details genannt, wenn Sie das meinen.«

»Sie erwähnten heute Nacht ein Foto, das verschwunden ist. Was für ein Foto war das? Können Sie das bitte noch einmal ausführen?«

Hagebak legte die Fingerspitzen zusammen und nickte.

»Also, es gibt in meinem Büro ein paar Alben aus früheren Zeiten, in denen ich Fotos aufbewahrt habe. Einige sind rein privater Natur, Ferienschnappschüsse, alte Familienfotos, andere dagegen sind Dokumentationen meiner ehrenamtlichen Tätigkeit in der Flüchtlingshilfe. Diese Alben schau ich mir nur selten an, warum auch? Aber vorgestern gab es eine Anfrage vom Chefredakteur der Zeitung hier, Myklebust, in deren Zusammenhang ich mir ein paar von diesen Bildern wieder ins Gedächtnis rufen wollte. Eins davon war herausgerissen, das vor ein paar Monaten definitiv noch drin war. Das ist alles. Die hatte ich doch alle fest eingeklebt. Das hat man früher so gemacht, oder?«

Trond nickte zustimmend.

»Ich habe das nicht verstanden und fand es komisch.«

»Können wir uns das Album einmal zusammen anschauen?«, fragte Trond.

»Sicher.«

Hagebak führte ihn in sein Büro und bot ihm seinen Platz hinter dem ovalen Schreibtisch aus hellem Holz an. Dann griff er in das hohe Regal, das dahinterstand, und zog zwei blaue Fotoalben heraus. Blau schien eine bevorzugte Farbe des Pfarrers zu sein, bemerkte Trond.

Hagebak schob ihm eines der beiden dicken Alben hin und Trond schlug es auf.

Der Pfarrer hatte sich inzwischen gebückt, um auf dem unteren Regalbrett etwas zu suchen.

Trond hörte erst ein Seufzen und dann, wie er sich ziemlich sicher war, ein unterdrücktes Fluchen.

Trond Lie musste grinsen und begann in dem Album zu blättern. Auf den Fotos war der norwegische Pfarrer unter Palmen zu sehen, meist in bunter Freizeitkluft. Am Pool, in einer Art Strandbar mit einem grünen Cocktail mit Papierschirmchen in der Hand, dann in einem spektakulären Open-Air-Restaurant am Meer mit offener Küche und einer grinsenden Küchenbrigade im Hintergrund.

»Morten, ich glaube, ich habe das falsche Album erwischt«, sagte Trond nach einer Weile. »Diese Bilder sehen mir nicht nach einem ehrenamtlichen Engagement in der Flüchtlingshilfe aus.«

Hagebaks Kopf tauchte sofort auf, und er stemmte sich nach oben auf die Ebene des Schreibtischs. Er warf einen kurzen Blick auf die Schnappschüsse.

»Oh ja, stimmt, tut mir leid. Die waren, glaube ich, von einem Kurzurlaub, als ich auf Bali gearbeitet habe.«

Der Pfarrer zog das zweite, fast identisch aussehende Album heraus und öffnete es.

»Das ist das richtige.«

Er blätterte es rasch durch und zeigte schließlich auf eine leere Stelle, wo ein Stück abgerissenes Papier zu sehen war.

»Hier war es. Wenn man sich die anderen Fotos auf diesen Seiten anschaut, weiß man, was auf dem fehlenden Foto drauf war.« Er deutete auf Bilder, die kleine Gruppen von Männern zeigten, die von Polizisten bewacht wurden. »Hier sehen Sie zum Beispiel drei Schleuser, die wir damals in der hochsensiblen Region zwischen Turkmenistan, Afghanistan und Tadschikistan gestellt haben. Die wurden später den Behörden übergeben.«

Trond beugte sich über die noch verbliebenen Fotos und studierte sie genau. Eins davon zeigte drei asiatisch aussehende Männer in unauffälliger Straßenkleidung, die ausdruckslos in die Kamera starrten.

»Hm. Und was war auf dem Foto, das herausgerissen wurde? Wissen Sie das noch?«

Er schaute Hagebak aufmerksam an. Der hatte die Stirn gerunzelt, als würde er angestrengt nachdenken.

»Ich bin mir nicht hundertprozentig sicher«, erwiderte der Pfarrer schließlich, »aber ich glaube, es war ein Bild, das zwei weitere Mitglieder dieser kriminellen Gruppe zeigte. Leider kann ich mich nicht mehr genau erinnern. Es war ein Bild wie viele andere, die wir damals machten.«

Er wischte sich mit der Hand über die Augen.

»Glauben Sie mir, Trond. Seit ich das entdeckt habe, ich meine, dass da ein Bild verschwunden ist, seitdem zermartere ich mir das Gehirn, wer da wohl drauf war.«

Der große, schlaksige Mann wirkte auf einmal hilflos.

Trond stand auf und redete nun auf Hagebak ein.

»Der Diebstahl dieser Fotografie ergibt ja nur einen Sinn, wenn jemand darauf zu erkennen ist, der nicht erkannt werden will und hier auf Svalbard ist. Und zwar aus dem einzigen Grund, weil er weiß, dass er seinen kriminellen Aktivitäten nicht mehr nachgehen könnte, wenn seine Vergangenheit im Zusammenhang mit dem Menschenhandel bekannt würde. Verstehen Sie, was ich meine?«

Hagebak nickte.

»Gleichzeitig muss er aber auch Zugang zu diesem Büro gehabt haben.«

Der Pfarrer schüttelte sofort vehement den Kopf.

»Im Gegensatz zur Kirche, die immer offen steht, verschließe ich mein Büro. Den Schlüssel haben nur ich und meine engsten Mitarbeiterinnen.«

»Hm.«

Trond überlegte.

»Interessanterweise muss sich der, der auf dem Bild zu sehen war, sehr sicher sein, dass Sie ihn ohne die Hilfe dieses Fotos nicht wiedererkennen würden, oder?«

Hagebak wirkte überrascht.

»Das stimmt. Das habe ich mir noch gar nicht überlegt.«

»Also würde erst das Foto Ihre Erinnerung wieder wachrufen. Deshalb ist es vermutlich schon vor längerer Zeit, wie Sie selbst sagen, gestohlen worden, vorsichtshalber sozusagen.«

Hagebak fuhr sich wieder durch die Locken und wirkte ratlos.

»So, jetzt würde ich gern noch einmal einen Blick auf Ihre wunderschönen Urlaubsfotos aus Bali werfen. Wäre das möglich, Morten? Wo Sie sie schon extra haben abziehen und entwickeln lassen. Sie benutzen offenbar neben dem Handy noch einen richtigen Fotoapparat?«

Der Pfarrer nickte begeistert. »Eine alte Canon. Das ist mein Hobby. Die hat eine viel bessere Bildqualität.«

Er schob Trond noch einmal das Album mit den privaten Bildern hin. Der begann sofort zu blättern, als suchte er etwas Bestimmtes. Hagebak beobachtete ihn.

»Da! Das habe ich gesucht!«

Trond hatte seinen linken Zeigefinger auf ein Foto gelegt, das ihm bei der ersten Durchsicht vor ein paar Minuten nur flüchtig aufgefallen war. Er drehte das Album zu dem Pfarrer herum.

»Kennen wir den nicht? Das ist doch …?«

Morten hatte sich über das Foto gebeugt und grinste nun über das ganze Gesicht. Er hob vergnügt den Kopf und war sogar etwas errötet.

»Klar, den kennen Sie. Wir haben uns damals kennengelernt, im Urlaub.«

Trond starrte ihn an. Das »Ach!« verkniff er sich.

»Aber Sie haben mir doch eben versichert, dass Sie damals niemanden kennengelernt haben, der Ihnen später hierher gefolgt ist. Oder?«

Morten nickte heftig, sodass seine grauschwarzen Locken flogen.

»Er ist mir doch nicht wegen meiner Stelle als Pfarrer nach Longyearbyen gefolgt. Das meinten Sie doch vorhin, oder? Mein Job interessiert ihn überhaupt nicht. Er hat das Restaurant in dem Hotel auf Bali geführt, wo ich mich ein paar Tage lang erholt habe. Und wir haben uns auf Anhieb gut verstanden und uns auch ein wenig verliebt.«

Über Mortens Gesicht huschte nun ein winziger Schatten des Zweifels, der ihn einen Moment lang aus der Fassung brachte. Dann hatte er sich wieder gefangen.

»Das ist doch Unsinn, Trond. Ich habe kurz darauf die Stelle hier auf Svalbard angetreten, das stand damals auf Bali ja schon fest. Die indonesische Seemannsmission war nur meine Warteschleife, bis der Posten hier oben frei war. Wir blieben per Skype in Kontakt, und danach jobbte er kurz in Amsterdam, da konnten wir uns mal in Oslo treffen. Als Siri ein halbes Jahr später einen Koch für ihr Restaurant suchte, bot es sich einfach an, dass Pat hierher kam. Er wollte schauen, ob ihn das interessiert und was mit uns werden wird. Das ist alles.«

Trond klappte das Album zu und schüttelte langsam den Kopf.

»Nein, das ist nicht alles. Jetzt ist alles erst richtig losgegangen. Hier scheint vor ein paar Tagen etwas regelrecht explodiert zu sein. Erst ist Pat verschwunden, dann gab es einen Toten und wir fanden viele Pässe von Menschen, von denen wir nicht wissen, wo sie sind. Und am Ende wurde auch noch mein Enkel entführt.«

32

Auf dem Weg zurück ins Zentrum hielt Trond Lie wieder bei Ma-Prang an. Ihr Laden war wie an den beiden letzten Tagen geschlossen, und deshalb lief er sofort zu ihrer Wohnung weiter.

Er klingelte, klopfte wenig später an der verschlossenen Wohnungstür und machte sich sofort Sorgen, als ihm auch dort niemand öffnete.

Trond hielt die ältere Thai-Dame für gefährdet. Nicht nur weil sie in Kontakt mit dem Toten gestanden hatte, sondern vor allem durch ihre offensichtlichen Kenntnisse bestimmter Vorgänge, die sich in Longyearbyen hinter den Kulissen abspielten.

Sie kannte und fürchtete den zwielichtigen Chinesen Xan Ling, das war für den ehemaligen Kommissar eindeutig. Darüber hinaus existierte eine für ihn nicht durchschaubare Verbindung zwischen Ma-Prang und Hulla vom Tourismusbüro, und nicht zuletzt gab es diese körperlichen und möglicherweise auch psychischen Misshandlungen, denen die Thailänderin in der Vergangenheit ausgesetzt gewesen war. Aus welchem Grund und durch wen wusste er nicht.

Aber sie hatte aus Angst geschwiegen, das schien Trond offensichtlich.

Und der Blick und die Worte der Thai-Dame, als er sich gestern von ihr verabschiedet hatte, waren ihm lebhaft in Erinnerung geblieben:

»Sie werden es bereuen.«

Es hatte nicht nur tiefe Verachtung darin gelegen, sondern auch Zorn, Hass und dazu eine große Kraft und Entschlossenheit, die von der zierlichen Frau ausgingen.

Genau deshalb sorgte er sich jetzt um sie.

Als er wieder auf dem Weg stand und sich nun in Richtung

der Grubenpension von Siri Hummel wendete, überlegte er, ob Ma-Prang während einer seiner zahlreichen Mittagspausen bei ihr irgendwann einmal Fang Li erwähnt hatte? Oder Pat Cruz?

Für Trond stand mittlerweile fest, dass der immer gut gelaunte Österreicher und Freund des Pfarrers nicht nur ein exzellenter Koch war, sondern auf irgendeine Weise in undurchsichtige Machenschaften verstrickt sein musste, auch wenn Hagebak das nicht wahrhaben wollte.

Sein Verschwinden vor ein paar Tagen hatte alles ins Rollen gebracht. Nachdem man ihm die Kinderzeichnung mit dem Symbol der Triaden aufs Handy geschickt hatte. Für Trond stellte das eine eindeutige Warnung dar. Pat Cruz hatte sich daraufhin mit einer Waffe versteckt. War er vielleicht in Pyramiden untergetaucht?

Aber warum ausgerechnet dort? Es musste irgendeine Verbindung zu der Geisterstadt geben. Trond musste die genaue Reihenfolge herausfinden, in der die Dinge passiert waren. Nur so konnte er die richtigen Schlüsse ziehen.

Dabei konnte ihm Frida am besten helfen. Aber wo zum Teufel war sie abgeblieben?

Trond fischte sein Handy aus der Anoraktasche und tippte ihre Nummer ein.

Er war mitten auf der Hauptstraße stehen geblieben und starrte auf das Gerät.

Während er ungeduldig auf eine Antwort wartete, erreichte ihn eine größere Besuchergruppe, die ihn geradezu überrannte. Sie folgten einem Fremdenführer, der einen Schirm mit einem Plüscheisbären an der Spitze hochhielt.

So ein Plüschtier hatte auch Bjarne, fiel Trond sofort ein, und er merkte, wie Tränen in ihm aufstiegen, die er jedoch rasch herunterschluckte. Die ungefähr fünfzig Menschen mittleren Alters, die ihn jetzt umzingelten, unterhielten sich lautstark auf Spanisch über seinen Kopf hinweg. Sie waren mit Selfiesticks, prallen Rucksäcken und Stöcken ausgerüstet, und einige schwenkten sogar Taschenlampen. Wozu das bei der blendenden Helligkeit gut sein sollte, blieb ihm ein Rätsel.

Trond war eine Weile lang von seinen Sorgen abgelenkt, ehe er sich aus dem Griff der Spanier oder Südamerikaner befreite.

Frida hatte sich nicht gemeldet und er steckte enttäuscht das Handy zurück in seine Tasche. Sie waren doch für den Vormittag verabredet gewesen?

Dann setzte er seinen Weg zu Siri fort, nicht ohne vorher noch eine Nachricht an Frida zu schicken, die dritte an diesem Morgen, und eine an Sysselmann Mette. Gab es etwas Neues zu den gefundenen Pässen und wie war die Hausdurchsuchung bei Fang Li bisher verlaufen?

Bald hatte er Siris Grubenpension erreicht. Zu seiner Überraschung saß die Wirtin mit ihrem Team draußen auf den bunten Gartenstühlen und alle blinzelten in die Sonne, als wären sie auf Sizilien.

Die Rezeptionistin Georgina hatte sich sogar eine kühne Sonnenbrille aufgesetzt. Trond stutzte. Das Thermometer hatte sicher nicht einmal zehn Grad erreicht.

Wenn die Dauerdunkelheit der Kernpolarnacht die Menschen hier oben massiv verwirrte, so schickte die Dauerhelligkeit sie offenbar in den Wahnsinn.

Zumindest verhinderte sie eine realistische Einschätzung der natürlichen Gegebenheiten, wie Trond beim Anblick des Pensionsteams wieder einmal feststellen musste, das sich am Mittelmeer zu wähnen schien.

»*Hei, hei!*«

Der Bergenser winkte in die Runde.

»*Hei*, Trond, hast du schon Lichtschutzfaktor 180 aufgetragen?«

Diese Frage war, wie er sofort registrierte, zumindest halb ernst gemeint.

Siri stand auf, und gemeinsam gingen sie nach drinnen in den großen Aufenthaltsraum ihrer Pension. Siri schloss die Tür hinter sich.

»Gibt es etwas Neues von Bjarne?«

Sie wirkte besorgt.

Trond schüttelte den Kopf, während Siri ihm den Arm auf die Schulter legte.

»Ich hoffe so sehr, dass man ihn ganz schnell wohlbehalten wiederfindet. Ein Kind! Wer macht denn so etwas?«

Trond reagierte sofort darauf.

»Hast du wirklich keine Idee, Siri?«

Sie starrte ihn ungläubig an.

»Was meinst du denn? Ich habe selbst Kinder. Selbstverständlich nicht!«

Trond spürte, dass er gerade vielleicht zu weit gegangen war. Es war seine eigene Verzweiflung, die ihn dazu gebracht hatte, dennoch war er sich ziemlich sicher, dass Siri ahnte, wer mit den Verbrechen, um die es hier ging, zu tun haben könnte. Dass sie etwas wusste, das ihr selbst vielleicht gar nicht klar war. Er machte eine auffordernde Geste zur Sitzecke, aber die Grubenwirtin schüttelte den Kopf.

»Ich muss dringend Gläser aussortieren. Es kommt gleich jemand, um sie abzuholen. Aber dabei können wir gut reden, wenn es dich nicht stört.«

Sie gingen zusammen zu der kleinen Bar für Hausgäste in der Ecke, wo schon alte Gläser auf dem Tresen standen.

»Möglicherweise gibt es Dinge, von denen du weißt, die du mit den Ereignissen der letzten Tage aber nicht in Verbindung bringst. Wir brauchen jede noch so unwichtig erscheinende Information, um das ganze Bild zusammenfügen zu können. Bitte!«

Siri zögerte einen Moment, nickte dann aber, und beide setzten sich einander gegenüber auf das Sofa und den Sessel.

Die Grubenwirtin strich sich eine lange Haarsträhne aus dem Gesicht.

»Was möchtest du wissen, Trond?«

»Wie bist du an Pat Cruz als Koch gekommen? Kanntet ihr euch?«

Siri ließ sich einen Augenblick Zeit, bevor sie antwortete.

»Moment, Trond. Darüber muss ich nachdenken. Wie war das genau? Es liegt ja schon eine Weile zurück.«

Sie packte einige große Biergläser in einen Karton und zögerte kurz.

»Ich stelle meine Leute grundsätzlich nur auf Empfehlung ein, außer es muss mal schnell gehen. Aber es ist mir wichtig, dass jemand den Neuankömmling kennt. Damit bin ich immer gut gefahren, auch wenn es keine hundertprozentige Garantie gegen einen Missgriff ist.«

»Das heißt, dir hat damals, vor über zwei Jahren, jemand deinen Chefkoch empfohlen?«, fragte Trond.

Siri nickte gedankenverloren.

»Das muss so gewesen sein. Gerade eine so wichtige Position würde ich nicht an einen völlig Fremden vergeben. Am Ende hast du eine Nullnummer hier oben und musst ihn auch noch loswerden. Das heißt, du musst ihm den teuren Flug zurück aufs Festland zahlen. Das ist mir am Anfang mal passiert und dieses Risiko gehe ich nicht mehr ein.«

Sie nahm den Karton und stellte ihn auf den Boden. Trond wollte ihr helfen, doch sie winkte lächelnd ab.

»Und wer hat ihn dir empfohlen?«, hakte er nach.

Siri zuckte mit den Schultern. »Ehrlich gesagt, weiß ich das nicht mehr.«

Der Bergenser räusperte sich.

»Könnte es vielleicht Hagebak gewesen sein?«

Die Pensionswirtin verzog amüsiert den Mund.

»Bei allem Respekt vor dem Pfarrer, Trond, aber eine Empfehlung für einen Spitzenkoch, der kulinarisch echt was drauf haben muss, von jemandem, der zwar gute Predigten hält, aber vermutlich nicht mal weiß, wie man einen Fisch brät, würde ich nicht unbedingt ernst nehmen. Die Konkurrenz hier oben ist, wie du inzwischen sicher mitbekommen hast, höchst kompetent. Wenn es mir wieder einfällt, sag ich es dir sofort, ja? Was möchtest du noch wissen?«

Sie hielt nun ein Weinglas hoch und überprüfte es auf mögliche Sprünge.

»Du kennst sicher Xan Ling, den Chinesen.«

Siri neigte vorsichtig den Kopf.

»Was weißt du über ihn?«

»Das, was alle wissen. Er ist eines Tages hier aufgetaucht und macht sich seitdem in der Infrastruktur im Ort nützlich. Transporte, Reparaturen, alles Mögliche. Ich persönlich mag ihn nicht, habe aber auch nichts mit ihm zu tun.«

»Da bist du unter den Gastronomen in Longyearbyen eine große Ausnahme«, stellte Trond fest.

»Es gibt immer Ausnahmen«, erwiderte Siri. »Du weißt doch, dass ich gern mein eigenes Ding mache. Ich schätze meine Unabhängigkeit über alles und brauche keine Hilfe von außen. Und die von Xan Ling ganz bestimmt nicht.«

In dem Moment stürmte Siris Sohn Sverre in den Raum und blieb abrupt vor der Bar stehen.

Siris Augen weiteten sich.

»Warum bist du nicht in der Schule?« Sie sah kurz auf ihre Uhr. »Es ist noch nicht einmal elf.«

»*Hei,* Trond. *Hei,* Mama. Ich muss meine Angel holen. Wir fahren gleich zum Isdammen und gehen fischen. Toll, was?«

»Warum?« Siri klang verblüfft, während Sverre breit grinste.

»Weil endlich Sommer ist und der Lehrer sagt, wir sollten bei dem schönen Wetter draußen sein. Ist doch super. Was machst du denn hier, Trond?«

Trond grinste nun ebenfalls. Er musste sich an die Definition von Sommer hier oben noch gewöhnen. Aber als er den aufgeweckten Jungen sah, witterte er seine Chance.

»Ich habe deine Mutter gerade gefragt, wer ihr euren Koch Pat empfohlen hat. Kannst du dich vielleicht noch daran erinnern?«

Sverre nickte sofort.

»Klar. Mama, das war doch der eklige Holländer, der gerade wieder aufgetaucht ist und der dann später …«

»Sverre. Es reicht.«

Siri klang zum ersten Mal in Tronds Gegenwart scharf und wütend – die Grubenwirtin, die sonst immer entspannt, herzlich und souverän wirkte.

Trond lehnte sich zurück und sah, dass Siris Mund bebte.

Er machte sich eine Notiz im Kopf.

33

Trond hatte von Sysselmann Mette erfahren, dass auch sie bisher vergeblich versucht hatte, Frida an diesem sonnigen Morgen telefonisch zu erreichen. Das machte ihn so unruhig, dass er sich entschied, sofort bei der Musherin zu Hause vorbeizuschauen. Waren die Hunde noch da? Hatte sie sie mitgenommen? Und wenn ja, wohin?

Er hatte Mette versprochen, danach möglichst rasch bei ihr vorbeizuschauen. Sie habe eine wichtige Neuigkeit, die sie dringend mit ihm besprechen wolle. Es gehe um die Pässe, die sie in Pyramiden gefunden hatten.

Das interessierte Trond zwar brennend, aber um Frida machte er sich im Moment große Sorgen.

Als er bei der jungen Frau angekommen war – sie wohnte gar nicht weit von ihm entfernt am Ende des Stadtteils Haugen –, lenkte er sofort seine Schritte hinter das Haus, wo die Hütten für die Huskys standen. Fast rechnete er damit, dass die Hunde mit Frida verschwunden sein würden. Umso größer war seine Überraschung, als er sie dort entdeckte. Sie sprangen sofort auf die Beine, als sie ihn sahen, und wedelten erwartungsvoll mit dem Schwanz. Trond kannten sie mittlerweile.

Es waren alle fünf Hunde, auch Tika war an Ort und Stelle.

Dann klopfte laut er an Fridas Hoftür.

Keine Reaktion.

Nun begann Tika heftig zu bellen, und die anderen Hunde fielen sofort ein, als müssten sie ihre Leithündin unbedingt unterstützen.

Trond hatte fast das Gefühl, als wollten ihm die Tiere etwas sagen. Der Ex-Kommissar zögerte einen Moment, öffnete dann aber die Tür, von der er wusste, dass Frida sie nie verschlossen hielt.

An der Wohnungstür ein halbes Stockwerk höher klopfte er noch eindringlicher.

Schließlich rief er: »Frida! Ich bin es, Trond.«

Mehr aus einer Eingebung, denn aus kalkulierter Überlegung heraus nannte er seinen Namen. Und tatsächlich, nach schier endlosen Augenblicken, wurde die Tür ganz vorsichtig einen Spaltbreit geöffnet, und er erblickte die junge Niederländerin, in einem erbarmungswürdigen Zustand, wie er sofort registrierte. Ihm verschlug es fast die Sprache.

Dann hielt Frida ihm schweigend die Tür auf, um ihn hereinzulassen.

Trond zwängte sich an ihr vorbei und streifte noch schnell die Schuhe ab, die er an der winzigen Garderobe abstellte. Er stapfte auf Socken in den Wohnraum, der mit der Küche zusammen eine Einheit bildete. Von hier ging ein kleines Schlafzimmer ab, von einem handtuchbreiten Flur aus war das Bad zu erreichen. Das war Fridas gemütliches und einladendes kleines Reich. Trond war öfters und gern bei ihr zu Besuch gewesen.

Während er sich auf das knallrote Besuchersofa, wie Frida es getauft hatte, setzte, überlegte er fieberhaft, was er nun sagen sollte. Er fühlte sich eindeutig überfordert und wusste nicht, wie er sich verhalten sollte. Hier war er nicht als Ermittler gefragt, das war für ihn völlig klar.

Es war offensichtlich, dass seine gute Freundin und Mitarbeiterin, wie er Frida Dritten gegenüber häufig scherzhaft genannt hatte, fürchterlich geweint hatte.

Ihr schönes, etwas herbes ovales Gesicht mit den leicht schrägen Wangenknochen und den winzigen Sommersprossen war gerötet und angeschwollen. Ihre Augen waren verquollen. Sie vermied es, ihn anzusehen, und hatte sich am Tisch halb von ihm abgewendet.

Schließlich räusperte sich Trond und sagte mit unsicherer Stimme: »Obwohl ich sehe, dass es dir nicht gut geht, Frida, bin ich doch sehr erleichtert, dich hier einigermaßen gesund vorzufinden. Ich habe mir ernsthafte Sorgen um dich gemacht. Willst du erzählen, was passiert ist?«

Frida hatte ihre Hände ineinander verkrallt. Nach einer Minute des Schweigens zog die Musherin ein kariertes Stofftaschentuch aus ihrer Hosentasche, schnäuzte sich und steckte es wieder zurück. Dann drehte sie sich so, dass sie Trond im Blick hatte.

»Ich war heute Morgen mit Tika bei Fang Li«, erklärte sie.

Der Ex-Kommissar runzelte die Stirn.

»Ich wollte mich dort einmal umschauen, weil ich ja wusste, dass sie zu diesem Zeitpunkt beim Sysselmann einbestellt war.«

»So etwas allein zu machen war keine gute Idee.«

»Ich hatte Tika dabei. Die habe ich an Bjarnes Mütze schnüffeln lassen, die Ingvild mir gegeben hat.«

»Sehr lieb von dir, aber trotzdem keine gute Idee«, beharrte Trond. »Was genau ist dort passiert?«

Frida berichtete von ihrem Gang durch die Abstellräume des Hotels, darüber, wie sie den chinesischen Aufpasser überlistet hatte und wie das Ganze dann unangenehm geendet hatte, als Xan Ling plötzlich aufgetaucht war.

»Vermutlich hat der Aufpasser Xan Ling darüber informiert, dass du dort herumspionierst. Aber deine Idee, Tika mitzunehmen, war gut. Hat sie in einem der Räume, die ihr betreten habt, angeschlagen?«

Frida schüttelte den Kopf, hielt dann aber inne.

»Ja. In einem kleinen Abstellraum. Aber da war nichts.«

Trond war auf dem Sofa nach vorn gerutscht und schaute sie aufmerksam an.

»Absolut gar nichts?«

»Nein, nur einer dieser geriffelten Schläuche, die man beim Camping benutzt.«

»Beim Camping?«

Trond kratzte sich am Hinterkopf und dachte nach.

»Ja, zum Aufpumpen von Luftmatratzen. Ich kann mich noch an früher erinnern, wenn wir bei Schulausflügen gezeltet haben. Dazu braucht man so ein Teil.«

Tronds Augenbrauen schnellten in die Höhe.

»Und du sagst, das sei nichts gewesen?«

Frida schaute ihn aus ihren verquollenen Augen überrascht an.

»Okay, aber es gab keine Luftmatratze. Weit und breit nicht.«

»Vielleicht gab es die irgendwann mal.«

Trond biss sich auf die Lippen, er war plötzlich fahrig und unruhig. Dann nahm er sich zusammen und wandte sich wieder an seine junge Freundin. Er suchte nach den richtigen Worten und brauchte daher etwas länger.

»Frida, warum hast du so geweint? Vielleicht geht es mich ja nichts an, aber ich würde es wirklich gern wissen. Hatte das etwas mit dem Chinesen zu tun, der dich bei Fang Li überrascht hat? Mit diesem Xan Ling? Hat er dich angegriffen?«

Die Musherin wich seinem forschenden Blick aus.

In dem Moment meldete sich sein Handy. Trond zuckte erschrocken zusammen, so sehr hatte er sich auf seine Frage an Frida konzentriert. Er stand auf und zog es aus der Anoraktasche. Er machte eine entschuldigende Geste in Fridas Richtung.

»Ja?«

Es war wieder der Sysselmann.

»Trond, wir haben eben einen Notruf von einem der Fischerboote am Billefjord erhalten. Du musst sofort kommen. Wo bist du?«

»Bei Frida«, entgegnete er. »Es ist wirklich wichtig. Ich glaube, sie hat etwas bei Fang Li entdeckt, das uns bei Bjarnes Entführung weiterhelfen könnte. Zumindest müssen wir dem nachgehen.«

Für einen Moment herrschte Stille in der Leitung.

»Gut«, ertönte schließlich wieder Mettes Stimme. Sie klang

angespannt, was sie offenbar zu verbergen suchte. »Wir holen euch ab und machen uns dann von Frida aus auf den Weg. Frode ist auch schon hier. Ich schlage vor, dass wir uns aufteilen. Ich fahre mit meinen Leuten zu Fang Li und ihr startet mit dem Heli.«

»Moment mal, was für ein Notruf? Worum geht es überhaupt?«, fragte Trond.

»Das weiß ich nicht. Eines der Fischerboote, die an Pyramiden vorbei den Billefjord hochfuhren, hat uns darüber informiert, dass da irgendetwas nicht stimmt.«

Trond hatte das Handy nun auf laut gestellt, sodass Frida mithören konnte.

Er zog fragend die Schultern hoch, während Frida sich noch einmal schnäuzte und über die Augen wischte.

»Was stimmt wo nicht? In Pyramiden?«

»Nein, Entschuldigung. Ich bin auch schon ganz durcheinander. Sie haben vor Pyramiden die *Australis*, den weißen Segler, gesichtet und sie gegrüßt. Wie man das so macht. Es kam aber kein Signal zurück. Und nachdem sie das mehrfach wiederholt haben und sich immer noch nichts gerührt hat, sind sie näher herangefahren. Die Yacht ankert dort.«

Frida bat Trond um das Handy und er reichte es ihr.

»Ich habe sie vor mehr als zwei Stunden rausfahren sehen. Myklebust war am Steuer und diese Deutsche war mit ihm unterwegs.«

Trond nickte und nahm das Handy zurück.

»Oleg hat heute Morgen die Reisetasche aus ihrem Hotel geholt«, sagte er. »Wir haben sie noch verabschiedet. Und jetzt sind sie weg? Vielleicht sind sie ja mit dem Beiboot nach Pyramiden übergesetzt. Warum die ganze Aufregung?«

»Genau deswegen. Das Beiboot, ein schwarzer *Zodiac*, ist noch an Ort und Stelle. Nur die beiden sind nicht mehr da. Es ist wie ein Geisterschiff.«

34

Von diesem Moment an wurden die Dinge so hektisch, dass Trond sich entschloss, Frida zunächst nicht zu einer Antwort auf seine Frage zu drängen, sondern damit zu warten, bis sie etwas mehr Ruhe haben würden.

Insgeheim hoffte er, dass sie dieses Thema von sich aus anschneiden würde, denn es fiel ihm immer schwer, auf persönliche Dinge einzugehen. Wenn es um einen Kriminalfall ging, hatte er dieses Problem nicht. Da war es ihm ein Leichtes, auch äußerst intime Dinge anzusprechen, wenn es der Aufklärung eines Verbrechens diente.

So hatte er beispielsweise zu Beginn des Jahres, kurz nach seiner Ankunft in Longyearbyen, sein allmähliches Abdriften in einen bedrohlichen Polarkoller für sich behalten, bis er für sich und seine Mitmenschen fast zu einer Gefahr geworden war. Daraus hatte er wirklich lernen wollen. Auch mit Ende sechzig war man noch lernfähig, hatte er für sich beschlossen. Doch es fiel ihm unendlich schwer, eingefahrene Verhaltensmuster zu durchbrechen und neue Wege einzuschlagen, auch wenn sie sinnvoller als die alten waren.

Er zog sich wieder seine Schuhe an, während er Frida dabei beobachtete, wie sie hochkonzentriert ihren Rucksack packte. Sie steckte Warnmunition und Leuchtkugeln ein, überprüfte das Großkaliber und fuhr sich schließlich noch vor dem Spiegel im Flur mit der Bürste durch die langen rotblonden Haare.

Als sie sich zu Trond umdrehte, der hinter ihr wartete, brachte sie sogar ein kleines Lächeln zustande. Er hätte es als ein tapferes Lächeln gedeutet.

Da hörten sie vor dem Haus einen Wagen halten, und Frida lief nach hinten, um Tika zu holen. Es war Mette Møller selbst, die den Wagen fuhr.

Trond bemerkte den überraschten Ausdruck in Mettes Augen, als sie Frida sah, doch auch sie hielt sich zurück.

Auf dem Weg zu dem Heliport beschrieb Frida noch einmal ausführlich, was sie in den Abstellräumen von Fang Lis Pension gesehen hatte – besonders da, wo Tika gebellt hatte.

»Ich habe angeordnet, dass das gesamte Gelände dort sowie alle uns bekannten Massenunterkünfte für saisonale Arbeitskräfte während unserer Abwesenheit durchsucht werden. Wir müssen unbedingt die Menschen ausfindig machen, deren Pässe wir gefunden haben. Möglicherweise sind auch sie in Gefahr. Fang Li haben wir unter dem Verdacht der Komplizenschaft im Zusammenhang mit illegalem Menschenhandel in Untersuchungshaft genommen. Obwohl dieser Verdacht im Augenblick noch auf wackeligen Füßen steht. Auch für ihre Beteiligung an der Entführung deines Enkels haben wir momentan noch nicht genug Indizien. Die Suche nach dem Kind hat für uns absolute Priorität. Da sind wir weiterhin dran. Aber der Segler vor Pyramiden ist auch sehr wichtig. Ihr müsst herausfinden, was da los ist. Es ist zu vermuten, dass das alles miteinander zusammenhängt.«

Sie hatte sich zu Trond umgedreht, der schräg hinter ihr saß. Dann wandte sie sich an Frida auf dem Beifahrersitz.

»Du erwähntest eben, dass dich Xan Ling dort überrascht hat. Wir haben versucht ihn aus dem Verkehr zu ziehen, aber er ist uns entwischt. Als wir ihn verhört haben, hat er kein Wort gesagt. Dieser Typ ist nicht ungefährlich. Was ist denn passiert, als er dich dort überrascht hat? Warum hast du geweint?«

Frida kraulte wie zur Beruhigung den Kopf ihrer Hündin, die sich zu ihren Füßen zusammengerollt hatte.

»Er wollte wissen, was ich in Fang Lis Hotel zu suchen hätte, und ich habe ihm eine Lüge aufgetischt, um zu sehen, was passiert.«

Fridas Stimme klang gebrochen.

»Ach?«

Trond konnte diesen Ausruf nicht vermeiden. Er war ihm einfach herausgerutscht.

Frida nagte an ihrer Lippe.

»Und was für eine Lüge war das?«

Die Musherin schien ihren ganzen Mut zusammenzunehmen, bevor sie antwortete.

»Ich habe behauptet, jemand hätte mich dorthin geschickt, um nachzuschauen, ob es irgendwelche Spuren gäbe, und wenn ja, sie möglichst rasch zu vernichten.«

»Was für Spuren?«, hakte Mette sofort nach.

Frida zuckte die Schultern. »Ich weiß auch nicht. Ich habe es bewusst vage gehalten. Ob ich auf der Suche nach Bjarne war oder nach illegalen Arbeitskräften, habe ich im Dunkeln gelassen.«

»Und wer soll dich dorthin geschickt haben? Das hat der Chinese doch sicher gefragt.«

Tronds Frage war offenbar für sie um einiges schwieriger zu beantworten. Frida nagte wieder an der Unterlippe. Es herrschte ein langes Schweigen im Wagen.

»Frida?«

Trond fragte vorsichtig nach. Er ahnte, dass das die entscheidende Frage war.

»Ich habe ihm gesagt, wer ich bin. Ich habe meinen vollen Namen genannt, den er, glaube ich, bisher nicht kannte. Und ich habe ihm gesagt ...« Hier brach sie ab. Beide im Auto merkten, dass Frida wieder mit den Tränen kämpfte. Trond wollte es ihr ein wenig erleichtern.

»Du hast ihm gesagt, dass dein Vater dich geschickt hat.«

Die Musherin nickte fast unmerklich.

Mette hatte erstaunt die Augen aufgerissen und fuhr an den rechten Straßenrand, um den Wagen anzuhalten. Trond hoffte, dass der Sysselmann jetzt erst einmal nichts sagen würde, damit Frida Zeit und Kraft fände, um sich zu sammeln und das hier durchzustehen. Er würde sie Schritt für Schritt dabei unterstützen.

»Du hast ihm diese erfundene Begründung mit deinem Vater angeboten, in der Hoffnung, sie würde nicht der Wahrheit entsprechen. Habe ich Recht?«

Wieder nickte die Niederländerin. Sie hielt die Augen geschlossen und Tika gab ein kleines Winseln von sich.

»Das heißt, du wolltest dich vergewissern, dass es nicht stimmt. Du wolltest, dass er deinen Vater gar nicht kennt und dass er keine Ahnung hat, was ein Meneer van Namen mit der ganzen Sache zu tun haben könnte? Damit hast du in Kauf genommen, in echte Schwierigkeiten mit diesem brutalen Mann zu geraten. Respekt. Das hätte sehr schlimm für dich ausgehen können, wie du sicher weißt.«

Wieder Schweigen.

»Und dann?«

Frida räusperte sich. Heiserkeit hatte sich auf ihre Stimmbänder gelegt.

»Dann hat er meinen Vater tatsächlich angerufen, um das zu überprüfen. Dafür ist er in den Nebenraum gegangen und hat mich eingeschlossen, sodass ich nicht fliehen konnte.«

Wieder ließ er Frida Zeit. Er konnte sich vorstellen, was ihr durch den Kopf ging und wie schwer ihr das Herz geworden war.

»Als er zurückkam, hat er nur genickt und gesagt, ich soll mit dem Hund verschwinden und mich nicht mehr blicken lassen.«

»Was du dann auch getan hast?«

Frida nickte.

»Ich bin aufs Fahrrad gestiegen und so schnell ich konnte mit Tika nach Hause gefahren.«

»Und dort hast du geweint.«

»Ja. Sehr lange. Aber jetzt ist es vorbei.«

Frida strich sich eine Haarsträhne aus dem Gesicht. Sie schluckte, sah erst Mette Møller an und drehte sich dann zu Trond hinter sich. Sie schluckte noch einmal, bevor sie weitersprach.

»Ich wollte es wissen. Ich musste es wissen. Und jetzt weiß ich es.«

35 Der Helikopter ankerte förmlich über dem Boot in der Luft. Frode, der Pilot, schwebte so tief er konnte nach unten. Das schmucke weiße Segelboot, das vor über zwanzig Jahren speziell für Polargewässer konstruiert worden war, schaukelte, wie Frida durch das Fernglas erkennen konnte, ruhig auf dem Billefjord vor der Küste von Pyramiden.

»Ich kann niemanden an Deck entdecken.«

Die Musherin suchte das Boot mit dem Fernglas ganz genau ab.

»Sie könnten sich natürlich auch unter Deck aufhalten«, stellte Trond fest, »aber die Kollegen, die sie vorhin angepiept haben, berichteten ja, dass sich niemand gemeldet hat. Obwohl es eigentlich internationalem Seerecht entspricht, dass man auf eine Meldung, die reinkommt, umgehend reagiert.«

»Ich kann das Beiboot erkennen, den schwarzen *Zodiac*!«, rief Frida plötzlich. »Es ist dort, wo es hingehört, wenn es nicht benutzt wird.«

»Dann muss sie jemand abgeholt haben«, schloss Trond, der sich während des Flugs mit einer der Dienstpistolen vertraut gemacht hatte, die ihm Mette vor dem Abflug übergeben hatte.

Frida schaute auf.

»Oder man hat sie entführt. Du kannst mich jetzt runterlassen«, rief sie dem Piloten zu.

Frode nickte und drehte sich zu ihr.

»Du hast das ja schon mal gemacht, weißt du noch, vor zwei Jahren, als wir die Robbenwelpen gerettet haben. Da haben wir dich vom Heli aus in die Schneespalte hinuntergelassen.« Frode lachte vergnügt. »Die Fliegende Holländerin!«

Jetzt musste auch Trond schmunzeln.

»Wir haben dich heil wieder hochgeholt. Kannst du dich noch erinnern, wie man sich am Seil sichert?«

Trond Lie überprüfte seine Waffe, eine Casull 460 – das Langkaliber, das man hier bei Polizeieinsätzen verwendete.

Frida hatte sich den Sicherheitsriemen umgeschnallt und ihn festgehakt. Der Hubschrauber stand mit laut kreischenden Rotorblättern in der Luft, als sie vorsichtig die Tür aufschob.

Sofort zog ein scharfer Windzug herein und schien alles im Inneren des Gefährts vereisen zu wollen.

Die Musherin hangelte sich zum Ausgang. Als sie Trond streifte, legte er ihr kurz die Hand auf den Arm.

»Viel Glück, Frida. Riskier bitte nichts. Wenn du unsicher bist, was zu tun ist, melde dich. Auch sonst, wir bleiben immer in Kontakt!«

Die junge Frau nickte und hockte sich auf den Ausstiegsbügel des Helikopters. Der Pilot überprüfte noch einmal den Sicherheitsriemen, dann ließ sich Frida langsam nach vorn kippen und glitt sachte mit den Händen am Riemen hinunter.

Frode, aber auch Trond, dem Frida die Hundeleine in die Hand gedrückt hatte, verfolgten, wie die junge Frau immer tiefer über dem Boot zu pendeln schien.

Dann sprang sie ab.

Der Pilot stieg wieder ein kleines Stück auf und drehte über dem Segelboot eine ruhige Runde. Glücklicherweise stürmte es heute nicht. Das erleichterte dieses nicht ganz ungefährliche Manöver.

Trond verfolgte Fridas Suche nach den beiden verschwundenen Personen auf dem Boot von oben durch das Fernglas. Er sah, wie sie erst den schwarzen *Zodiac* genauer untersuchte und dann das Zeichen nach oben machte, dass alles in Ordnung zu sein schien.

Dann suchte sie das Deck genauer ab. Die *Australis* war ein Einmaster, ein Segelboot und kein Motorsegler. Sie war etwa 22 Meter lang und konnte bis zu zwölf Menschen aufnehmen, auch wenn es dann etwas eng wurde. Es war ein komfortables und sicheres Boot und hatte seinem Designer und dem Arktis-Abenteurer, für den es gebaut worden war, schon viel Anerkennung und etliche Preise eingebracht. Alles funktionierte hier per Hand, nichts war automatisiert, es war den Erbauern wichtig gewesen, über alles die Kontrolle zu behalten. Das Boot war außerdem nach klimafreundlichen und nachhaltigen Prinzipien konstruiert worden und wurde ausschließlich zu diesen Zwecken vermietet. Erst vor Kurzem hatte Greenpeace den Segler für eine Aktion genutzt, wie man in der *Svalbard Posten* lesen konnte.

Die beiden Männer verfolgten von oben, wie Frida in das Steuerhaus kletterte, um sich genauer umzusehen. Sie verbrachte dort etliche Minuten, und Trond vermutete, dass sie die Logbucheintragungen überprüfte, um möglicherweise etwas über den Verbleib der beiden Passagiere zu erfahren.

Endlich erschien Frida wieder an Deck und winkte ihnen nach oben.

In der Hand hielt sie ein Tablett, das sie nun, für alle gut sichtbar, in ihrem Rucksack verstaute.

Gleichzeitig hatte sie das Satellitentelefon gezückt, das ihr selbst hier, knapp unter dem Nordpol, die Kommunikation mit den Kollegen im Helikopter ermöglichte. Dieses Telefon funktionierte nicht wie ein gewöhnliches Handy, sondern auf Iridium-Basis.

»Hier ist nichts Ungewöhnliches. Außer dass niemand zu sehen ist«, gab sie durch.

»Ich habe das Tablett eingesteckt, das hier herumstand. Das könnt ihr später analysieren. Hier liegt sonst nur noch eine Packung Tabak herum und drei leere Pappbecher, in denen mal Kaffee war. Einer davon mit Milch, zwei ohne.«

»Drei?« Diese Information verblüffte Trond. »Hast du dich nicht verzählt?«

Es dauerte ein paar Sekunden, bis Frida sich auf der anderen Seite wieder meldete.

»Nein.«

»Pack sie auch ein. Die Pappbecher, meine ich.«

»In was?«

»Keine Ahnung. Was da ist. Vielleicht in einen Beutel, sie müssen geschützt sein.«

Frida verschwand wieder im Steuerhaus, kehrte jedoch schnell zurück.

»Ich gehe jetzt nach unten, in die Schlaf- und Aufenthaltsräume, okay?«

»Okay.«

Frida kletterte nach unten. Trond spürte, dass er nervös geworden war. Warum *drei* Pappbecher? Es waren doch nur zwei Leute auf dem Boot gewesen. Oder hatten sie Besuch von einer dritten Person bekommen? Mit der sie dann auch noch lustig Kaffee tranken?

Tika japste und winselte plötzlich an seiner Seite. Trond streichelte die Hündin, um sie zu beruhigen.

»Frida ist gleich wieder bei dir«, flüsterte er ihr zu.

Wo blieb die Musherin nur?

Trond suchte mit dem Fernglas noch einmal das Oberdeck ab. Seine Kollegin war durch das Steuerhaus nach unten gestiegen und seitdem für sie unsichtbar. Er schaute auf die Uhr. Da meldete sich das Funkgerät. Trond griff sofort danach und ließ den Husky los.

»Irgendetwas Besonderes?«

»Ja«, sagte Frida und ihre Stimme klang gedämpft, als hätte sie Probleme, deutlich zu sprechen.

»Was ist denn?«

»Es ist furchtbar«, hörte er sie nach einer Weile sagen.

»Frida, hast du unten etwas gefunden?«

Trond hörte trotz des Lärms, den die Rotoren verursachten,

dass sich die junge Frau irgendwo unter ihnen sehr zusammennahm, um ihre Stimme unter Kontrolle zu halten.

»Es ist alles voller Blut. Hier muss ein Kampf stattgefunden haben.«

»Was sagst du?« Trond schrie es ins Funkgerät.

»… tot.«

»Wer? Beide?«

»Nein, nur einer. Der Journalist, Myklebust. Holt mich bitte hoch. Schnell. Ich komme jetzt nach oben.«

36

Ma-Prang kannte möglicherweise nicht alle Unterkünfte, in denen man die illegalen Arbeiter unterbrachte, das war ihr klar. Dafür war Xan Ling verantwortlich, wie sie wusste, und er behielt die Einzelheiten der nach Schweiß stinkenden Logistik, wie ihr Schwiegersohn es einmal breit grinsend genannt hatte, für sich. Je weniger Leute eingeweiht waren, desto sicherer war das Geschäft.

Doch Pana Saeli, der Nichtsnutz, den ihre Tochter geheiratet hatte, hatte am Küchentisch immer mal wieder etwas angedeutet, um sich wichtig zu machen. Ihre Tochter hatte dann die Augen gerollt, während Ma-Prang versucht hatte, nicht richtig hinzuhören.

Sie hatte entschieden, dass es sie nichts angehe, dass sie damit nichts zu tun habe.

Dabei hatte sie ja tatsächlich nichts damit zu tun, ahnte aber, dass einige, mit denen sie täglich in Kontakt stand, die ihr zum Beispiel bei den Essenslieferungen halfen, schwere Reissäcke bei ihr abluden, Verpackungsmaterial entsorgten, was ihr allein nicht ohne Weiteres gelungen wäre, dass die Teil eines Systems waren, das sich nicht oder nur teilweise im gesetzlichen Rahmen bewegte.

Das war ihr nie angenehm gewesen, aber sie hatte es akzeptiert. So war das Leben eben. Und nicht alles, was nicht richtig war, war deswegen schon falsch, oder?

Meist gab es gleitende Übergänge, davon war Ma-Prang überzeugt, und dabei war es wichtig und notwendig, für sich selbst festzulegen, wo genau der Punkt lag, den man weder überschreiten noch tolerieren konnte. Diesen Punkt hatte sie schon lange für sich bestimmt und sich peinlichst genau daran gehalten, ihn nicht zu ignorieren.

Wenn es um das Wohl eines Kindes ging, wurde die Sache für Ma-Prang kritisch.

Als sie vom Verschwinden von Tronds Enkel erfuhr, stand ihr Entschluss auf der Stelle fest. Sie würde nach Bjarne suchen und sie würde ihn finden.

Jetzt war sie in der gleißend kalten Sonne nach Nybyen gelaufen, um sich Zutritt zu der zwielichtigen Unterkunft zu verschaffen, die sie schon lange kannte.

Es war das Haus, das genau neben dem lag, das vor ein paar Wochen von einer Lawine verschüttet worden war. Was wäre passiert, wenn es dieses Haus ebenfalls erwischt hätte? Das war ihr damals sofort durch den Kopf gegangen. Die tödliche Lawine hatte das Gebäude nur um wenige Meter verfehlt. Es hätte viele Tote und Verletzte gegeben, die niemand hätte identifizieren oder erklären können. Die Lawine war in der Nacht abgegangen, und alle im Dorf hatten gedacht, dass da sowieso niemand mehr wohnte, schon lange nicht mehr. Oder etwa doch?

Die zierliche Thai-Frau schlich sich hinter das Wellblechhaus und steuerte auf den Schuppen zu, der einst für Schneemobile reserviert war. Dass diese Gefährte im Sommer nicht hier geparkt wurden, war ihr bekannt, da lagerte jetzt nur altes Werkzeug. Manches davon war kaputt und wurde vermutlich als Reserve für andere Reparaturen aufbewahrt. Müll wurde hier nicht gestapelt. Das war selbst Kriminellen zu heikel, wegen der Eisbärgefahr, wie Ma-Prang zu wissen glaubte, und sie sah sich im Halbdunkel des Schuppens um. Vor dem Eisbären hatten sie immerhin Respekt und Angst, stellte sie zufrieden fest.

Schade, dass sie keinen dressierten Bären dabeihatte, mit dem hätte sie richtig auftrumpfen können. Die Thailänderin musste bei dem Gedanken kurz lächeln. Sie, die kleine Ma-Prang mit dem riesigen Tier an der Leine im Schlepptau, das auf ihr Kommando hörte …

Geräuschlos öffnete sie die niedrige Tür, die vom Schuppen

ins Haupthaus führte. Sie wusste nämlich, dass die Eingangstür entgegen den örtlichen Gepflogenheiten stets abgeschlossen war. Im Flur gab es nur eine rote Notbeleuchtung. Sofort schlugen ihr verbrauchte Luft und unangenehme Gerüche entgegen. Sie kannte sich aus in dem Gebäude. Hier lagen die Schlafräume der erschöpften Männer, die in engen Stockbetten ruhten. Um diese Tageszeit dürfte wohl kaum jemand hier sein, es sei denn, er war nicht eingesetzt. Aber das konnte Ma-Prang sich kaum vorstellen.

Diese Menschen wurden immer eingesetzt. Sie wurden als rechtlose Arbeitskräfte ausgebeutet, Lohn bekamen sie so gut wie keinen, der wurde ihnen für die Reise und die Unterbringung vorenthalten, ihre Pässe hatte man ihnen sowieso abgenommen, um sie gefügig zu halten. Und Menschen, die nicht eingesetzt wurden, waren wertlos. So lautete die Rechnung.

Ma-Prang schaute immer wieder hinter sich, während sie sich wie eine Katze behände durch den langen Flur bewegte. Wenn Xan Ling sie jetzt überraschte, war sie verloren, das wusste sie. Der würde nicht lange fackeln. Aber das nahm sie in Kauf, wenn sie nur den Kleinen finden konnte.

Eigentlich gab es hier nur zwei Räume, die sich als Versteck eigneten, und zwar einen ganz hinten und einen im oberen Stockwerk, wo niemand hinkam. Sie hatte gerade die Tür zum Flur erreicht, doch die klemmte, und erst nach einiger Mühe gelang es Ma-Prang, sie zu öffnen.

In dem Moment stürzte jemand aus einem der vorderen Räume, und sie konnte gerade noch schnell genug in dem Raum hinter der Tür verschwinden, sodass man sie sicher nicht erkennen konnte.

Das war knapp gewesen!

Hier in diesem Raum war niemand, und es gab auch keinen Hinweis darauf, dass sich hier jemand vor Kurzem aufgehalten haben könnte. Als sie draußen kein Geräusch mehr hörte, schlüpfte sie rasch wieder in den Flur und hastete weiter.

Am Ende des Korridors musste eine schmale Wendeltreppe nach oben führen, das hatte sie noch vage in Erinnerung. Es war eine Ewigkeit her, dass sie in diesem Haus einmal geputzt hatte. Das musste kurz nach ihrer Ankunft auf Svalbard gewesen sein. Damals hatte sie ihre Tochter pflegen müssen.

Langsam, aber geschmeidig zog sich die Thai-Frau die schmale Treppe hoch.

Auf halber Höhe hielt sie kurz inne und lauschte nach oben. Waren da Geräusche zu hören? Sie zögerte, doch dann stieg sie weiter hinauf, bis sie den oberen Treppenabsatz erreicht hatte.

Sie merkte, dass sie etwas nach Luft ringen musste. Bald hatte sie sich an das Halbdunkel gewöhnt. Ihre Augen waren noch gut, auf die konnte sie sich besser verlassen als auf ihr Gehör, das wusste sie.

Genau gegenüber lag nun das kleine Zimmer, das man leicht übersehen konnte, wenn man es nicht kannte. Sie kannte es von damals.

Es war das Zimmer, in das die Kranken gebracht wurden, die aus der *Asian Community*. Für eine Behandlung im medizinischen Zentrum an der Hauptstraße von Longyearbyen reichte das Geld in der Regel nicht, bei keinem von ihnen.

Aber krank durfte man hier auf Svalbard sowieso nicht werden. Das war nicht vorgesehen. Die medizinische Versorgung war nur auf leichte Fälle ausgelegt, und auch diese Behandlung kostete zu viel, außer man war offiziell bei einer Firma fest angestellt, die dafür aufkam. Für schwere Verletzungen oder Operationen musste man sowieso ins Krankenhaus aufs Festland gebracht werden.

Ihre Tochter hatte damals eine bös infizierte Wunde gehabt, die nicht heilen wollte und die hier versorgt worden war. Wie lange hatte sie in diesem Zimmer an ihrem Bett gewacht in der Hoffnung, dass es sich nicht verschlimmern würde? Am Ende hatten ihr alte Hausmittel helfen können.

Ma-Prang schlich auf Zehenspitzen zur Tür und hielt ihr Ohr daran.

Nichts war zu hören, und sie drückte vorsichtig die Klinke hinunter.

Wenn Bjarne in der Hand der Schleuser war, musste er hier festgehalten werden. Das stand für sie fest.

Ma-Prang hielt die Luft an, bevor sie die Tür langsam öffnete.

Es gab kein Fenster, sodass der Raum weitgehend im Dunkeln lag. Das grobe Zwielicht genügte jedoch, um alles mit einem Blick erfassen zu können.

Das Zimmer war leer. Nur ein Bett und ein kleiner Tisch, sonst nichts.

Niemand lag dort, aber das fleckige Bettzeug war zerwühlt, und auf dem Tisch stand eine leere Limonadenflasche. Auf dem Boden, fast unter das Bett gekullert, war ein kleiner Plüscheisbär.

37 Frode hatte über das Kommunikationssystem des Helikopters umgehend das Büro des Sysselmanns über den grausigen Fund auf dem Boot informiert.

Mette Møller sei mit allen Leuten, die ihr zur Verfügung stünden, im Einsatz, teilte man ihm mit, aber man würde sie selbstverständlich umgehend informieren.

Außerdem erwarte man mit dem Mittagsflieger aus Tromsø endlich personelle Verstärkung.

Trond hatte den Piloten auch gebeten, auszurichten, dass er und Frida nun nach Pyramiden weiterfliegen würden, da anzunehmen war, dass die verschwundene zweite Person sich unter Umständen dort aufhalte oder festgehalten werde. Schließlich sei die russische Geisterstadt nicht sehr weit entfernt, sodass sie bei den momentanen Wetterverhältnissen mit einem kleinen Boot gut in maximal zehn Minuten erreichbar wäre.

»Es gibt keine andere Option«, brummte Trond, der sich gerade fertig machte, um auszusteigen. »Wo soll man hier sonst hin? Das ist wirklich mal ein Vorteil der Arktis. Die Zahl der möglichen Aufenthaltsorte ist tatsächlich begrenzt.«

Frida hatte sich inzwischen einigermaßen beruhigt. Sie hatte ihm knapp beschrieben, wie sie den blutüberströmten Myklebust im Aufenthaltsraum unter Deck gefunden hatte. Er sei tot gewesen, erschossen, wie sie meinte, ohne ihn näher untersucht zu haben. Es habe für sie nach einem Kampf ausgesehen, oder zumindest sei etwas gesucht worden, da vieles durchwühlt und chaotisch ausgesehen habe. Aber das sei nur ihr Eindruck gewesen, sie sei ja keine Polizistin.

Trond hatte ihr umgehend einen Becher heiße Schokolade aus der Thermoskanne gereicht, als sie wieder sicher in den Heli zurückgeklettert war. Sie hatte am ganzen Leib gezittert und war kreidebleich gewesen. Der Kommissar war sich im Nachhinein der Gefahr bewusst, der er sie ausgesetzt hatte. Das Abseilen war schon riskant genug gewesen, und dann hatte er sie noch allein auf ein unbewachtes Boot geschickt, auf dem nicht nur eine Leiche liegen, sondern auch ein Mörder versteckt auf sie hätte warten können.

Und das, nachdem er sie kurz zuvor in einem psychischen Ausnahmezustand angetroffen hatte.

Trond machte sich schwere Vorwürfe. Schließlich gab er sich einen Ruck.

»Ich hätte dich nicht da hinunter schicken dürfen«, sagte er zu Frida. »Bitte gib mir Bescheid, wenn du darüber reden willst. Aber jetzt müssen wir hier erst mal raus und uns einen Plan zurechtlegen.«

Frode hatte die Genehmigung erhalten, nach Pyramiden weiterzufliegen, und setzte bereits zur Landung an.

Fünf Minuten später sprangen alle drei zusammen mit Tika aus dem Hubschrauber.

»Wenn uns hier jemand erwartet, bieten wir eine verdammt gute Zielscheibe, möchte ich nur mal anmerken.«

Frode hörte sich nicht gerade begeistert an und nestelte, wie um sich zu vergewissern, an seiner Waffe, die er in seiner Jacke trug.

Trond zuckte die Schultern.

»Das ist an einem Ort wie diesem nicht zu ändern. Es ist eine Geisterstadt kurz unter dem Nordpol. Sie liegt vierundzwanzig Stunden in gleißender Helligkeit, in der man nichts, aber auch gar nichts verbergen kann. Jedes Gefährt, das sich aus der Luft oder auf dem Wasserweg nähert, wird zwangsläufig auffallen, falls jemand hier ist und das beobachtet. Und davon gehen wir jetzt mal aus, oder?«, sagte der Kommissar, an die beiden anderen gewandt.

Bald hatten sie den Prospekt mit der löchrigen Leninbüste

erreicht und waren davor stehen geblieben. Misstrauisch schauten sie nach allen Seiten. Der sonst so zugige Platz war gähnend leer und es war komplett still.

Da begann Tika plötzlich sehr leise zu winseln, als wollte sie die Stille ganz gewiss nicht stören. Frida richtete ihre Aufmerksamkeit sofort auf die Leithündin.

»Was hat sie?«, fragte Frode und blickte nervös in Richtung des Kulturhauses und der benachbarten Schwimmhalle, die nicht weit entfernt von ihnen lagen.

Frida betrachtete die Hündin.

»Sie hat etwas gehört, das wir nicht hören können.«

Alle drei bewegten sich nicht mehr, um noch konzentrierter in die Stille abzutauchen. Absolut nichts war zu hören.

Trond hatte seine zwei Begleiter gerade noch einmal mit den Augen abgetastet: Da war der sonst so entspannte fröhliche arktiserprobte Pilot Frode, den seit dem unerwarteten Leichenfund auf dem Boot die nackte Angst gepackt zu haben schien, die ihn fast lähmte, wenn er seine Körpersprache richtig deutete.

Und neben ihm stand die unerschrockene Frida, die erst an ihrem Vater verzweifelt war und dann eine grausige Entdeckung machen musste, auf die sie nicht vorbereitet sein konnte.

Ob sie trotz allem weiterhin so souverän mit Gewehr und arktischen Gefahren umzugehen wusste, dass er sich wie gewohnt hundertprozentig auf sie verlassen konnte?

Und wie stand es um ihn selbst?

Er war ein müder alter Mann, der kaum einen Schimmer von der polaren Realität hatte und bis heute, auch nach einem halben Jahr, am liebsten immer noch so tat, als wäre er nicht hier, sondern irgendwo anders auf der Welt, wo weder die Sonne noch das Dunkel verrückt spielten und ihm eine lange Nase drehen konnten.

Drei traurige, verzweifelte Musketiere, verloren in der Arktis, einer eiskalten Sonne ausgesetzt.

Sein Blick fiel auf Tika, die ihnen nun mit der Schnauze auf dem Boden den Weg zu zeigen schien.

Wenigstens verhielt sich die Husky-Hündin noch wie eine Husky-Hündin.

Sie folgten Tika in Richtung des Kulturhauses. Tronds Gehirn arbeitete währenddessen fieberhaft.

Myklebust hatte Interesse am Kulturhaus gezeigt, war es nicht so gewesen? Oder war es die Schwimmhalle gewesen? Oder war das doch Fridas Vater gewesen?

Aber da gab es noch etwas.

Irgendetwas hatte jemanden verblüfft, hier in Pyramiden.

Was hatte die beiden russischen Wachleute überrascht, die sich hier bestens auskannten, das Komiker-Duo? Ihre Namen hatte Trond schon wieder vergessen.

Etwas, um das er sich nicht weiter gekümmert hatte. Was ihn aber hätte beschäftigen müssen.

Ihn hatte nur die Mumie interessiert. Ein Fehler?

Es gab aber noch jemanden außer den Wachleuten, den das interessiert hatte. Wer zum Teufel war das noch mal gewesen? Myklebust? Genau.

Trond hasste es, wenn er merkte, dass sein einst hervorragend funktionierendes Gedächtnis nicht mehr so lief, wie er es von früher gewohnt war. Er hasste es nicht nur, nein, er schämte sich auch dafür.

Obwohl es niemand außer ihm selbst hätte vergleichen und beurteilen können. Der jüngere Trond, der ältere Trond. Der alte Trond, die junge …

»Frida, kannst du dich daran erinnern, was die beiden Wachleute so überrascht hat, als wir sie hier befragt haben?«

Die Musherin drehte sich zu ihm um, und in ihren Augen stand Verwunderung.

»Wie meinst du das? Außer der Leiche, die sie gefunden haben?«

»Nun, ich meine mich zu erinnern, dass sie etwas merkwürdig fanden. Auf das sie sich keinen Reim machen konnten. Besser kann ich es auch nicht erklären, sonst wüsste ich ja die Antwort.«

Frida dachte keine zwei Sekunden nach.

»Ich erinnere mich nur daran, dass sie sich fragten, wo die ganzen Lebensmittelvorräte abgeblieben waren, die in der Kühltruhe aufbewahrt wurden, weil da ja nur noch die Mumie drin lag. Meinst du das?«

»Richtig!«

Trond war stehen geblieben und strahlte sie an.

»Das war es!«

Frida und Frode schauten nun beide etwas entgeistert.

Trond dagegen fuhr unbeirrt fort: »Jetzt wissen wir es. Nicht unbedingt wo, aber für wen. Möglicherweise.«

»Spann uns nicht so auf die Folter.«

»Wir haben fünfundzwanzig Pässe von Menschen, die wir bis jetzt nicht gefunden haben. Die aber irgendwann mal hierhergebracht wurden. Vermutlich mit einem Boot. Und diese Menschen musste man mit etwas ernähren. Damit sie nicht starben und wertlos wurden. Entschuldigt diese Ausdrucksweise, aber so ist die Logik, die dahintersteckt. Das war ursprünglich nicht so geplant gewesen, aber etwas ging schief.«

»Und wer soll das organisiert haben?«

Es war Frode, der diese Frage stellte. Frida schwieg und starrte auf Tika, die immer noch interessiert am Boden herumschnüffelte. Dann hob sie plötzlich den Kopf und begann kräftig in Richtung der Schwimmhalle zu bellen. Sie zog an der Leine, aber statt ihr zu folgen, bat Frida den Piloten, den Hund zu nehmen und ihn straff an der Leine zu halten. Frida nahm ihre Waffe von der Schulter und ging voraus.

Der Pilot gehorchte mit etwas ratloser Miene und folgte der Musherin.

»Ich vermute, Ma-Prangs Schwiegersohn Pana Saeli war abgestellt, diese Menschen zu bewachen. Die Kühltruhe war bereits ausgeraubt, bevor sie mit seiner Leiche gefüllt wurde«, überlegte Trond.

Frodes Handy piepste in dem Moment. Er blieb mit dem Hund stehen, zog es hervor und antwortete.

Da sahen sie in einiger Entfernung einen Mann bei einem der beiden Gebäude auftauchen. Mit hoher Geschwindigkeit rannte er auf sie zu. Er hatte beide Arme vom Körper abgespreizt und bewegte sie wie Windmühlenflügel.

»Um Himmels willen!«

Trond zog nun ebenfalls seine Pistole aus der Tasche, die er zusammen mit dem Fernglas an der Seite trug. Er versuchte sie zu entsichern, aber es klappte nicht auf Anhieb.

Frida blieb wie angewurzelt stehen, sie hatte ihr Gewehr entsichert und legte an.

Frode hielt mitten in seiner Bewegung inne, das Handy nach wie vor am Ohr. Seine Augen weiteten sich beim Anblick des Fremden.

Der Mann hatte panisch zu brüllen angefangen, während sich Tikas Bellen zur Raserei steigerte. Jetzt erst erkannten sie, warum er, um sein Leben schreiend, auf sie zurannte: Ein Eisbär verfolgte ihn.

Das Tier musste sich in oder hinter einem der Gebäude aufgehalten haben und war offenbar aufgeschreckt worden. Frida gab mehrere Schüsse nach oben ab, um den Eisbären zu erschrecken und so zu verscheuchen.

Die Husky-Hündin geriet völlig außer sich, aber Frode hielt sie straff an der Leine, während er sich mit der anderen Hand an seinem Handy festzukrallen schien. Er war leichenblass geworden und sein Mund stand weit offen vor Schreck.

Nun hatte Trond endlich die Pistole entsichern können und hielt sie in Richtung des Mannes, der nur noch gut dreißig Meter von ihnen entfernt war.

Der Eisbär war nicht sehr groß, augenscheinlich ein Jungtier, aber dennoch erwachsen und höchst gefährlich.

»Schieß in die Luft, Trond, schnell!«, schrie Frida ihm zu.

Er gehorchte und feuerte mehrere Schüsse nach oben ab.

Ihnen allen war in dieser Sekunde klar, dass es für keinen von ihnen die Möglichkeit gab, sich vor dem Raubtier in eins der Gebäude in Sicherheit zu bringen. Dazu reichte die Zeit nicht mehr.

Frida hatte nachgeladen, während Trond geschossen hatte, und sie musste nun auf den Bären anlegen, um den Flüchtenden aus unmittelbarer Lebensgefahr zu befreien, genau wie sich, Tika und ihre zwei Freunde.

In dem Augenblick gellte ein ohrenbetäubender Lärm durch die arktische Stille.

Eine Sirene war losgegangen, ein hoher Pfeifton wechselte sich wellenartig mit einem dunklen Ton ab.

Es war ein fast altertümlicher Lärm, wie man ihn aus alten Kriegsfilmen kannte, in denen vor einem unmittelbar bevorstehenden Bombenangriff gewarnt wurde. Es peitschte und brüllte durch die Stille, es bohrte sich über das Ohr ins Gehirn und jagte jeglichen Gedanken aus dem Kopf. Es war, als krallte es sich mit Widerhaken ins Bewusstsein, der Ton war unmöglich abzuschütteln.

Und was das Unglaubliche an diesem Geräusch war – es bewirkte in dem Raubtier eine Irritation, die sich auf der Stelle in seinen Bewegungen widerspiegelte. Der Eisbär hielt abrupt inne und stand dann still. Der Lärm löste eine Unsicherheit in ihm aus, was man an den beinahe tanzenden Kreisen, die er nun vollführte, erkennen konnte. Er ruckte und zuckte geradezu ungläubig mit dem Kopf.

Dann richtete er sich auf, und alle drei, bis auf den Fremden, der ihm am nächsten war, beobachteten das Schauspiel atemlos. Frida hielt immer noch die Waffe im Anschlag und Tika hatte sich auf den Rücken gelegt.

Der Bär drehte sich ein paarmal um die eigene Achse, als hätte man ihn wie ein Spielzeug aufgezogen, während die Sirene so schrecklich laut heulte, als wollte sie den Nordpol erreichen. Nach einer endlosen Sekunde des Zögerns wandte sich der alte Mann im Pelzmantel schließlich ab, stapfte wie ein Weihnachtsmann in amerikanischen Zeichentrickfilmen davon und flüchtete dann auf allen vieren in die blendende, helle Weite der Arktis.

38

Alle drei waren sich darüber im Klaren, dass das gnadenlose Sirenengeheul ihnen das Leben gerettet hatte. Und es hatte auch das Leben eines bedrohten Tieres geschont.

Aber wer war der Flüchtende, den der Eisbär vor sich hergetrieben hatte, und wer hatte die Sirene in Betrieb gesetzt?

Die Antwort auf die erste Frage war einfach. Sie lag vor ihnen.

»Steh auf!«

Frida hielt ihr Gewehr immer noch im Anschlag und hatte es auf den Mann gerichtet, der auf seiner Flucht vor dem Tier entweder gestolpert und gefallen war oder sich sogar absichtlich neben die Leninbüste geworfen hatte, um den Eisbären dadurch von sich abzulenken.

Auch Trond zielte mit seiner Pistole auf ihn. Der Mann blieb auf dem Bauch liegen und rührte sich nicht.

»Stehen Sie auf, Pat Cruz!«

Langsam erhob sich Siris Koch und vermied es dabei, sie anzuschauen.

»Hände nach oben!«

Der Mann, der Trond kaum noch an den stets gut gelaunten Koch erinnerte, der einst in Siris Küche regiert hatte, hob beide Arme über den Kopf. Er wirkte abgemagert, schmutzig und erschöpft, als wäre er schon wesentlich länger auf der Flucht als nur die letzten Minuten vor dem Eisbären.

»Hat der Bär Sie aufgespürt?«, fragte Trond und wies ihn mit der Pistole an, vor ihnen herzulaufen. Sein Ziel war das Kulturhaus, das würde ihnen Schutz bieten können.

Frode informierte ihn flüsternd, dass ein zweiter Helikopter wohl jeden Moment eintreffen würde. Tika knurrte bedrohlich, während Frida ihnen von hinten Deckung gab.

Wenig später erreichten sie den hölzernen Eingangsbereich des Kulturhauses. Da verstummte auf einen Schlag die Sirene, als hätte jemand genau beobachtet, dass sie nun, für eine Weile zumindest, in Sicherheit waren.

Trond war es sofort mulmig zumute. Das abrupte Ende des Geheuls machte ihm nur deutlich, dass es noch einen weiteren Menschen in unmittelbarer Nähe geben musste, jemanden, der sie genau im Visier hatte, von dem sie aber nicht wussten, wo er sich befand und wer er war. Diese Sirene, die vermutlich früher, wenn in den Gruben ein Unglück passiert war, das Alarmsignal gewesen sein musste, ging nicht von alleine los und auch nicht selbständig wieder aus. So viel stand fest.

Darum mussten sie sich als Nächstes kümmern. Sie mussten diesen Menschen finden und konnten nicht allein darauf spekulieren, dass bald Verstärkung kommen würde.

Trond hatte bei seinem Rundgang durch das Haus vor zwei Tagen ein paar altmodische dünne schwarze Kabel im Eingangsbereich entdeckt, die er nun dazu benutzte, Pat Cruz sachgerecht zu fesseln. Obwohl er nach der Eisbärepisode sicher war, dass der Koch es nicht wagen würde, zu fliehen. Dennoch konnte er ihnen gefährlich werden.

Pat Cruz, so viel stand für Trond fest, war nicht zu trauen. Er musste einer der führenden Köpfe der Schleuserbande sein. Vielleicht war er sogar für die Morde an Ma-Prangs Schwiegersohn und an Myklebust verantwortlich.

Tronds Blick fiel auf den Mann, wie er gefesselt in einer Ecke vor dem alten Kinosaal kauerte und auf das staubige Parkett starrte.

»Sie waren es, der im Flaschenhaus übernachtet hat, nicht wahr?«, fragte er, doch der Mann aus Graz reagierte nicht.

Plötzlich kam Trond ein Gedanke. Er ging zu Frida, die an der Tür stand und mit ihrem Gewehr im Anschlag den Platz vor dem Haus im Auge behielt.

»Du weißt nicht zufällig, von wo aus man die Sirene in Betrieb setzen kann?«

Frida schüttelte den Kopf.

»Nein, leider nicht. Ich habe mir schon die ganze Zeit den Kopf darüber zerbrochen. Die Sirene hat nie jemand erwähnt, aber klar, es muss eine gegeben haben. In Longyearbyen gibt es für die Gruben ja auch eine, die funktioniert immer noch, soweit ich weiß.« Dann senkte sie ihre Stimme. »Glaubst du, dass Pat Myklebust …?«

»Ich weiß es nicht. Vielleicht.« Er sah die Musherin an und fragte, scheinbar unvermittelt: »Wie trinken Niederländer eigentlich normalerweise ihren Kaffee, Frida?«

Die junge Frau starrte ihn ungläubig an. Ihre Augen hatten sich dramatisch geweitet. Sie schluckte.

»Mit Milch und Zucker. Sehr süß. Sie trinken ihn fast alle so, aber es gibt natürlich Ausnahmen … Auch wenn ich keine persönlich kenne. Aber … wieso fragst du?«

»Hm, nur so. Danke. Weißt du zufällig, wo die Leitung der Gruben in Pyramiden untergebracht war? Auch im realen Sozialismus muss es ja eine Chefetage gegeben haben.«

Frida grinste und zeigte auf die hübschen kleinen Holzhäuser in der Mitte des Prospekts, die mit Schnitzereien um die Giebel und Fenster verziert waren. Selbstverständlich waren die Kader nicht in einem hässlichen Plattenbau, sondern in den schönsten Gebäuden untergebracht, erklärte sie ihm.

Trond wies Frida und Frode an, auf Pat aufzupassen und ihm gleichzeitig Feuerschutz zu geben. Er würde hinübergehen und sich diese drei Holzhäuser einmal genauer anschauen.

Als er die kurze Strecke zu den zobelfarbigen Gebäuden zurückgelegt hatte, hörte er auf einmal in der Ferne den Rotorenlärm eines Helikopters. Er schaute nach oben und schirmte seine Augen ab, damit er nicht geblendet würde.

Da schwebte der angekündigte Hubschrauber herbei und

blieb zitternd wie ein Insekt über dem Landeplatz unweit von ihnen stehen.

Diese Unterstützung konnten sie dringend brauchen. Der Ex-Kommissar hielt weiterhin seine Pistole gezückt.

Er hatte gerade das erste der Häuser erreicht, als die kunstvoll verzierte Holztür aufflog. Trond hob die Waffe und zielte auf die Türöffnung, in der nun eine Frau erschien. Sie hielt beide Hände nach oben, um zu zeigen, dass sie nicht bewaffnet war. Ihr gelbgrüner Overall leuchtete vor dem Dunkel des Hauses und die Stacheln auf ihrem Kopf schienen rot zu glühen.

»Gut, dass Svein mir von der Alarmsirene hier im Haus berichtet hat und dass sie noch einwandfrei funktioniert. Er wird begeistert sein, wenn wir ihm das erzählen, Herr Kommissar.«

Sie grinste von einem Ohr zum anderen. Frida und Trond starrten sie an.

39

Ma-Prang musste überlegen. Der Kleine war eindeutig hier gewesen, das war für sie klar.

Sie hatte den Plüscheisbären aufgehoben, den sie schon öfters bei dem Jungen gesehen hatte, wenn er mit dem Großvater bei ihr im Laden gewesen war, und hielt ihn fest in ihrer Hand.

Dann müssen sie den Jungen woanders hingebracht haben, nur wohin? Und wann?

Er muss geschlafen haben. Es würde sie nicht wundern, wenn sie ihm etwas in die Limonade getan hätten, damit er sich nicht wehrt. Denn obwohl die meisten Menschen hier die normalen Schlafenszeiten befolgten, taten das während dieser Wochen der kompletten Helligkeit nicht alle gleichzeitig, wie sie festgestellt hatte. Irgendjemand war immer unterwegs, ob zu Fuß, mit dem Van oder manchmal mit dem Fahrrad.

Es musste Xan Ling sein, der dahintersteckte. Auch darin war sich Ma-Prang sicher. Vermutlich war er nicht der Anführer, nein, das konnte sie sich nicht vorstellen. Dazu besaß er zu wenig Einfluss, zu wenig Grips und zu wenig Gewandtheit. Auch wenn er schlau war und viele nach seiner Pfeife tanzten.

Ein Mensch mit so viel Macht kannte sich aus in der Welt und zwar auf jeder Ebene. Auch auf der ganz oben. Sonst konnte man nicht mitspielen und dabei überzeugend wirken.

In dieser Liga spielte Xan Ling nicht mit, davon war Ma-Prang überzeugt.

Jemand wie er war für die Drecksarbeit zuständig. Möglicherweise wussten die ganz oben noch nicht einmal, dass er ein Kind in seine Gewalt gebracht hatte. Ein kleines, wehrloses Kind!

Doch wenn sie es wüssten, würde es sie nicht kümmern. Für

sie zählte nur, was am Ende in ihre gierigen Hände rann. Das wusste Ma-Prang genau. Sie hatte es sich an dem ableiten können, was ihr unerträglicher Schwiegersohn, der sich für sehr schlau gehalten hatte, von sich gab. Nur im Familienkreis wohlgemerkt, wenn ihm ihre Tochter vorgeworfen hatte, was für ein Nichtsnutz er sei.

Dann hatte er mit seinem Einfluss geprahlt und mit seinen »Bizniz«-Verbindungen. Dass er ganz hohe Tiere kenne und mit ihnen gut könne. »Bizniz« war sein Lieblingswort gewesen. Selbst seinen heruntergekommenen, aber geräumigen Schuppen hinter ihrem Laden hatte er als sein »Bizniz-Depot« bezeichnet. Und was hatte er dort gehortet?

Es war zum Lachen, wenn es nicht so armselig gewesen wäre.

Ein paar abgewrackte Möbelstücke, soweit sie wusste. Bettgestelle hatte sie ihn im letzten Monat hineintragen sehen. Da hatte sie ihn gefragt, ob sie auch ein paar Säcke Reis dort lagern könne, das würde ihr mehr Platz verschaffen.

Aber Pana Saeli hatte schnell abgewinkt. Nahrungsmittel durfte man nicht außerhalb geschützter Innenräume lagern, wegen der Eisbären. Das stimmte zwar, aber das machten doch viele und niemand kümmerte es.

Vorige Woche hatte er noch schwarze Jalousien an den beiden Fenstern angebracht, damit niemand hineinschauen konnte. Aber was sollte es da schon zu sehen geben? Ma-Prang hatte nur den Kopf geschüttelt.

Jetzt dachte sie nach und schüttelte nicht mehr den Kopf. Sie hatte plötzlich eine Idee.

Was, wenn dieser brutale Chinese den Kleinen in diesen Abstellschuppen gebracht hat? Ins »Bizniz-Depot«?

Der Eingang war von der Straße her nicht einsehbar und so weit entfernt, dass auch ein Weinen oder Schreien eines Menschen niemanden erreichen konnte. Ganz zu schweigen von einem kleinen, schwachen Kind.

Sie musste es herausfinden.

Als sie auf der Straße zurück war, zögerte sie. Allein würde sie die Tür nicht aufkriegen, wenn sie verschlossen wäre. Sie brauchte Hilfe. Sie brauchte auf jeden Fall Hilfe, das wurde ihr immer klarer.

Die kleine Thai-Frau fischte ihr Handy aus der Tasche, die sie bei sich trug, und drückte dann eine Nummer. Das wäre der richtige Mann, um ihr zu helfen, auch wenn er nicht ihrer Community angehörte, hatte er doch immer ein offenes Ohr für ihre Nöte.

Als er antwortete, legte sich ein erleichtertes Lächeln auf Ma-Prangs Gesicht.

»Hier ist Ma-Prang. Herr Pfarrer, ich hätte eine Bitte.«

40

Es war Sysselmann Mette Møller, die mit fünf Kollegen, darunter zwei weibliche Polizisten, in Pyramiden gelandet war. Sie hatten auch den Ortsvorsteher von Barentsburg Dima Assomow dabei, der gleich zu winken begann, als die Gruppe auf sie zulief.

Pat Cruz wurde sofort festgenommen und die Deutsche Lea Kirchner unter Aufsicht zum Hubschrauber geleitet, was sie mit offensichtlicher Verwunderung, aber ohne zu protestieren, über sich ergehen ließ. Trond besprach mit Mette knapp, was passiert war – der Eisbär, die Sirene, der österreichische Koch –, und äußerte die Vermutung, dass es irgendwo einen Ort geben müsse, wo die fünfundzwanzig Männer, denen die Pässe gehörten, festgehalten beziehungsweise versteckt würden.

»Es sind armselige Schlucker aus Asien, die durch den Schleuserring, in den Pat Cruz und wahrscheinlich auch Xan Ling verstrickt sind, nach Longyearbyen eingeschmuggelt werden sollten. Vermutlich war das nicht das erste Mal. Frida erzählte von einem Vorfall vor etwa einem Jahr, als sie zufällig auf ein Boot am Ende des Adventfjords gestoßen ist. Es war kurz darauf wie vom Erdboden verschwunden.«

Mette warf ihm einen entsetzten Blick zu.

»Und wo, glaubst du, halten sie die versteckt?«

Trond schaute sich ratlos um.

»Vielleicht hier in der Geisterstadt, die ja gar keine richtige Geisterstadt mehr ist. Wenn ich überlege, was in der letzten Woche hier alles los war. Ich komme darauf, weil aus der Kühltruhe, wo wir die Leiche gefunden haben, Lebensmittel verschwanden, die zwar ungekocht und kalt waren, aber durchaus verzehrt werden konnten. Die sind nie mehr aufgetaucht. Das muss doch einen Grund haben.«

Dima hörte ebenfalls aufmerksam zu und meldete sich nun zu Wort.

»Trond hat absolut Recht. Man hat das Zeug ja auch nirgendwo als Abfall gefunden. Ich finde, dass Pyramiden als Versteck absolut naheliegt. Faktisch.«

Auch Mette stimmte ihnen zu, besprach sich mit dem Ortsvorsteher und gab schließlich die Anweisung an ihr Team, dass sie unter Dimas Führung, da er sich am besten auskenne, systematisch alle Gebäude durchkämmen sollten. Auch das Hotel, das Dima nun wieder aufschließen werde.

Der Russe trat auf Frida zu, die sich mit Tika am Rand der Gruppe aufhielt.

»Es wäre sehr hilfreich für uns, wenn du uns mit deiner wunderbaren Hundedame helfen könntest«, sagte er. »Sie hat den besseren Überblick, der uns Menschen fehlt. Wäre das möglich?«

Die Musherin drehte sich zu Trond um und warf ihm einen unsicheren Blick zu.

»Oder willst du, dass Tika nach Bjarne sucht?«, fragte sie den Kommissar.

Sein Gesicht wirkte plötzlich wie versteinert.

»Bleib nur hier«, erwiderte er. »Tika kann wirklich sehr nützlich sein.«

Trond wandte sich ab.

»Und was ist mit … dem Boot?« Frida hatte offenbar etwas anderes sagen wollen, aber es verließ sie die Kraft.

Mette hatte sie verstanden und antwortete sofort.

»Wir sind schon vor Ort. Myklebusts Leiche wurde entsprechend gesichert. Das Boot wird in den Hafen von Longyearbyen überführt und dort genauestens untersucht werden. Wir müssen später auch noch reden, Frida. Aber bleib jetzt erst mal mit dem Hund bei Dima, das ist wichtiger.«

Auf dem Rückflug schwieg Trond. Doch plötzlich drehte er

sich zu der Deutschen um, die auf einem der Sitze hinter ihm saß. Sie hatte die Nachricht von Myklebusts Tod ohne sichtbare Regung aufgenommen.

»Hatten Sie auf dem Boot Besuch von jemandem?«, fragte der Ex-Kommissar.

Die Augenbrauen der jungen Frau schnellten in die Höhe.

»Besuch? Nein. Von wem denn?«

»Keine Ahnung. Ich dachte, Sie könnten es mir sagen. Sie haben uns erzählt, dass sie mit dem kleinen Gummiboot allein nach Pyramiden übergesetzt sind.«

Trond hatte sich wegen des Fluglärms näher zu ihr nach hinten gebeugt.

»Ja, das bin ich, es war ja ganz nah. Svein hatte keine Lust dazu. Warum, weiß ich nicht. Erst war er ganz wild darauf, dann wollte er auf einmal nicht mehr. Das war, nachdem er einen Funkspruch erhalten hatte. Svein behielt gern mal etwas für sich. Aber von einem Besuch war nicht die Rede gewesen. Meinen Sie, der Besuch war sein Mörder?«

Dieser Gedanke war Trond natürlich auch gekommen.

»Und warum sind Sie nach Pyramiden gefahren? Was gab es dort so Aufregendes? Sicher nicht das Eisbärwappen oder der verwitterte Lenin vor dem Kulturhaus.«

Er schaute sie über die Schulter prüfend an und sie wich seinem Blick aus.

»Ich wollte es eben auch mal sehen. Jeder war schon da, nur ich nicht.«

»Wollten Sie dort übernachten?«

Sie schüttelte ihren Kopf mit den roten Stacheln, die keinen Deut nachgaben, sondern weiterhin steil in die Luft ragten.

»Nein, ich wollte nur ein, zwei Stunden dortbleiben und mich umsehen. Dann kamen Sie und Frida. Dabei hatten Sie Glück, dass ich gerade an der Sirene herumspielte, von der Myklebust mir erzählt hatte.«

»Hatten Sie da schon Pat Cruz getroffen?«

Wieder schüttelte sie den Kopf. Dann rückte sie näher und beugte sich nach vorne zu ihm, damit der Koch, der neben einem der Polizisten angeschnallt war, nichts mitbekam.

»Hören Sie, Herr Lie, ich bin mit dem armen Myklebust auf eine Recherchetour gefahren. Wir wollten weiter nach Ny Ålesund. In den letzten Monaten haben wir beide jede Menge Fakten gesammelt, die wir hier zusammengetragen haben und veröffentlichen wollten. Deshalb war er hier oben, aus keinem anderen Grund. Unseren Recherchen zufolge sieht es nicht besonders gut aus für diesen Teil der Arktis, der gerade dabei ist, rücksichtslos ausgebeutet und zu einer schicken Location für gelangweilte Zivilisationsvandalen ausgebaut zu werden. Mit äußerst fragwürdiger Hilfe von billigen Arbeitskräften, die durch falsche Angaben hierhergelockt werden und keinerlei Rechte besitzen. Glauben Sie, wir bringen uns gegenseitig um? Nein, hier war jemand hinter unseren Unterlagen her, von denen er glaubte, Svein hätte sie bei sich auf dem Boot. Wir stehen nämlich kurz vor der Veröffentlichung.«

Trond musste einen Augenblick nachdenken.

»Gut, das geben Sie dem Sysselmann in Longyearbyen zu Protokoll. Aber haben Sie vielleicht, bevor Sie ins Boot gestiegen sind, mit ihm Kaffee getrunken?«

Lea Kirchner riss die Augen weit auf und nickte schließlich.

»Und verraten Sie mir auch, wie Sie Ihren Kaffee in der Regel trinken?«, fuhr Trond unbeirrt fort.

Sie starrte ihn immer noch ungläubig an.

»Schwarz, ohne Zucker. Sie haben wirklich einen an der Klatsche, Mann.«

41

Nach ihrer Ankunft in Longyearbyen telefonierte Trond zuerst lange mit seiner Tochter, aber es gab keine Neuigkeiten von Bjarne. Oleg Kalinin war bei ihr, was ihn erleichterte, denn er hatte noch genügend zu erledigen, bevor er zu ihr gehen konnte. So war sie nicht allein. Auch eine Freundin hatte bei ihr vorbeigeschaut und versucht, sie abzulenken und sie zu trösten, so gut es ging. Es fiel ihm schwer, nicht mit Ingvild zusammen ins Telefon zu weinen.

Im Büro des Sysselmanns übergab er Ragnar die drei Pappbecher, die Frida vom Boot mitgenommen hatte, und bat ihn, sie kriminaltechnisch untersuchen zu lassen.

»Das geht nur in Tromsø«, beschied ihn der Polizist sofort, der die Becher hochhielt und sie skeptisch in Augenschein nahm. »Dafür haben wir gar nicht die Ausrüstung.«

Ragnar lugte vorsichtig in die Becher, die noch einen Rest Flüssigkeit enthielten. Dann schnüffelte er an einem.

»Kaffee.«

Der Polizist hörte sich an, als hätte er gerade eine wichtige Analyse vorgenommen und wäre zu einem höchst überraschenden Ergebnis gelangt.

Trond nickte.

»Zwei schwarze, einer von Myklebust, der zweite von der Deutschen.«

Ragnar starrte ihn an.

»Woher weißt du das?«

»Kennst du einen Norweger, der freiwillig Milch in seinen Kaffee schüttet und ihn dadurch ungenießbar macht?«

»Nein, aber es gibt viel Scheußliches auf dieser Welt. Engländer machen so was mit Tee, habe ich gehört«, warf der baumlange Polizist ein.

»Das ist richtig, aber Myklebust war da sehr konservativ. Er hat bei mir im Januar schon mal Kaffee getrunken. Schwarz, selbstverständlich.«

»Und die Deutsche? Deutsche sind unberechenbar, bei denen gibt es Kaffee mit und ohne Milch.«

»Auch das ist richtig. Aber sie hat es mir vorhin verraten. In dem dritten Becher, ist da sonst noch was drin?«

Ragnar tunkte kurz seinen kleinen Finger in den Becher und leckte ihn ab. Er verzog auf der Stelle das Gesicht.

»Igitt. Haufenweise Zucker.«

Trond nickte nachdenklich.

»Das dachte ich mir. Sag in Tromsø, dass wir unbedingt eine DNA-Analyse brauchen. Ich habe Vergleichsmaterial.«

Das hatte er zwar noch nicht, aber er wusste, wo er es sich besorgen konnte. Bei Frida oder im *Munken Hotel*.

Ragnar schaute ihn entgeistert an.

»Wir sind hier nicht beim Fernsehen, Trond, alles was recht ist«, erwiderte der Polizist und verdrehte die Augen.

Trond musste sich ein Grinsen verkneifen. Ragnar war perfekt für den Polaraußenposten, fand er. Aber wenn die Mordrate weiter so rasant in die Höhe schoss, sollte er seinen Diensteinsatzort vielleicht noch einmal überdenken. Dann würde es für arktische Verhältnisse unter Umständen zu hektisch.

Mette und Trond vernahmen zuerst Pat Cruz, dann die Deutsche Lea Kirchner. Danach wollten sie Pfarrer Morten Hagebak sprechen, doch sie konnten ihn nicht erreichen.

Die Hotelgeschäftsführerin Fang Li war bereits in Polizeigewahrsam und im Morgenflieger auf dem Weg zum Festland, wo sie weiter verhört werden sollte. Xan Ling, der Mann fürs Grobe, war jedoch untergetaucht und man suchte mit einer weiteren Verstärkungstruppe, diesmal aus Alta, überall in Longyearbyen und Umgebung nach ihm.

Trond hatte mit dem *Munken Hotel* telefoniert und dort

erfahren, dass Meneer van Namen am frühen Morgen bereits ausgecheckt hatte. Ein weiterer Anruf im kleinen Flughafen bestätigte seine Vermutung, dass er mit der ersten Nachmittagsmaschine nach Oslo geflogen war. War ein Chinese namens Xan Ling mit US-Pass mit an Bord gewesen?, fragte er den Angestellten. Es könnte auch ein anderer Name gewesen sein. Nein, das könne man nicht bestätigen. Es habe keinen Passagier chinesischer Herkunft mit US-Pass in der Mittagsmaschine gegeben. Nur zwei Asiaten seien an Bord gewesen, ein Mann aus Südkorea und eine Frau aus Taiwan.

Trond überlegte und rechnete fieberhaft nach. Van Namen hätte seit dem Morgen genug Zeit gehabt, von Longyearbyen zu dem Segelboot vor Pyramiden zu fahren, dort Myklebust zu überraschen und die Herausgabe der Unterlagen zu verlangen. Der verweigert sie selbstverständlich. Es kommt zum Kampf, van Namen tötet ihn, nimmt die Unterlagen an sich und fährt wieder zurück, in die Nähe des Flughafens, der ja direkt am Wasser liegt. Vorausgesetzt, jemand war ihm mit einem Schnellboot zu Hilfe gekommen.

Hatte er mit der Deutschen auf dem Segler gerechnet? Steckte er gar mit ihr unter einer Decke oder konnte er davon ausgehen, dass sie gar nicht mehr an Bord war? Was, wenn sie mittlerweile die Unterlagen besaß, die ihm gefährlich werden konnten?

Hatte sie den Segler vielleicht mit dem Gummiboot verlassen, um sie in Pyramiden in Sicherheit zu bringen? Trond kam ihre Begründung, weshalb sie unbedingt in die russische Geisterstadt wollte, fadenscheinig vor.

Da erreichte eine wichtige Nachricht das Büro des Sysselmanns.

Mette kam aufgeregt in das Zimmer gerannt, in dem Trond und Ragnar sich aufhielten. Trond telefonierte gerade. Er hatte eigentlich mit Ingvild sprechen wollen und stattdessen Oleg

Kalinin am Handy erreicht. Er berichtete ihm von van Namen und dass er es für möglich hielt, dass er auf dem Boot war, vorausgesetzt, er hatte sich ein schnelles Boot beschaffen können, als der Sysselmann die Neuigkeit verkündete:

»Sie haben sie gefunden! Sie haben die Männer gefunden, denen die Pässe gehören. Sie waren in der Sporthalle in Pyramiden in einem fensterlosen Tischtennisraum eingepfercht und wurden dort gefangen gehalten wie Tiere!«

Trond hielt kurz die Hand vor das Handy und starrte sie ungläubig an.

»Gott sei Dank! Sie haben sie gefunden!«, murmelte er erleichtert. Dann wandte er sich wieder an Oleg. »Hast du das gehört? Sie haben sie gefunden!«

»Das war Hulla«, erwiderte Oleg.

»Wie bitte?«

»Ich meine Hulla Zad, vom Tourismusbüro. Ich habe ihn und van Namen heute Morgen gesehen, als ich die Tasche für die Deutsche aus dem *Munken* holte. Sie haben sich klammheimlich getroffen. Das habe ich doch erwähnt, oder? Das Tourismusbüro hat einen sehr schnellen, wendigen Katamaran, den Hulla öfters benutzt, um wichtige Gäste herumzukutschieren, und seine Chefin ist diese Woche ja nicht da, sondern bei einer Konferenz auf den Lofoten. Hulla hatte also freie Bahn. Ihr könnt sicher schnell klären, was mit dem Boot ist.«

Trond musste einen Moment tief ausatmen.

»Danke, Oleg. Das ist ein guter Hinweis, dem wir sofort nachgehen werden. Gib Ingvild einen Kuss von mir und sag ihr, dass wir Bjarne leider noch nicht …«

Er brach ab, nahm seine Brille ab und wischte sich mit dem Handrücken über die Augen.

Sysselmann Mette Møller trat auf ihn zu und berührte sanft seinen Arm. Ihre Stimme war leise und warm.

»Ich weiß, was du fühlst, Trond. Es ist gut, dass wir diese

unglücklichen Menschen aufspüren konnten und dass sie jetzt in Sicherheit sind. Aber auch ich habe sofort an Bjarne gedacht. Wir werden ihn finden, glaub mir. Ich bin sicher.«

42 Ma-Prang wartete an der Straße auf den Pfarrer und sah sich dabei immer wieder nervös um. Auf der einen Seite war sie heilfroh, dass der Mann ihr so schnell zu Hilfe eilen wollte, auf der anderen Seite hatte sie Angst, hier von Xan Ling oder einem seiner Handlanger erwischt zu werden. Daher entschloss sie sich, in ihren Laden nebenan zu schlüpfen und dort auf ihn zu warten.

Dabei hatte sie fast noch mehr Angst, sich hier drinnen aufzuhalten, seit der Chinese sie überrascht hatte. Niemand würde etwas mitbekommen, wenn ihr im Laden etwas zustieße, genau wie auch niemand ihr hatte helfen können, als man sie in der Vergangenheit immer wieder geschlagen hatte, um sie zu warnen und einzuschüchtern, damit sie nichts von dem, was sie zufällig mitbekam, an die Öffentlichkeit trug und keinen Außenstehenden einweihte.

Manchmal, wenn der ältere Mann mit seinem Enkel in den letzten Monaten zu ihr in den Laden gekommen war und ganz vergnügt ihr Essen lobte und danach noch eine Tasse Tee annahm, hatte sie sich ihm fast anvertrauen wollen. Aber es hatte sie immer im letzten Moment der Mut verlassen.

Da war er!

Morten Hagebak war auf dem Fahrrad erschienen, was sie immer sehr komisch fand. Sein langer Schal wehte um seine Schultern, und auf dem Kopf trug er eine Kappe, die seine dicken halblangen Locken kaum bändigen konnte.

Sie schob sich durch die Seitentür und bedeutete ihm, von der Straße weg in den schmalen Gang zwischen den Gebäuden zu treten.

Der hoch aufgeschossene Mann lehnte sein Fahrrad vorn an einen schiefen Strommast, abschließen musste man hier nicht.

»Hallo, Herr Pfarrer«, begrüßte die Thai-Frau ihn. Dann zog sie ihn weiter nach hinten Richtung »Bizniz-Depot«.

Sie erklärte ihm kurz, dass ihr toter Schwiegersohn die Schlüssel für das Lagerhaus besitze und dass nun niemand wisse, wo die seien, dabei müsse sie dringend etwas herausholen.

Hagebak schaute überrascht.

»Ich helfe sehr gern, Ma-Prang, das wissen Sie. Aber ich glaube nicht, dass ich der Richtige bin, um hier ein Haus aufzubrechen und einen Sack Reis, oder was es auch sein mag, für Sie herauszuholen. Dafür gibt es kompetentere Helfer. Jemand, der einen Ersatzschlüssel hat. Oder die Polizei, auch die könnte das besser.«

Er wandte sich schon ab, um wieder zum Fahrrad zu gehen. Da hielt sie ihn am Ärmel fest, als wollte sie ihn niemals wieder loslassen.

»Es ist kein Sack Reis«, flüsterte sie ängstlich. »Es ist das entführte Kind. Es ist, glaube ich, hier. Aber ich bin mir nicht ganz sicher. Deshalb habe ich mich an Sie gewandt und nicht an die Polizei.«

Ihr Blick war fordernd und verzweifelt zugleich. Hagebak erwiderte ihn ruhig, nickte dann bedächtig und strich sich über den Bart.

»Das Kind … gut. Haben Sie Werkzeug, das wir zum Einbrechen benutzen können?«

Nun klang er routiniert und tatkräftig.

Ma-Prang strahlte. Sie hielt einen Stoffbeutel hoch, in den sie rasch einiges aus dem Laden gesteckt hatte, was ihr geeignet erschien. Morten ging es durch, und nachdem er die Hintertür genauer untersucht hatte, wählte er eine Art Metallstab aus, den er zwischen Türblatt und Rahmen klemmte.

Gekonnt versuchte er damit eine Hebelwirkung zu erzielen, doch es nützte nichts. Immer wieder rutschte er ab.

Ma-Prang verfolgte seine Einbruchmanöver interessiert, während sie hauptsächlich damit beschäftigt war, Ausschau nach dem Chinesen zu halten, vor dem sie sich wirklich fürchtete.

»Warum sehen Sie sich so nervös um?«, fragte der Pfarrer zwischen einem Versuch mit einem Hammer und einem mit dem Schraubenzieher, die beide nichts brachten.

»Wegen dem Chinesen«, erwiderte Ma-Prang.

»Sie meinen Xan Ling?«

Die Thai-Köchin nickte vehement.

»Ein böser Mann, ein sehr böser Mann«, wisperte sie, laut genug, dass er es hören konnte.

Hagebak hielt bei seinem nächsten Versuch, die Tür aufzubrechen, inne und schaute sie an.

»Da haben Sie sicher Recht. Ich halte ihn für hochgefährlich, aber wenigstens hat er niemandem vorgespielt, dass er ihn mögen würde. Das hat ein anderer getan …«

Mortens Gesichtsausdruck verdüsterte sich. »So etwas ist abscheulich.«

Auf Ma-Prangs Gesicht spiegelte sich Unverständnis.

»Was meinen Sie damit, Herr Pfarrer?«

Da riss Hagebak sich zusammen.

»Nein, Xan Ling hat gerade anderes zu tun, wenn mich nicht alles täuscht«, erwiderte er. »Den brauchen wir nicht zu fürchten. Und er ist auch kein böser Mann mehr. Im Moment zumindest nicht.«

Die Thai-Frau schlug sich überrascht die Hand vor den Mund.

»Warum?«

Nun musste Hagebak grinsen.

»Weil er im Moment eine Frau ist. Ich habe ihn vorhin mit einer Reisetasche in ein Taxi steigen sehen. Und glauben Sie mir, liebe Ma-Prang, ich habe aus Erfahrung einen Blick dafür. Er war diesmal eine schicke chinesische Dame, vermutlich auf dem Weg zum Flieger nach Oslo. Das ist mir allerdings erst hinterher aufgegangen.«

Ma-Prangs Augen wurden kugelrund.

»Eine Frau? Xan Ling? Und warum erst hinterher?«

Morten Hagebak streckte seinen Rücken.

»Ich bin offenbar ein Experte fürs Hinterher. Ich habe weder gemerkt, dass mich mein Freund Pat hinterging, noch was er eigentlich hier trieb. Und ich habe auch auf dem alten Foto aus Zentralasien Xan Ling nicht wiedererkannt.«

Er nahm jetzt eine kleine, feste Schaufel zu Hilfe.

Kurz darauf krachte es und die Tür sprang auf.

Die beiden starrten sich an und spähten dann durch die halb offen stehende Tür.

Innen herrschte Dunkelheit.

»Pana Saeli hat hier letzte Woche schwarze Rollos angebracht, damit niemand reinschauen kann und die Helligkeit nicht hineinkriecht«, flüsterte Ma-Prang, während sie vorsichtig durch eine Art Hausflur streiften. »Wahrscheinlich wollten sie hier die armen Kerle unterbringen, die neuen Arbeiter, die in den Hotels schuften müssen und nichts dafür kriegen.«

»Wenn das Kind wirklich hier ist, sollten wir es jetzt besser rufen«, raunte der Pfarrer ihr zu. »Damit es keine Angst bekommt. Machen Sie das, bitte!«

»Ich?« Ma-Prang zögerte.

Hagebak nickte ihr aufmunternd zu, nachdem er die Taschenlampe in seinem Handy angeknipst hatte.

»Bjarne!«

Sie waren stehen geblieben und lauschten in die Stille. Nichts war zu hören.

Langsam bewegten sie sich weiter.

»Bjarne? Bist du hier? Sag etwas, mein Kleiner.«

Ma-Prangs Stimme klang laut und klar und sehr freundlich. Sie verfolgte mit den Augen den Strahl der Lampe.

»Bjarne!«

»Gibt es hier irgendwo ein Licht?«, fragte der Pfarrer.

Ma-Prang schüttelte den Kopf.

»Strom hat mein Schwiegersohn nicht angeschlossen, das wollte er vermeiden, solange es ging.«

Da fiel dem Pfarrer etwas ein.

»Kennen Sie das Sonnenlied, das die Kinder jedes Jahr am achten März vor der Kirche singen, wenn hier auf Svalbard die Sonne wieder erscheint? Vor der kleinen Holztreppe?«

Morten hatte sich zu Ma-Prang gedreht und lächelte sie an.

Die Thai-Dame nickte etwas verschämt. Sie konnten sich im Halbdunkel kaum erkennen.

»Ja, das habe ich mit meinen Enkeln oft gesungen, sie haben es mir beigebracht.«

Sie flüsterten im Dunkeln nun sehr vertraut miteinander.

»Das hat dieses Jahr auch Bjarne gesungen, als kleine Sonne verkleidet. Lassen Sie es uns jetzt gemeinsam singen. Zu zweit klingt es besser.«

Und dann stimmten sie beide das alte Lied an.

»Sonne, Sonne, bitte komm, komm zu uns zurück! Sonne, Sonne, bitte komm, komm zu uns zurück …«

Ganz langsam und vorsichtig öffnete sich eine Tür am Ende des Korridors. Sie sangen weiter und ihre Stimmen schwebten wie die Strahlen der Sonne, die sie besangen, durch den dunklen Flur und erhellten ihn fast.

»Sonne, bitte strahle uns an, damit wir Freude haben! Schütze alle, die wir lieben! Sonne, liebe Sonne!«

Der dünne Lichtstrahl fing den kleinen Jungen ein und tauchte ihn in ein beinahe überirdisches Licht.

Bjarne hatte die Hand über die Augen gelegt, damit es ihn nicht blendete, und sofort richtete der Pfarrer den Strahl hinunter auf den Boden.

Da rannte der Junge, so schnell er konnte, auf die beiden zu, umarmte sie und klammerte sich an ihnen fest.

43

»Gee!«

Frida saß auf dem handlichen Dreisitzer, den ihre Huskys zogen, und nach diesem Befehl jagten sie rechts den Berg hinunter. Die Hunde waren fast schon übermütig bei der Sache, so sehr freuten sie sich über den Ausflug.

Die junge Frau war in eine bunte samische Decke eingewickelt und genoss die rasante Fahrt entlang dem Adventfjord. Normalerweise lenkte sie ja und hatte nicht die Muße, sich dabei umzuschauen. Aber diesmal ließ sie sich kutschieren und hatte sogar einen Mitfahrer, der vor ihr saß und den sie festhielt.

Leithündin Tika war ganz in ihrem Element, auch wenn sie noch nicht über Schnee und Eis hetzen konnte. Lange würde es nicht mehr dauern, vielleicht nur ein paar Tage, dann würden die ersten heftigen Schneestürme kommen, um die Pracht des ewigen Winters anzukündigen.

Es war Mitte August, und die Sonne zog sich jeden Tag zwanzig Minuten länger von den Menschen zurück.

»Easy!«

»Du machst das super!«, schrie Frida nach hinten zu ihrem Steuermann, der auf dem Trittbrett stand und den Husky-Wagen sicher über Geröll und Steine lenkte.

»Dahinten ist eine gute Stelle für unser Picknick.«

»Whoahhhh!«

Der Wagen mit den bequemen Sitzen kam zum Halten.

»Du bist ein toller Musher, Trond!«

Der alte Bergenser strahlte und stieg von der Lenkplatte. Es war seine allererste Tour als Schlittenlenker, auch wenn der Schlitten ein komfortabler kleiner Wagen mit Gummireifen war.

»Ja, *Bestefar*, das bist du!«

Bjarne war heruntergesprungen, rannte zu seinem Großvater und umschlang ihn mit seinen kurzen Armen in Höhe seiner Hüfte.

Trond drückte den Jungen und stand danach etwas verloren da.

»Ich habe ja die beste Lehrerin, die es gibt, und die tollsten Hunde – allen voran Tika, die viel Geduld mit mir altem Greenhorn-Musher hat und meine Fehler sofort ausbügelt, sodass keiner sie bemerkt. Na ja, fast keiner …«

Er sicherte das Gefährt mit der Mattenbremse, wie Frida es ihm gezeigt hatte, und Bjarne rieb die Hunde ab, bevor er sie mit Futter und Wasser versorgte, das Frida gerade bereitstellte.

Danach packte sie die Thermoskanne mit heißer Schokolade und die Butterbrote aus, die sie für alle vorbereitet hatte. Die Niederländerin warf dem Ex-Kommissar aus Bergen einen amüsierten Blick zu.

»Du wirst noch ein ausgefuchster Arktishase werden!«

Trond winkte ab und musste lächeln.

»Na, ich weiß nicht. Und wenn, dann nur mit deiner Hilfe.«

Er trat einen Schritt auf sie zu und senkte die Stimme, damit Bjarne ihn nicht hören konnte.

»Wenn du dich nach den furchtbaren Ereignissen nicht dazu entschieden hättest, auf Svalbard zu bleiben, weiß ich nicht, was ich gemacht hätte«, raunte er ihr zu.

Frida lächelte, diesmal war es ein schüchternes Lächeln.

»Ganz einfach, du hättest dich nach wie vor liebevoll um deinen Enkel gekümmert, oder? Was sonst?«

Trond musste ihr zustimmen.

»Ja, aber durch dich und die Hunde fühle ich mich fast wie ein Teil von dem Ganzen hier. Du weißt, was ich meine. Deine Liebe zur Arktis ist ansteckend, wie ich bemerkt habe.«

»Und sie ist stärker als meine Verbindung zu meinem Vater«, erwiderte Frida ernst. »Ich bin ein eigenständiger Mensch und von ihm unabhängig. Deshalb bleibe ich.«

Trond bückte sich und schenkte ihnen drei heiße Schokoladen ein.

»Bjarne! Hier ist was zum Aufwärmen!«

Der Junge winkte.

»Gleich, *Beste*!«

Bjarne zog es vor, bei den Hunden zu bleiben.

»Ich hätte es verstanden, wenn du weggegangen wärst, nach dem, was passiert ist. Nachdem die Rolle, die dein Vater dabei gespielt hat, immer deutlicher wurde. Wird er jetzt eigentlich in den Niederlanden oder in Norwegen vor Gericht gestellt? Mette hatte vorletzte Woche noch keine Informationen dazu.«

Fridas Blick fiel auf den Boden, der mit hellgrauen Flechten übersät war. Sie sahen wie ein gigantisches Puzzle aus.

»Da es um zweifachen Mord geht und außerdem ja auch um Menschenhandel und Kindesentführung, wird er wohl in Norwegen angeklagt werden, zusammen mit Pat Cruz und Fang Li. Gott sei Dank haben sie ihn in Oslo am Flughafen erwischt.«

Trond nickte.

»Nur den Chinesen nicht. Der hatte ja nicht nur seinen Namen und vorübergehend auf dem Papier sein Geschlecht gewechselt, sondern bei dem Zwischenstopp in Tromsø auch das Flugzeug verlassen. Xan Ling wird, soweit Mette weiß, mit internationalem Haftbefehl gesucht.«

»Und weißt du, was mit dieser Deutschen ist?«

Bjarne kam angelaufen.

»Frida, hast du mehr Futter für die Hunde? Die wollen noch was, glaube ich.«

Die Musherin lachte und spielte mit der Bommel an Bjarnes Mütze.

»So? Das haben sie dir gesagt?«

Das Kind nickte aufgeregt.

»Gut, dann hast du ja einen super Draht zu ihnen. Ich glaube, ich muss dich gleich nach deinem *Bestefar* auch als Musher anlernen. Schau mal in dem großen Rucksack nach, der auf dem Wagen steht.«

Bjarne strahlte und lief zu dem Wägelchen. Sie sahen ihm schweigend eine Zeit lang zu.

»Wie hat er es verkraftet, Trond?«

Der Kommissar nahm einen Schluck aus seinem Becher.

»Ich glaube, Ingvild weiß da als Mutter mehr als ich, aber es scheint einigermaßen glimpflich abgelaufen zu sein. Zumindest gibt es keine Hinweise auf ein Trauma, keine Alpträume und wohl auch keine Verlustängste. Wir haben einen Kinderpsychologen hinzugezogen, zu dem ist er mit Ingvild ein paar Wochen lang hingegangen, aber der meinte schließlich, Bjarne hätte trotz allem Glück gehabt.«

Trond zögerte einen Moment, bevor er weitersprach.

»Dein Vater hat offenbar schon in den ersten Vernehmungen vehement bestritten, irgendetwas von der Entführung gewusst zu haben. Er behauptet, dazu weder seine Einwilligung gegeben noch diese im Nachhinein abgesegnet zu haben. Und das glaube ich ihm sogar.«

»Ich auch.« Fridas Stimme war tonlos, als sie das sagte.

»Aber was die Deutsche betrifft, hat Mette nach wie vor nichts Neues«, fuhr Trond unbeeindruckt fort. »Lea Kirchner hat sich im allgemeinen Chaos aus dem Staub gemacht, als man die vermissten asiatischen Männer in Pyramiden fand und Ma-Prang und der Pfarrer unseren Bjarne befreiten. Sie ist mit der Nachmittagsmaschine nach Tromsø geflogen. Danach verliert sich ihre Spur. Recherchen in Deutschland haben ergeben, dass sie tatsächlich einmal für eine Umweltorganisation tätig war, aber über ihren aktuellen Aufenthaltsort kann niemand konkrete Angaben machen. Und es gibt keinen Grund, sie wie Xan Ling mit einem Haftbefehl zu suchen. Höchstens, um sie als Zeugin vorzuladen, und das versucht der Sysselmann natürlich, genau wie wir ja auch als Zeugen bei dem Prozess aussagen werden.«

Frida bückte sich, um eine Dose mit Butterbroten vom Boden aufzuheben, die beim Auspacken des Picknicks heruntergefallen war. Sie schaute sich nach Bjarne um.

»Das wird nicht einfach für dich, Frida«, fügte Trond hinzu.

»Bjarne, magst du ein leckeres Krabbenbrot?«, rief sie dem Jungen zu.

»Au ja!«, tönte es sofort zurück, während er weiterhin mit Hingabe Rolf streichelte, den *point dog* in der Mitte des Gespanns.

Die Musherin wandte sich wieder an Trond.

»Lass nur. Seit ich weiß, dass ich hierbleiben will und dass ich mir nichts mehr von ihm zerstören lasse, wie er so viele Dinge im Leben meiner Familie zerstört hat, seitdem habe ich einiges für mich klar bekommen. Ich gehe meinen Weg, oder ich versuche es zumindest. Kannst du das verstehen?«

Trond kratzte sich durch die Wollmütze an seiner kurzen Haarbürste.

»Hm«, knurrte er. »Klar, aber warte mal.«

Sie grinste ihn fröhlich an.

»Nur zu! Ich bin gerade in Plauderlaune. Was willst du noch wissen?«

Trond überlegte und zögerte. Sollte er sie wirklich fragen? Eine unstillbare Neugier nagte an ihm. Vielleicht wusste sie ja die Antwort? Es war einen Versuch wert.

»Ich hatte doch mal kurz erwähnt, dass Siris Sohn Sverre unglaublich sauer auf deinen Vater war, als der plötzlich dort auftauchte«, sagte er, an die Musherin gewandt. »Kannst du dir vorstellen, warum?«

»Ich kann es mir denken«, erwiderte Frida und ein verschmitztes kleines Grinsen spielte um ihren Mund. »Das letzte Mal hat Sverre meinen Vater vor mehr als fünf Jahren gesehen, als er zwei Wochen lang in Longyearbyen war. Etwa neun Monate danach bekamen Sverre und auch ich eine kleine Schwester, Camilla.«

Nachwort

Meine erste Frage, wie man nach Svalbard und Longyearbyen kommen könne, um sich als Journalistin dort umzuschauen, stellte ich Anfang der Neunzigerjahre. Das sei eine reine Grubenstadt, erfuhr ich daraufhin, und Journalisten sehe man dort nicht so gern. Über was sollten sie auch berichten? Es werde Kohle gefördert, das war alles. Das sei weder pittoresk noch politisch interessant, ja, das ganze Polardorf sei im Grunde genommen weder hübsch noch bemerkenswert.

Damit gab ich mich erst einmal schulterzuckend zufrieden, bevor es mich, durch private Entwicklungen in meinem Leben, 1995 zum ersten Mal nach Norwegen zog. Das war nach Tromsø, kurz darauf verliebte ich mich in Herrn Kvandal aus Bergen, lernte die heimischen Bräuche und die Sprache und berichtete fortan auch über alle möglichen Aspekte der norwegischen Gesellschaft.

Svalbard, wie hier der arktische Archipel, auf dem auch Spitzbergen liegt, genannt wird, war von nun an für mich wenigstens im täglichen norwegischen Wetterbericht präsent, bis es auf einmal hieß, hundert Jahre Longyearbyen würden gefeiert und Journalisten seien nun hochwillkommen. Es war das Jahr 2006.

Umgehend fuhr ich hin und bekam noch die restlichen Wochen der vierundzwanzigstündigen Helligkeit im August mit. Ich besuchte in Begleitung von Studenten der Universität Trondheim, die Industrierückbau lernten, die sagenhafte sowjetische Geisterstadt Pyramiden. (Übrigens mögen es mir Pyramidenkennerinnen nachsehen, dass ich mir erlaubt habe, das Flaschenhaus zu »verrücken«.) Ich wanderte mit einem gut bewaffneten

Guide durch die monochrome Landschaft, wurde dabei mit gruseligen Anekdoten von Eisbär-Begegnungen unterhalten, die nicht glücklich ausgegangen waren, traf zahlreiche Fast-Eingeborene zum Schwätzchen in den – für das kleine Dorf und norwegische Verhältnisse – vielen Kneipen. Richtige Eingeborene gab es ja nicht.

Ich besuchte das ehrwürdige *Huset*, das ehemalige Kulturhaus, zu dem Zeitpunkt schon ein Restaurant und samstags gar eine Diskothek, übernachtete auf alten Stockbetten in den Container-Häusern der Grubenarbeiter in Nybyen, denn Hotels gab es damals noch so gut wie keine, und war trotz der nicht zu verbergenden Hässlichkeit des damals fast noch reinen Grubenstädtchens Svalbard, Spitzbergen und Longyearbyen auf der Stelle verfallen.

Ja, ich hatte mich sofort mit dem berüchtigten »Svalbard-Virus« infiziert, von dem alle hier ganz offen sprachen, die sich ebenfalls damit infiziert hatten. Das bedeutete, ich musste unbedingt zurückkehren.

Das habe ich seit 2006 viermal getan und insgesamt mehrere Wochen auf Svalbard verbracht, zu immer anderen Jahreszeiten.

Ich war während der dunklen, der taghellen und der zwielichtigen Monate da, während der blauen Wochen im Februar bis März und begrüßte an der kleinen Kirche von Longyearbyen mit den Einwohnern die Sonne. Zuletzt war ich im Corona-Jahr 2020 dort, während der Polarnacht im Januar, dem Düstersten, was ich je irgendwo erlebt habe, und ich habe schon ganze Sendungen über die Polarnacht und das Nordlicht gemacht.

Was mich immer an Svalbard fasziniert hat, ist seine kurze, spannende Geschichte, die durch seine Position auf der Erdkugel, seine Nähe zum Nordpol, geprägt wird. Es ist auch die tatsächlich multikulturelle Mischung seiner Bewohner, die kuriosen Bräuche aus Gruben- und Fallensteller-Zeiten und die noch kurioseren Gesetze, die dort oben bis heute gelten. Seine prekäre politische Lage, die den scheinbaren Souverän, das friedlich, ach so harmlos wirkende Norwegen, zusehends in die Zwickmühle und zwischen die Fronten der drei Großmächte, den USA, Russland und China, bringt.

Und nun seit einem guten Jahrzehnt mehr als nur gut beobachtbar, der Klimawandel und die lauernde Katastrophe, die unseren Planeten als Ganzes bedroht. Hier kann man ihn am besten sehen, messen, registrieren. Svalbard wurde zur Pilgerstätte von Wissenschaftlern aus der ganzen Welt, die hier vor Ort studieren können, was bald überall eintreten und die Geschicke der Menschheit verändern wird.

Der Wandel vom hässlichen Kohlekaff zum internationalen Zentrum der Wissenschaft präsentierte mir als Autorin ein neues Longyearbyen, die Hinwendung zum Tourismus und seine Expansion in diesem Bereich ein neues Spielfeld für spannende Geschichten.

Der noch unterschwellige Kampf um erst durch die Klimaveränderung zugängliche Ressourcen und Handelspassagen weckt globale Begehrlichkeiten, die man auch in einen guten Plot packen kann.

Kurz die Arktis ist auch sexy, das sieht man nicht zuletzt durch die Beinahe-Omnipräsenz dieses eisigen Teils unserer Erde in den Medien.

Und durch all diese Gedanken gleitet der Eisbär, das abgemagerte Sinnbild für die Arktis, die wir schützen müssen.

Hannelore Hippe, im Januar 2022

Glossar

Alter Mann im Pelzmantel – im hohen Norden überlieferte respektvolle Bezeichnung für den Eisbären.

Askeladden (angelehnt an den Namen »Aschenputtel«) – eine fiktive Gestalt in vielen norwegischen Sagen und Märchen. Ein kleiner Junge, der in den alten Geschichten häufig die Hauptrolle spielt. In manchen davon hilft er einer Prinzessin, und am Ende ist er immer der Gewinner.

Berühmter Dichter – Die Angewohnheit, an halb verrotteten Äpfeln zu schnuppern, sagt man Friedrich Schiller nach. Laut eigener Aussage inspirierten sie ihn beim Schreiben.

Pyramiden – eine Geisterstadt auf Spitzbergen, die seit 1998 unbewohnt ist. Man kann den Ort heute besuchen, in dem früher über eintausend Einwohner gelebt und in den Minen gearbeitet haben. Alles ist noch so, wie es damals zurückgelassen wurde.

Pomoren – Nachkommen eines nordrussischen Volksstammes, der ab dem 17. Jahrhundert auch in Teilen Spitzbergens gejagt hat.

Samen (auch Sámi, wörtlich »Sumpfleute«) – Nomadenvolk, ansässig in einem Gebiet, das sich über Teile von Russland, Finnland, Schweden und Norwegen erstreckt. Ihre Sprache ist der uralischen Sprachfamilie zuzuordnen. Es ist eine norwegische ethnische Minderheit, die bis in die Neunzigerjahre des letzten Jahrhunderts diskriminiert wurde.

Store Norske – gängige Abkürzung für *Store Norske Spitsbergen Kulkompani,* das staatliche norwegische Kohlebergbauunternehmen.

Svalbardvertrag – oder Spitzbergenvertrag vom 9. Februar 1920, garantiert allen Einwohnern der unterzeichnenden 46 Staaten das Recht, sich jederzeit ohne Visum und besondere Genehmigung in Svalbard niederlassen, dort arbeiten und sogar einem Gewerbe nachgehen zu dürfen.

Sysselmann – offizielle Bezeichnung des Gouverneurs von Svalbard. Der Begriff stammt aus dem Mittelalter und war früher ein dänischer Adelstitel.

Hotel Tulipan – Hotel in der ehemaligen sowjetischen Grubenstadt Pyramiden. Es hat seit 2013 wieder alljährlich für eine kurze Sommersaison geöffnet.

Personen

Die Ermittler

Trond Lie (gesprochen Tronn Li) – pensionierter Kommissar aus Bergen. Ist vor Kurzem nach Longyearbyen gezogen, um auf sein Enkelkind Bjarne aufzupassen.

Frida van Namen – niederländische Schlittenführerin (Musherin). Sie ist der Arktis verfallen. Ursprünglich stammt sie aus Maastricht, lebt aber schon vier Jahre lang auf Spitzbergen. Sie kennt sich aus, nicht nur mit ihren fünf Huskys, und führt Touristen und Forschungsgruppen durch die eisige Wildnis. Frida ist eine hervorragende Schützin.

Sysselmann Mette Møller – Sie ist die Gouverneurin von Svalbard. Ihr unterstehen die Polizei und die Behörden. Sie stammt ursprünglich aus der Finnmark.

Weitere Personen

Ingvild Lie und Sohn **Bjarne** (4) – Tronds Tochter, sie arbeitet gleichzeitig in drei Jobs in Longyearbyen, um schnell viel Geld zu verdienen, im Supermarkt, in einer Kneipe und in der Taxizentrale.

Oleg Kalinin – Flüchtling aus dem Donbass, dem Kriegsgebiet in der Ukraine. Er ist Ingvilds Freund, Taxifahrer und Touristen-Guide. Kann gut mit dem Gewehr umgehen und dolmetschen.

Siri Hummel – exzentrische Inhaberin der ungewöhnlichen Grubenpension in Longyearbyen. Sie hat zwei Kinder, **Sverre** (12) und **Camilla** (5).

Pat Cruz – Koch bei Siri Hummel, philippinisch-österreichischer Herkunft.

Svein Vang Myklebust – investigativer Journalist und Chef der *Svalbard Posten.*

Fang Li – chinesische Hotelbesitzerin und undurchsichtige Tour-Organisatorin.

Ma-Prang – exzellente Köchin und Inhaberin eines kleinen Thailadens mit Restaurant in Longyearbyen.

Nikolin und Shyudin – die russischen Wachleute des *Hotel Tulipan* in Pyramiden. Sie erhielten ihre Spitznamen nach einem berühmten sowjetischen Komiker-Duo. Die beiden wollen keinen Ärger in der Geisterstadt.

Dima Assomow – Ortsvorsteher von Barentsburg, russischer Konsul und Dichter.

Morten Hagebak – Pfarrer auf Svalbard, früher engagiert in der internationalen Flüchtlingshilfe.

Meneer Roeben van Namen – Fridas Vater, ein erfolgreicher Geschäftsmann aus Amsterdam.

Lea Kirchner – eine neugierige Umweltaktivistin aus Deutschland.

Hulla (Rohullah) Zad – stellvertretender Leiter des Tourismusbüros in Longyearbyen, er stammt ursprünglich aus Afghanistan.

Xan Ling – ein Chinese, Organisator und »Mädchen für alles«, verteidigt seine Interessen nötigenfalls auch auf brutale Art.

Micha – Helikopter-Pilot in Barentsburg.

Frode – Helikopter-Pilot in Longyearbyen.

Ragnar – dienstältester Polizist in Longyearbyen.

Danksagung

Ich möchte mich bei allen bedanken, die mich durch ihre Hilfe und Ermunterung beim Schreiben meines zweiten Spitzbergen-Krimis unterstützt haben. Besonders bei Trygve, der nach wie vor alles, was auf Svalbard passiert und veröffentlicht wird, sofort an mich weitergibt. Du musst wirklich einmal mitkommen!

Vielen Dank auch meiner Lektorin Ulrike Schuldes, meinem Agenten Michael Gaeb und Roeland aus den Niederlanden, der mir erklärte, wie man dort gern seinen Kaffee trinkt.

60° W
60°
70°
Grönl
40° W
Atlantik
Svalbard
Nordmeer
Nordaustlandet
Kongs-
fjord
Spitzbergen
Ny Ålesund
Pyramiden
Billefjord
Forland-
sundet
Barents-
øya
Adventfjord
Longyearbyen
Isfjord
Barentsburg
Lunckefjell
Grube Svea
Edgeøya
Van Mijenfjord
100 km
Barentssee

Nordpol
Arktischer
Ozean
Franz-Josef-
Land
Packeisgrenze
Svalbard
80° E
Nowaja
Semlja
Barents-
see
ches
er
Nordkap
Kirkenes
Tromsö
Murmansk
Nordpolarkreis
60° E
rwegen
Russland
40° E
20° E
500 km
© landkarten-erstellung.de